A viagem de cem passos

Richard C. Morais

A viagem de cem passos

Tradução de
Beatriz Horta

EDITORA RECORD
RIO DE JANEIRO • SÃO PAULO
2012

CIP-BRASIL. CATALOGAÇÃO NA FONTE
SINDICATO NACIONAL DOS EDITORES DE LIVROS, RJ

Morais, Richard C., 1960-
M825v   A viagem de cem passos / Richard C. Morais; tradução de Beatriz Horta. – Rio de Janeiro: Record, 2012.

Tradução de: The hundred-foot journey
ISBN 978-85-01-09411-7

1. Ficção americana. I. Horta, Beatriz, 1954-. II. Título.

12-1038.   CDD: 813
                                                    CDU: 821.111(73)-3

TÍTULO ORIGINAL EM INGLÊS:
The hundred-foot journey

Richard C. Morais © 2010

Texto revisado segundo o novo Acordo Ortográfico da Língua Portuguesa.

Todos os direitos reservados. Proibida a reprodução, no todo ou em parte, através de quaisquer meios. Os direitos morais do autor foram assegurados.

Editoração eletrônica: Abreu's System

Direitos exclusivos de publicação em língua portuguesa somente para o Brasil adquiridos pela
EDITORA RECORD LTDA.
Rua Argentina, 171 – Rio de Janeiro, RJ – 20921-380 – Tel.: 2585-2000, que se reserva a propriedade literária desta tradução.

Impresso no Brasil

ISBN 978-85-01-09411-7

Seja um leitor preferencial Record.
Cadastre-se e receba informações sobre nossos lançamentos e nossas promoções.
Atendimento e venda direta ao leitor:
mdireto@record.com.br ou (21) 2585-2002.

EDITORA AFILIADA

Para Katy e Susan

Sumário

Mumbai
9

Londres
49

Lumière
83

Paris
203

Mumbai

Capítulo Um

Eu, Hassan Haji, segundo de seis filhos, nasci no andar de cima do restaurante de meu avô, na Napean Sea Road, na região que à época se chamava Bombaim Ocidental, duas décadas antes de a grande cidade ser rebatizada como Mumbai. Desconfio de que meu destino foi traçado ao nascer, pois a primeira sensação que experimentei foi o cheiro de *machli ka salan*, um apimentado molho de peixe com curry, que subia do assoalho de tábuas até o berço, no quarto dos meus pais, em cima do restaurante. Até hoje me lembro das grades frias do berço encostadas no meu rosto, enquanto o meu nariz farejava o mais distante possível, procurando aquele pacote de aromas que incluía cardamomo, cabeças de peixe e óleo de palma que, mesmo naquela idade, me davam de alguma forma a ideia de que havia imensas riquezas a serem descobertas e saboreadas mundo afora.

Mas vou começar pelo princípio. Em 1934, meu avô chegou a Bombaim vindo de Gujarat, um jovem que viajou para a cidade grande no teto de uma locomotiva a lenha. Naquela época, na Índia, muitas famílias de trabalhadores descobriram por milagre uma origem nobre — parentes famosos que trabalharam com o Mahatma Ghandi, no começo, na África do Sul —, porém eu não recebi essa herança refinada. Éramos muçulmanos pobres, camponeses que trabalhavam para viver, vindos da poeirenta Bhavnagar. Na década de 1930, uma grande praga nos algodoais fez com que meu avô, faminto, aos 17 anos, não visse outra saída senão migrar para Bombaim, aquela movimentada metrópole aonde o povo sempre foi para deixar sua marca.

Em resumo, minha vida na cozinha começa há muito tempo com a enorme fome do meu avô. E a viagem de três dias no teto de um trem, assando no sol inclemente, agarrado à vida enquanto a locomotiva quente chiava pelas planícies da Índia, foi o começo infausto da jornada da minha família. Meu avô não gostava de falar desses primeiros tempos em Bombaim, mas sei por Ammi, minha avó, que durante muitos anos ele dormiu na rua, vivendo de entregar marmita aos funcionários indianos que administravam os quartos dos fundos do Império Britânico.

Para entender a Bombaim de onde venho, é preciso ir ao terminal ferroviário Victoria na hora do rush. É a essência da vida na Índia. Os vagões são divididos entre homens e mulheres e os passageiros literalmente se dependuram em janelas e portas quando os trens estrondam nos trilhos nas estações de Victoria e Churchgate. Os trens são tão lotados que não há espaço nem para as marmitas dos viajantes: elas chegam mais tarde, após a hora do rush. Essas marmitas — mais de dois milhões de embalagens amassadas de latão com tampa — cheiram a *daal*, repolho com gengibre e arroz de pimenta preta, e são enviadas por fiéis esposas, e então separadas, empilhadas em carroças e entregues com a máxima precisão a cada funcionário de seguradora e caixa de banco em Bombaim.

Era o que meu avô fazia. Entregava marmita.

Era um *dabba-wallah*. Nada mais. Nada menos.

Era um sujeito sisudo. Nós o chamávamos de Bapaji e me lembro dele no Ramadã, sentado de cócoras na rua ao anoitecer, o rosto branco de fome e raiva enquanto fumava um *beedi*. Ainda vejo o nariz fino e as sobrancelhas que pareciam de arame, o solidéu sujo, a *kurta*, a barba branca e eriçada.

Era sisudo, mas um bom provedor. Aos 23 anos, entregava quase mil marmitas por dia. Catorze corredores trabalhavam para ele, as pernas roliças cobertas com o *lungi* — a calça dos indianos pobres —, puxando carroças pelas ruas congestionadas de Bombaim para descarregar as marmitas nos edifícios da Scottish Amicable e da Eagle Star.

Creio que foi em 1938 quando ele finalmente mandou buscar Ammi. Os dois eram casados desde os 14 anos e ela chegou com suas pulseiras baratas no trem vindo de Gujarat, uma camponesa pequena, de pele escura lustrosa. A estação estava cheia de fumaça, os moleques faziam as necessidades nos trilhos, os ambulantes gritavam e uma fila de passageiros cansados seguia pela plataforma. No final da composição, na terceira classe, com suas trouxas, a minha Ammi.

Ele rosnou alguma coisa para ela e os dois saíram, a fiel mulher camponesa seguindo respeitosos passos atrás de seu marido de Bombaim.

Foi no início da Segunda Guerra Mundial que meus avós abriram uma casa de madeira nos cortiços da Napean Sea Road. Bombaim era o quarto dos fundos do esforço de guerra dos Aliados na Ásia, e logo um milhão de soldados do mundo inteiro atravessava os portões da cidade. Para muitos deles, eram os últimos momentos de paz antes da luta intensa em Burma e nas Filipinas; os rapazes circulavam pela orla de Bombaim com cigarros pendurados em seus lábios, cobiçando as prostitutas que trabalhavam na praia Chowpatty.

Foi ideia da minha avó vender lanche para eles, e meu avô acabou concordando, acrescentando ao negócio das marmitas uma fileira de barracas de comida apoiadas em bicicletas, lanchonetes móveis que iam dos soldados que tomavam banho de mar na praia Juhu até a hora do *rush* de sexta-feira à tarde, com a multidão do lado de fora da estação ferroviária Churchgate. Vendiam doces feitos de nozes e mel, chá com leite e principalmente *bhelpuri*, um cone de jornal com arroz tufado, chutney, batatas, cebolas, tomates, hortelã e coentro, tudo misturado e salpicado com temperos.

Garanto que era uma delícia e não foi de estranhar que as bicicletas-lanchonetes se tornassem um sucesso comercial. Assim, incentivados pela maré de sorte, meus avós limparam um terreno abandonado no final da Napean Sea Road. Lá, construíram um simplório restaurante de beira de estrada; fizeram uma cozinha com três fornos *tandoori* e uma bancada de fogões a carvão, onde ficavam os *kadais* de ferro, com carneiro ao molho *masala*. Tudo isso sob uma barraca do Exército americano. À sombra de uma figueira, puseram mesas rústicas e estenderam redes. A avó contratou Bappu, cozinheiro de uma aldeia em Kerala, e acrescentou ao seu cardápio de pratos do norte outros como o *theal* de cebola e o camarão apimentado na grelha.

Soldados, marinheiros e pilotos lavavam as mãos com sabonete inglês num barril de óleo, secavam na toalha que lhes era oferecida e se acomodavam nas redes penduradas sob a sombra da árvore. A essa altura, alguns parentes de Gujarat vieram morar com meus avós e esses rapazes eram os nossos garçons. Eles empurravam pranchas de madeira, que imitavam mesas, no meio das redes e, rápido, serviam tigelas com espetinhos de frango e arroz *basmati*, além de doces feitos de manteiga e mel.

Nos momentos mais calmos, minha avó andava entre as redes, de túnica e calças compridas que chamamos de *salwar kameez*, e conversava com os soldados, que sentiam falta de casa e das comidas de seus países.

— Do que você gosta de comer? O que costuma comer em casa? — perguntava ela.

Os soldados britânicos falavam de tortas de carne e fígado, do vapor que subia quando a faca cortava a cobertura e mostrava o recheio. Cada soldado queria exceder o outro, dali a pouco a barraca estava cheia de *aaahs, ooohs* e de rebuliço. Sem querer ficar atrás dos ingleses, os americanos entravam na conversa, buscando, ansiosos, palavras para melhor descrever um filé grelhado de vacas tratadas com capim do pântano da Flórida.

Assim, munida com os conhecimentos adquiridos em suas andanças, Ammi batia em retirada para a cozinha e recriava em seu forno *tandoori* versões do que ouviu. Tinha, por exemplo, uma espécie de pudim indiano feito com pão e manteiga, salpicado de noz moscada, que virou sucesso entre os soldados ingleses. Quanto aos americanos, ela descobriu que adoravam pão *naan* recheado com molho de amendoim e chutney de manga. Não demorou para a fama da nossa cozinha se espalhar dos soldados Gurkha, do Nepal, aos ingleses; dos acampamentos aos navios de guerra. Durante o dia inteiro, paravam jipes na nossa barraca na Napean Sea Road.

Ammi era extraordinária e nunca conseguirei agradecer por tudo o que lhe devo. Não há prato mais delicado do que o peixe *pearlspot* que ela preparava, temperado com pimenta doce *masala*, enrolado numa folha de bananeira e grelhado na *tawa* com um fio de óleo de coco. Para mim, esse prato é o auge da cultura e civilização indiana, ao mesmo tempo forte e refinado, e tudo o que já cozinhei se baseia nele, o prato preferido de minha avó. Ela possuía a incrível capacidade do chef profissional de fazer várias coisas ao mesmo tempo. Cresci assistindo à sua pequena figura descalça no chão de terra da cozinha, mergulhando fatias de berinjela em farinha de grão-de-bico e fritando-as na *kadai*, enquanto dava um tapa num cozinheiro, passava para mim um bolinho de amêndoa e zangava com minha tia.

O fato é que a barraca de Ammi à beira da estrada logo se tornou uma mina de ouro e de repente meus avós ficaram muito bem financeiramente, juntando uma pequena fortuna, resíduos de uma moeda forte vinda de um milhão de soldados, marinheiros e pilotos que chegavam e saíam de Bombaim.

Com o sucesso vieram os problemas causados por ele. Bapaji era notoriamente pão-duro. Brigava conosco por qualquer coisa, como usar muito azeite quando íamos fritar na *tawa*. Ele era um tanto obcecado por dinheiro. Então, desconfiado dos vizinhos e dos parentes de Gujarati, passou a esconder suas economias em latas de café e, aos domingos, ia a um lugar secreto no campo onde enterrava seu precioso lucro.

Meus avós sofreram um revés no outono de 1942, quando os governantes ingleses, precisando de dinheiro para o esforço de guerra, leiloaram áreas de Bombaim. A maioria ficava na ilha maior, Salsette, onde era o centro de Bombaim, mas faixas de terra e lotes vazios de Colaba também foram oferecidos. Entre as terras, estava o terreno abandonado onde minha família se instalou, na Napean Sea Road.

Bapaji era acima de tudo um camponês e, como todo camponês, respeitava a terra mais do que o dinheiro. Um dia, ele desenterrou todas as latas de dinheiro e, acompanhado de um vizinho que sabia ler e escrever, foi ao Banco Standard Chartered. Com a ajuda do banco, Bapaji comprou o terreno de quatro acres na Napean Sea Road, aos pés da colina Malabar, pagando em leilão 1.016 libras, 10 xelins e 8 pence.

Só então, meus avós foram abençoados com filhos. As parteiras trouxeram ao mundo meu pai Abbas Haji, na famosa noite em que houve a explosão no paiol no cais de Bombaim. O céu noturno estourou em bolas de fogo, grandes erupções arrancaram janelas por toda a cidade e, nesse exato momento, minha avó deu um grito horripilante e papai surgiu, chorando mais alto do que as explosões e do que a mãe. Todos nós ríamos dessa história, do jeito que Ammi contava, pois quem conhecia meu pai sabia que era o cenário mais adequado para sua chegada. Titia, nascida dois anos depois, chegou em circunstâncias bem mais calmas.

Vieram a independência e a separação da Índia. O que aconteceu exatamente com a família durante esse tempo infame é um mistério; as perguntas que fazíamos a papai não tinham resposta clara.

— Ah, sabe como é, foi ruim, mas demos um jeito — dizia, quando pressionado. — Pare com esse interrogatório de polícia e vá buscar o meu jornal.

Sabemos que a família de meu pai, como muitas outras, dividiu-se. A maior parte dos parentes fugiu para o Paquistão, mas Bapaji ficou em Mumbai e escondeu a família num armazém no porão de uma empresa hindi. Ammi me contou que eles dormiam de dia, pois à noite ficavam acordados com os gritos e as gargantas cortadas bem ali, do outro lado da porta do porão.

O fato é que papai cresceu numa Índia bem diferente da que o pai dele conheceu. Vovô era analfabeto, papai frequentou a escola local, não muito boa, mas mesmo assim conseguiu entrar para o Instituto de Tecnologia de Alimentação, uma escola politécnica em Ahmedabad.

Claro que a educação inviabilizou o antigo estilo tribal de viver e foi em Ahmedabad que papai conheceu Tahira, uma estudante de contabilidade que tinha pele clara e viria a ser minha mãe. Papai diz que primeiro se apaixonou pelo cheiro dela. Ele estava na biblioteca, de cabeça inclinada sobre um livro, quando sentiu uma inebriante lufada de *chapatis* e água de rosas.

Era, disse ele, minha mãe.

Uma das minhas lembranças mais remotas é de papai apertando forte minha mão na Mahatma Gandhi Road ao olharmos o elegante restaurante Hyderabad. Em frente ao restaurante, a riquíssima família Banaji, de Bombaim, e amigos saltavam das Mercedes com motorista. As mulheres davam gritinhos, beijavam-se e contavam quanto cada uma estava pesando; atrás delas, um porteiro *sikh* se encarregava da porta envidraçada do restaurante.

O Hyderabad e seu proprietário, uma espécie de Douglas Fairbanks Jr. indiano chamado Uday Joshi, estavam sempre nas páginas sociais do *Times of India* e, a cada vez que falava em Joshi, meu pai xingava e amassava o jornal. Ainda que o nosso restaurante não fosse do mesmo nível do Hyderabad — vendíamos boa comida a bons preços —, papai considerava Uday Joshi seu maior concorrente. Naquele momento, o grupo da alta-sociedade entrava no famoso restaurante para fazer uma *mehndi*, uma tradição pré-nupcial, quando a noiva e suas amigas sentam-se em almofadas para terem suas mãos, palmas e pés pintadas com hena, formando desenhos intricados. Isso significava ótima comida, música animada, fofocas apimentadas. E, certamente, mais notícia sobre Joshi nos jornais.

— Olhe — disse papai, de repente. — Gopan Kalam.

Papai mordeu a ponta do bigode ao apertar a palma úmida de sua mão na minha. Nunca esquecerei seu rosto. Era como se as nuvens se abrissem e surgisse o próprio Alá na nossa frente.

— É um bilionário — sussurrou papai. — Ganhou dinheiro com petroquímicas e telecomunicações. Veja as esmeraldas daquela mulher. Ui. São do tamanho de plumas.

Nesse momento, Uday Joshi surgiu à porta envidraçada e ficou entre os elegantes saris cor de pêssego e os ternos de seda estilo Nehru como se fosse um deles. Quatro ou cinco fotógrafos de jornais pediram para ele virar para cá e para lá. Joshi gostava muito de tudo o que fosse europeu e empertigou-se à frente das câmeras num reluzente terno preto Pierre Cardin, os dentes brancos encapados brilhando na luz.

Apesar de eu ser tão jovem na época, o famoso dono de restaurante chamou minha atenção como uma celebridade de filme de Bollywood. Lembro-me que o pescoço de Joshi estava cuidadosamente envolto num plastrão de seda amarela e os cabelos descuidadamente penteados para trás formando um topete prateado, intacto graças a latas de spray. Acho que eu nunca tinha visto alguém tão elegante.

— Olhe para ele. Olhe aquele galo emplumado — sibilou papai.

Papai não aguentava ver Joshi nem mais um instante e virou-se de repente, puxando-me para o supermercado Suryodhaya e seus tonéis contendo dez galões de óleo vegetal. Eu tinha apenas 8 anos e precisei correr para acompanhar seus passos largos e sua *kurta* esvoaçando.

— Escute o que vou dizer, Hassan — rugiu, por cima do barulho do trânsito. — Um dia, o nome Haji será conhecido em muitos lugares distantes e ninguém vai se lembrar daquele galo. Espere e verá. Pergunte então às pessoas quem é Uday Joshi. *Quem?*, elas dirão. *Haji? Ah, os Haji são uma família muito distinta e importante.*

Em resumo, papai tinha grandes ambições. Era gordo, porém alto para um indiano, 1,80 metro. Bochechudo, com cabelos grisalhos e ondulados, bigode espesso e lustroso. E estava sempre vestido à moda antiga, de túnica sobre calças.

Mas não era o que se chamaria de refinado. Como todos os muçulmanos, ele comia com a mão, ou seja, com a direita, deixando a esquerda no colo. Mas, em vez de levar a comida à boca, ele abaixava a cabeça no prato e jogava o gorduroso risoto de carneiro no rosto como se nunca mais fosse comer na vida. E transpirava aos cântaros enquanto comia; nas axilas, formavam-se manchas do tamanho de pratos. Quando finalmente levantava o rosto, estava com o olhar vidrado de um bêbado, o queixo e as bochechas brilhosos de gordura alaranjada.

Eu gostava dele, mas tenho que admitir que aquela era uma visão horrível. Após o jantar, papai cambaleava até o sofá e deitava por meia hora, abanando-se e permitindo que quem estivesse perto partilhasse de sua satisfação, ouvindo seus arrotos e estrondosos peidos. Minha mãe, proveniente de uma respeitável família de funcionários públicos em Delhi, fechava os olhos, enojada com aquele ritual pós-jantar. E sempre pegava no pé dele quando ele comia:

— Abbas, mais devagar. Você vai engasgar. Céus, é como comer ao lado de um asno.

Mas tinha-se de admirar papai, o carisma e a determinação por trás de seu enorme empenho. Quando nasci, em 1975, ele controlava o restaurante da família com mão firme, já que meu avô tinha enfisema e passava quase o dia inteiro na cama — quando melhorava, supervisionava do pátio a entrega das marmitas, sentado numa cadeira de espaldar reto.

A barraca de Ammi foi aposentada, para dar lugar a um conjunto de casas cinzentas, de concreto e tijolos. Minha família morava no segundo andar da casa principal, em cima do restaurante. Meus avós e o casal de tios que não tinham filhos moravam na casa seguinte, e depois deles o enclave de nossa família terminava em um cubo de barracos de madeira de dois andares onde Bappu, nosso cozinheiro de Kerala, e os outros empregados dormiam no chão.

O pátio era a alma do antigo negócio da família. Carroças para transportar as marmitas e bicicletas-lanchonetes ficavam encostadas na parede mais distante, e à sombra da lona curvada da barraca ficavam caldeirões de sopa de cabeça de carpa, pilhas de folhas de bananeira e muitas *samosas* frescas, enroladas em papel encerado. Os grandes tonéis de ferro com arroz mosqueado, perfumado com folha de louro e cardamomo, ficavam na parede da frente do pátio, e ao redor dessas iguarias havia sempre um bando de moscas. Um criado costumava sentar-se num saco de lona na porta dos fundos da cozinha, limpando com cuidado os grãos de arroz *basmati*; e uma mulher de cabelos oleosos, com o sari preso entre as pernas, varria a sujeira do pátio com uma vassoura curta, espanando para lá e para cá, para lá e para cá. Lembro-me do nosso quintal sempre animado, as pessoas iam e vinham, fazendo os galos correrem de um lado para outro e as galinhas cacarejarem, nervosas, nas sombras da minha infância.

Era ali, no calor da tarde após a escola, que eu encontrava Ammi trabalhando no alpendre que dava para o pátio interno. Eu subia num caixote para sentir melhor o cheiro quente de sua saborosa sopa de peixe e conversávamos um pouco sobre o meu dia na escola até ela me deixar mexer o caldeirão. Lembro que ela segurava com graça a barra do sari e ia se encostar na parede, olhando para mim enquanto fumava o cachimbo de ferro, hábito que mantinha do tempo em que morava na aldeia, em Gujarat.

Lembro como se fosse ontem: mexendo o caldeirão sem parar, no compasso da cidade, entrando pela primeira vez no mágico transe que desde então se apossa de mim quando cozinho. A brisa amena passava pelo pátio trazendo o latido distante dos cachorros em Bombaim, o barulho do trânsito e o cheiro de esgoto aberto até as residência da família. Ammi ficava agachada no canto sombreado, o rosto pequeno e enrugado sumindo atrás da fumaça do cachimbo; da varanda do primeiro andar vinham flutuando as vozes femininas de minha mãe e minha tia, enquanto recheavam massa com grão-de-bico e pimenta. Mais do que tudo, me lembro da minha concha de ferro raspando ritmicamente o fundo da panela, trazendo à tona joias das profundezas da sopa: as ossudas cabeças de peixe e os olhos brancos em redemoinhos vermelhos cor de rubi.

Ainda sonho com aquele lugar. Se você desse um passo além da segurança do conjunto de moradias da nossa família, estaria à beira da conhecida favela da Napean Sea Road. Era um mar de pedaços de telhado por cima de barracos de tábuas prestes a desmoronar, tudo atravessado por córregos pútridos. A favela emanava o fedor pungente de fogueiras de carvão e lixo em decomposição, e até o ar parecia cheio do canto dos galos, do balido das cabras e do som das roupas sendo batidas nas lajes de cimento. Lá, crianças e adultos faziam suas necessidades nas ruas.

Mas do nosso lado era outra Índia. À medida que cresci, meu país também cresceu. A colina Malabar, altaneira sobre nós, logo ficou cheia de guindastes, à medida que, no lugar das antigas mansões muradas, surgiam altos prédios brancos com nomes como Miramar e Palm Beach. Não sei de onde vinham os ricos, mas pareciam surgir do chão como deuses. Por toda parte, o assunto das conversas era só os novos engenheiros eletrônicos, os vendedores de sobras de metal, os exportadores de *pashminas*, os fabricantes de guarda-chuvas e não sei mais o quê. No começo, eram centenas de milionários; depois, milhares.

Todos os meses, papai ia à colina Malabar. Vestia uma túnica limpa, me pegava pela mão e subíamos para "cumprimentar" os políticos poderosos. Discretos, íamos às portas dos·fundos dos casarões cor de baunilha e, sem dizer uma palavra, o mordomo de luvas brancas mostrava um jarro de terracota ao lado da porta. Papai então colocava sua sacola de papel pardo no meio da pilha e a porta fechava sem cerimônia na nossa cara. Íamos então com nossas sacolas cheias de rúpias de papel até o próximo comitê oficial do Congresso Regional de Bombaim. Mas havia regras. Nunca bater à porta da frente. Só dos fundos.

Então, serviço feito, recitando baixinho um gazel nesse passeio que estou lembrando, papai comprou para nós um suco de manga, um pouco de milho grelhado e sentamos num banco dos Jardins Suspensos, um parque público da colina Malabar. De onde estávamos, sob palmeiras e buganvílias, víamos o movimento na Broadway, um novo e belo prédio de apartamentos que ficava depois da grama tórrida: os executivos entrando em suas Mercedes, as crianças aparecendo de uniforme escolar, as esposas saindo para jogar tênis e tomar chá. Uma fila de ricos jainistas (de túnicas de seda, peitos cabeludos, óculos de aro de ouro) passara por nós a caminho do *mandir*, um templo onde lavavam seus ídolos com pasta de sândalo.

Papai mordeu o milho e, firme, foi mastigando a espiga, com pedaços de grãos grudando no bigode, no rosto, nos cabelos.

— Muito dinheiro. Gente rica — explicou, lambendo os lábios e apontando para o outro lado da rua com a espiga destruída.

Uma menina e sua babá, a caminho de uma festa de aniversário, saíram do prédio de apartamentos e entraram num táxi.

— Aquela menina é da minha escola. Vejo ela no recreio.

Papai jogou a espiga numa das moitas e limpou o rosto com um lenço.

— É mesmo? É simpática?

— Não. Ela se acha muito gostosa.

Nesse momento, lembro, uma caminhonete apareceu na porta do prédio. Era o famoso dono de restaurante Uday Joshi apresentando seu novo negócio: comida em domicílio, para aqueles momentos tensos em que os criados tiram folga. Uma enorme foto de Joshi piscando nos olhava da lateral da caminhonete, com um balão saindo da boca, que anunciava: SEM CONFUSÃO. SEM AGITAÇÃO. ENTREGAMOS A SUA REFEIÇÃO.

O porteiro segurou a porta enquanto o entregador, de paletó branco, saltou do fundo da caminhonete com bandejas e tampas de alumínio. Lembro também do trovejar da voz de papai.

— O que é que Joshi está inventando agora?

Há muito papai tinha se livrado da velha barraca de lona do Exército americano, substituindo-a por uma casa de tijolos e mesas de plástico. Era um saguão cavernoso, simples e barulhento. Quando eu tinha 12 anos, papai resolveu mudar para além do mercado, mais perto do Hyderabad, o restaurante de Joshi, e transformou o nosso antigo restaurante no Bollywood Nights, com 365 lugares.

Dentro, havia uma fonte de pedra. Papai dependurou no centro do salão um globo de espelhos como o das discotecas, que girava sobre uma pequena pista de dança. Mandou pintar as paredes de dourado e cobriu-as com fotos autografadas pelos astros e estrelas de Bollywood, como ele viu nas fotos de um restaurante em Hollywood. Depois, passou a contratar atrizes novatas e seus maridos para aparecerem duas vezes por mês no restaurante e, por acaso, a revista *Hello Bombay!* tinha sempre um fotógrafo lá na hora. Nos fins de semana, papai chamava cantores que eram a cópia perfeita dos popularíssimos Alka Yagnik e Udit Narayan.

O negócio teve tal sucesso que, alguns anos depois de inaugurar o Bollywood Nights, papai acrescentou um restaurante chinês e uma discoteca de verdade, com máquinas de fumaça que, para minha tristeza, só podiam ser operadas por meu irmão mais velho, Umar. Ocupávamos nosso 1,6 hectare inteiro e os dois restaurantes somados tinham 568 lugares, um vibrante negócio de alimentação na Bombaim ascendente e agitada.

Os restaurantes reverberavam o riso e o bate-estaca da discoteca, o cheiro de pimenta e peixe assado, o ambiente úmido e denso pela cerveja Kingfisher derramada. Papai, a quem todos chamavam de Grande Abbas, nasceu para fazer aquilo e andava por seu trabalho o dia inteiro como se fosse um produtor de Bollywood, gritando ordens, dando piparotes na cabeça dos ajudantes desleixados, cumprimentando os fregueses. Com o pé sempre no acelerador.

— Vamos, vamos, por que está lento como uma velhinha? — era sua reclamação constante.

Minha mãe, por outro lado, era o freio necessário, pronta a trazer papai de volta ao chão com um beijo de bom-senso; lembro-me dela sentada num quartinho bem acima da porta principal do Bollywood Nights, conferindo as contas em seu mezanino.

Mas acima de todos nós, os abutres que se alimentavam dos corpos na Torre do Silêncio, o cemitério *parsi* da colina Malabar.

Dos abutres me lembro também.

Sempre voando em círculos, em círculos, em círculos.

Capítulo Dois

Vou pensar em coisas alegres. Se eu fechar os olhos agora, vejo nossa velha cozinha, sinto o cheiro do cravo e das folhas de louro, ouço o fritar do *kadai*. Os queimadores a gás e as grelhas *tawa* de Bappu ficavam à esquerda da entrada e ele costumava tomar seu chá com leite enquanto os quatro *masalas* básicos da cozinha indiana borbulhavam sob seu olhar atento. Na cabeça, ele usava o comprido chapéu de mestre-cuca do qual tanto se orgulhava. Baratas rápidas, mexendo as antenas, corriam pelas bandejas de mariscos crus e de peixes; as pequenas tigelas do ofício dele ficavam ao alcance da mão: água de alho, ervilhas, uma cremosa sopa de coco e caju, purê de pimenta e gengibre.

Ao me ver à porta, Bappu fazia sinal para que eu olhasse uma travessa de miolo de cordeiro ser colocada no tacho, a massa rosa deslizando entre cebolas e espirrando furiosamente erva cidreira. Ao lado de Bappu ficava um barril de alumínio em fogo lento com cinquenta galões de queijo cottage e feno-grego; dois meninos mexendo juntos a sopa leitosa com espátulas de madeira e, no fundo da cozinha, à direita, ficavam nossos cozinheiros vindos de Uttar Pradesh. Minha avó decidiu que só esses nortistas sabiam lidar com o *tandoori*, os fundos potes de barro que assavam a carvão e de onde emergiam espetos tostados de berinjela marinada, frangos e pimentas verdes com camarões graúdos. No andar de cima, os aprendizes pouco mais velhos do que eu trabalhavam sob uma guirlanda de flores amarelas e fumaça de incenso.

A função deles era desossar sobras de frangos *tandoori*, tirar os grãos da casca e jogá-los num barril, raspar gengibre até transformar-se em líquido. Quando não estavam de serviço, esses adolescentes fumavam nos becos e perseguiam as meninas; eram meus ídolos. Passei grande parte da infância com eles, sentado num banquinho na fria cozinha de cima, conversando, enquanto um hábil aprendiz abria quiabos com a faca e recheava o interior branco com uma pasta lúrida de pimenta vermelha. Poucas coisas são mais elegantes no mundo do que um adolescente do Kerala, negro como carvão, cortando coentro: um golpe com a faca, um maço picado e a confusão de folhas e hastes reduzida a uma mistura verde e fina. Uma graça incomparável.

Nas férias, um de meus passatempos preferidos era acompanhar Bappu nas idas matinais ao mercado Crawford, em Bombaim. Eu ia porque ele comprava *jalebi*, um doce feito de *daal* fermentado e passado na farinha, que depois de fritos eram mergulhados em um xarope de açúcar. Nessas visitas ao mercado, adquiri sem perceber a qualidade mais importante para um chef: a arte de escolher produtos frescos.

Começávamos pelas barracas de frutas e legumes, que empilhavam cestos nos caminhos estreitos. Os vendedores de frutas montavam delicadas torres de romãs sobre um tecido púrpura aberto como uma flor de lótus. Os cestos eram cheios de cocos, carambolas e grãos empilhados em vários andares, exalando um cheiro doce. Os corredores estavam sempre limpos e arrumados; o piso, varrido; as frutas caras eram esfregadas à mão para ficar com um brilho encerado.

Um menino da minha idade ficava agachado no alto dos cestos e, quando Bappu parava para experimentar uma novo tipo de uvas sem semente, o menino rapidamente pegava um jarro de latão com água, lavava três ou quatro uvas e nos dava para provar.

— Sem sementes — dizia alto o dono da barraca, da banqueta onde ficava sentado, à sombra. — Grande novidade. Para o senhor, Bappu, fazemos barato o quilo.

Bappu às vezes comprava, sempre colocando um vendedor contra o outro. Nós cortávamos caminho para o mercado de carnes passando pelas barracas de animais domésticos e pelas gaiolas cheias de coelhos saltitantes e papagaios gritantes. O cheiro das galinhas e perus era como uma fossa de aldeia, as gaiolas vibrantes e cheias do cacarejo de aves com os traseiros carecas porque as penas caíam no caminho. O homem que matava as galinhas berrava seu pregão por trás de um vale vermelho de cortes na tábua de talho, tendo aos pés um cesto de cabeças e papos ensanguentados.

Foi naquele lugar que Bappu me ensinou a ver se a pele de uma galinha era lisa e se as asas e o bico eram flexíveis para calcular a idade dela. E o melhor sinal de uma galinha saborosa: joelhos grossos.

Ao entrar no corredor frio do mercado de carnes, eu ficava arrepiado e meus olhos iam se adaptando lentamente à pouca luz. A primeira coisa que se via no local fedorento era um açougueiro picando carne pegajosa com um facão. Passávamos pelo corte ritmado da faca, sentíamos um cheiro doce e doentio de morte, um rio-esgoto vermelho de sangue.

Carneiros recém-decapitados ficavam pendurados em ganchos no açougue de Akbar, que vendia carne abatida de acordo com o *halal*. Bappu abria caminho no meio daquelas estranhas árvores de carne, empurrando-as. Quando achava um animal que lhe agradasse, Bappu e Akbar pechinchavam, esbravejavam e cuspiam até os dedos das mãos se tocarem. Quando Akbar levantava a mão, um assistente acertava o machado no animal que tínhamos comprado, nossas sandálias ficavam cobertas de vermelho e os tubos cinzento-azulados dos intestinos desabavam no chão.

Eu me lembro que, enquanto o ágil açougueiro cortava e preparava o carneiro, enrolando os pernis em papel-manteiga, os corvos empoleirados nas vigas do mercado, azuis de tão negros, olhavam para nós. Eles crocitavam e batiam as asas, e suas fezes brancas manchavam as colunas e a carne. Até hoje tenho a impressão de ouvi-los sempre que tento alguma coisa ridiculamente "artística" na minha cozinha em Paris, o crocitar rouco dos corvos do mercado Crawford me avisando para manter os pés no chão.

Porém, minha parada preferida no mercado eram as barracas de peixes. Bappu e eu sempre terminávamos lá, carregados das compras matinais, pulando os esgotos entupidos de peixes e intestinos que formavam mares cinzentos e viscosos. Íamos à barraca do peixeiro Anwar, nos fundos da parte coberta.

Nas colunas de concreto que sustentavam o mercado de peixes, os hindus dependuravam guirlandas amarelas e acendiam incenso na frente dos retratos de Shirdi Sai Baba. As caixas de peixes vinham batendo pelo caminho, um som prateado de *pearlspots*, chaputas e esparídeos, todos de olhos arregalados e, de vez em quando, montes sulfúreos de patos de Bombaim, as aves lustrosas e ágeis que são uma iguaria da gastronomia indiana. Às 9 horas, mais ou menos, a primeira leva de trabalhadores terminava seu dia e eles se despiam discretamente por baixo de um roupão, lavavam-se num balde enferrujado e esfregavam com sabão Rin os *ludis* cheios de escamas de peixe. Cantos escuros do mercado faiscavam com o brilho das fogueiras, mantidas acesas com leves abanadas, preparando pratos simples de arroz e lentilhas. Após a refeição, os homens, sem se incomodarem com o barulho, esticavam-se um a um para um cochilo sobre uma sacola de aniagem ou uma folha de papelão.

Que peixes maravilhosos. Passávamos por luzidios e prateados da espécie bonito, de cabeça achatada e amarelada. Eu gostava dos tabuleiros com lulas, de pele roxa e brilhante como a ponta de um pênis, e dos cestos de vime com ouriços-do-mar, que ficavam abertos expondo suas suculentas ovas laranja. Em todo o piso de concreto do mercado, cabeças e rabos de peixe formavam ângulos estranhos, saindo do meio das pilhas de gelo, da altura de um homem. O barulho do mercado Crawford era ensurdecedor, correntes e ganchos de gelo batendo, corvos crocitando no teto e a cantilena de um leiloeiro. Como permanecer imune a tudo aquilo?

Finalmente, no fundo do mercado, ficava o mundo de Anwar. Todo de branco, o peixeiro sentava de pernas cruzadas sobre uma mesa alta, de metal, entre dezenas de pilhas de gelo e peixes à altura do peito. Na mesa, três telefones: um branco, um vermelho e um preto. A primeira vez que o vi, pisquei: ele afagava alguma coisa no colo e levei alguns instantes para concluir que era um gato. Depois, alguma outra coisa se mexeu e percebi que toda a mesa de metal estava coberta com meia dúzia de gatos satisfeitos, abanando o rabo preguiçosamente, lambendo as patas, altivamente levantando a cabeça à nossa chegada.

Mas vou contar uma coisa. Anwar e seus felinos conheciam peixe e, juntos, ficavam atentos aos caixotes sendo descarregados. Um pequeno aceno de cabeça de Anwar, ou um leve estalo de sua língua, e os empregados davam atenção a um pedido escrito em papel rosa, ou a um lote que chegava, vindo da comunidade pesqueira Koli. Os empregados de Anwar eram da Muhammad Ali Road, muito leais, e ficavam o dia inteiro às ordens dele, separando lagostas e lagostins, cortando os atuns carnudos, limpando as carpas cheias de escamas.

Anwar fazia suas preces cinco vezes ao dia num tapete de oração que ficava enrolado atrás de uma coluna, mas nas outras horas estava sempre de pernas cruzadas em cima da gasta mesa de metal nos fundos do mercado. Os dedos dos pés tinham unhas compridas, amarelas e curvas e ele costumava massagear os pés descalços o dia inteiro.

— Hassan — chamou ele, mexendo no dedão do pé. — Você ainda está muito pequeno, diga ao Grande Abbas para lhe dar mais peixe. Tenho um ótimo atum vindo de Goa, rapaz.

— Aquele peixe de lá não está bom, é comida para gatos.

E então, quando ele tossia, fazendo um som rouco e sibilante, era sinal de que estava rindo de mim. Nos dias em que os telefones tocavam (eram os hotéis e restaurantes de Bombaim fazendo suas encomendas), Anwar oferecia gentilmente a Bappu e a mim chá com leite; senão, preenchia pedidos e observava, sério, os empregados encherem caixotes. Mas nos dias em que o movimento era pequeno, ele me levava até um cesto de peixes recém-chegados e me mostrava como avaliar sua qualidade.

— Você quer peixe com olhos claros, não como este — dizia, a unha escura apontando para os olhos enegrecidos de uma chaputa. — Já este aqui é fresco. Note a diferença: olhos brilhantes e bem abertos.

Passava para outro cesto.

— Veja este velho truque: a camada de cima tem peixes bem frescos. Certo? Mas repare. — Ele mexia no fundo do cesto e puxava pelas guelras um peixe todo amassado. — Toque, a carne é mole e as guelras não são vermelhas como no peixe fresco, estão desbotadas, cinzentas. E quando você vira a barbatana, ela deve estar dura e não como essa. — Anwar agitou a mão e um jovem peixeiro levou o cesto. — E agora veja este aqui. Vê este atum? Ruim, rapaz, muito ruim.

— Está machucado como se tivesse apanhado muito, não? Algum desleixado deixou o peixe cair da traseira do caminhão.

— Isso mesmo — concordava ele, mexendo a cabeça, satisfeito por eu ter aprendido a lição.

Numa tarde de monção, eu estava à mesa com papai e Ammi, nos fundos do restaurante. Os dois olhavam com atenção o maço de papéis enfiados em espetos entre eles e, através daqueles pedidos, concluíam quais pratos haviam saído mais na semana anterior e quais eram os de menor saída. Bappu estava à nossa frente, sentado numa cadeira de espaldar reto como num Tribunal de Justiça, torcendo nervosamente seu bigode de coronel. Aquele era um ritual semanal, uma busca constante de Bappu por aprimorar as velhas receitas. Era assim. Melhorar. Você sempre pode melhorar.

O item transgressor estava entre eles, uma tigela de cobre com frango. Enfiei os dedos na tigela e peguei um pedaço da carne carmesim. O molho *masala* foi escorrendo pela minha garganta, uma pasta oleosa de ótima pimenta vermelha, suavizada com pitadas de cardamomo e canela.

— Esse frango só teve três pedidos na semana passada — disse papai, olhando de Bappu para minha avó. Deu um gole na sua bebida preferida, chá temperado com uma colher de *garam masala*. — Ou melhoramos ou tiramos do cardápio.

Ammi pegou a concha e pingou algumas gotas do molho na palma da mão, lambeu e estalou os lábios. Balançou o indicador para Bappu, os braceletes de ouro tilintando ameaçadoramente.

— O que é isso? Não foi assim que ensinei.

— Como? Na última vez, você me mandou mudar, colocar mais anis. E mais baunilha. Faça assim, faça assado. E agora vem dizer que não está como ensinou? Como posso cozinhar se você muda de ideia o tempo todo? Desse jeito, eu fico louco. Acho que vou trabalhar para o Joshi.

— Ééé — gritou minha avó, furiosa. — Quer me ameaçar? Tudo o que você é, é graças a mim e agora vem dizer que vai trabalhar para aquele homem? Mando sua família inteira para a rua.

— Ammi e Bappu, acalmem-se — berrou papai. — Parem. Não falem besteira. Não é culpa de ninguém. Só quero avaliar o prato, que podia ser melhor, concordam?

Bappu ajeitou o chapéu de mestre-cuca como tentando recuperar a dignidade e deu um gole no chá.

— Ééé — concordou.

— Ah — acrescentou a avó.

Todos olharam para o prato e seus defeitos.

— Faça mais seco — falei.

— O quê? Eu agora obedeço a um guri?

— Deixa ele falar.

— Está muito gorduroso, papai. Bappu tira a gordura e a manteiga com uma escumadeira. Fica melhor seco. Meio crocante.

— Não gosto de tirar com escumadeira. É isso? O guri sabe mais...

— Quieto, Bappu — gritou papai. — Você sempre fica falando. Por quê? É uma velha?

Bom, Bappu seguiu a minha sugestão depois que papai terminou a discussão, e essa foi a única pista do que eu iria me tornar, pois o prato passou a ser um dos nossos mais pedidos, rebatizado por meu pai de Frango Seco de Hassan.

— Venha, Hassan.

Mamãe pegou minha mão e saímos pela porta dos fundos, para tomar o ônibus número 37.

— Aonde vamos?

Nós dois sabíamos, claro, mas fingíamos que não. Era sempre assim.

— Ah, não sei. Fazer compras, quebrar um pouco a rotina.

Minha mãe era tímida, discretamente boa em contas e sempre atenta quando meu pai era dominado pelo exagero. Do seu jeito discreto, ela era o verdadeiro lastro da família, mais do que meu pai, apesar de toda a atenção que ele provocava. Graças a ela, nós, as crianças, estávamos sempre bem-arrumados e fazíamos a lição de casa.

Tudo isso não significava que mamãe não tivesse seus desejos secretos.

Por estolas. Minha mãe gostava muito da *dupatta*, estola que as indianas usavam sobre o torso.

Por algum motivo, não sei bem qual, mamãe às vezes me levava nas andanças pelo centro, como se só eu entendesse seus ataques loucos por compras. Mas eram inofensivos. Comprava uma ou duas estolas, às vezes um par de sapatos e, raramente, um sari caro. Para mim, um livro de colorir ou uma revista em quadrinhos, e nossa aventura consumista terminava sempre com uma farta refeição.

Aquela refeição era nosso elo secreto, nossa aventura exclusiva, uma forma de garantir que eu não me perdesse na confusão do restaurante, nas exigências de papai e no meio dos outros filhos barulhentos. (Talvez eu não fosse tão especial quanto pensava. Mais tarde, Mehtab contou que mamãe a levava escondido ao cinema; levava também Umar para andar de carrinho.)

De vez em quando, não se tratava de compras, mas de alguma outra coisa, mais grave, pois ela percorria as lojas, estalava os lábios, pensativa, e íamos numa direção bem diferente, ao Prince of Wales Museum ver as miniaturas mongóis, ou ao planetário Nehru que, de fora, sempre me pareceu um enorme filtro industrial deitado no chão.

Neste determinado dia, mamãe tinha acabado de trabalhar muito por duas semanas, fechando os livros de final de ano do restaurante para entregá-los ao funcionário dos impostos. Terminada a tarefa, foi-se mais um ano lucrativo e ela nos premiou com uma pequena viagem de compras no ônibus 37. Desta vez, trocamos de ônibus, íamos mais longe, penetrar na agitação da cidade e acabamos num trecho de Mumbai onde as avenidas eram largas como o Ganges e as ruas tinham lojas com grandes vitrines, porteiros e prateleiras de madeira muito bem lustradas.

O nome da loja de saris era Moda Extravagante. Mamãe olhou as pilhas de panos que iam até o teto, formando uma torre de azuis elétricos e cinza-castor, e apoiou as mãos no queixo, maravilhada com o vendedor parsi no alto da escada, que mandava seu assistente pegar os mais vibrantes montes de seda e entregá-lo aos seus pés. Mamãe ficou com os olhos úmidos como se a beleza do tecido fosse difícil de captar, como olhar direto para o sol. Neste dia, compramos para mim um fino paletó azul que, por alguma razão, tinha no peito o escudo dourado do Iate Clube de Hong Kong.

A loja ao lado vendia essências aromáticas em garrafas azuis e âmbares de gargalos compridos e elegantes, como pescoços de cisnes. Uma mulher de jaleco branco passava em nossos pulsos óleos com sândalo, café, *ylang-ylang*, mel, jasmim e pétalas de rosa ao ponto de ficarmos tontos, enjoados até, e precisarmos sair para tomar ar fresco. Era hora então de olhar sapatos, num palácio de quinquilharias onde sentávamos em sofás dourados, de braços e pés em forma de leões e cuja vitrine tinha um relógio incrustado de diamantes, prateleiras de vidro e, como se fossem joias raras, sapatos de salto agulha, tênis de couro de crocodilo e sandálias tingidas de roxo forte. Lembro-me do vendedor se ajoelhar na frente de mamãe como se ela fosse a Rainha de Sabá e ela, pueril, virar a sandália dourada de lado e perguntar:

— O que acha, Hassan?

Lembro, sobretudo, que, quando fomos tomar o ônibus 37 de volta, passamos por um alto prédio de escritórios com lojas no térreo: uma alfaiataria, uma loja de material de escritório e um estranho restaurante chamado La Fourchette, de cimento, com uma gasta bandeira francesa a tremular.

— Venha, Hassan, ande; vamos experimentar — disse mamãe.

Subimos a escada rindo com nossas sacolas, empurramos a porta pesada, mas subitamente ficamos em silêncio. Dentro, o restaurante parecia uma mesquita, escura e sombria, tinha o cheiro acre de bife imerso em vinho e de cigarros estrangeiros, com globos de luz dependurados sobre cada mesa, a única luz existente. Na penumbra, um casal ocupava uma cabine e alguns executivos, de camisas brancas e mangas enroladas, faziam um almoço de negócios bebendo vinho tinto que, na época, ainda era uma raridade exótica na Índia. Mamãe e eu nunca tínhamos entrado num restaurante francês, por isso o salão nos pareceu muito elegante; discretamente, ocupamos uma mesa nos fundos, falando baixo, sob a luminária de cobre pendurada, como se estivéssemos numa biblioteca. Uma cortina de renda, cinza de tanta poeira acumulada, dificultava a entrada da pouca luz que vinha das janelas pintadas de marrom, fazendo o ambiente parecer um antro com fama de decadente. Ficamos encantados.

Uma mulher mais velha, dolorosamente magra, usando um caftã e com os braços cheios de pulseiras, veio à nossa mesa arrastando os pés e foi imediatamente identificada como uma daquelas antigas hippies europeias que vieram meditar num *ashram* e nunca mais voltaram para casa. Mas os parasitas indianos e os anos causaram efeito na mulher e ela me pareceu um inseto seco. Seus olhos fundos eram contornados com muito *kohl* que, com o calor, escorreu pelas rugas do rosto; a boca havia sido pintada com batom vermelho por uma mão trêmula. Naquela luz ruim, o resultado final era assustador, como se um cadáver nos servisse o almoço.

Mas ela falava bem o indiano, com sua voz grave, e nos entregou os cardápios antes de sair, arrastando os pés, para preparar *lassi* de manga para nós, um suco de iogurte com a fruta. A estranheza do lugar me impressionou. Eu não sabia por onde começar naquele cardápio tão formal, de pratos de sons exóticos como *bouillabaisse* e *coq au vin*. Olhei apavorado para mamãe, que sorriu, gentil, e disse:

— Não tenha medo de experimentar uma novidade, Hassan. Isso é muito importante, dá tempero à vida. — Mostrou um papel afixado ao cardápio. — Por que não pedimos o prato do dia? Quer? A sobremesa está incluída. Muito bom preço. Depois das nossas compras, nada mal.

Lembro bem que o *menu complet* começava com *salade frisée* e molho vinagrete com mostarda, seguido de *frites* e um filé à minuta com manteiga Café de Paris (deliciosa mistura de manteiga com ervas e alho) e terminava com um tremulante *crème brûlée* cheio de calda. Tenho certeza de que foi um almoço medíocre, com o filé duro como os sapatos que mamãe tinha acabado de comprar, mas ascendeu imediatamente ao meu panteão de refeições inesquecíveis por causa da magia daquele dia.

Pois o pudim de caramelo que dissolveu na língua está para sempre marcado na minha memória, com o olhar suave de mamãe realçado pela animação de nosso passeio descompromissado. Ainda vejo o brilho nos olhos dela ao se inclinar para mim e combinar, baixo:

— Vamos dizer ao seu pai que comida francesa é a nova moda. Muito melhor que a indiana. Ele vai ficar animado! O que acha, Hassan?

Eu tinha 14 anos.

Voltava da escola São Xavier para casa a pé, carregando o peso dos livros de francês e matemática, comendo um cone de *bhelpuri*. Levantei a cabeça e vi um menino da minha idade, de olhos negros, observando-me, ao lado dos barracos sujos da avenida. Estava se lavando num balde amassado e sua pele molhada e escura ficava branca nos lugares onde batia o sol ofuscante. Uma vaca estava deitada aos pés dele. A irmã estava de cócoras sobre uma vala e, atrás deles, uma mulher descabelada colocava panos sujos para secar sobre o encanamento de concreto.

O menino e eu grudamos nossos olhos, por um segundo, e então ele riu e balançou o pênis para mim. Foi um desses instantes da infância em que se compreende que o mundo não é o que você pensava. Subitamente, entendi que aquelas pessoas me odiavam, apesar de nem me conhecerem.

Um Toyota prata passou roncando entre nós a caminho da colina Malabar e quebrou o feitiço daquele olhar mesquinho; aliviado, virei a cabeça para acompanhar o rastro brilhante da caminhonete a diesel. Quando olhei de novo, o menino tinha ido embora. Só ficaram a vaca, balançando o rabo na lama, e o excremento cheio de vermes que a menina tinha acabado de defecar.

De dentro do cano de água saíam ruídos sombrios.

Na favela, Bapaji era um homem respeitado. Ele foi um dos que a construíram, por isso os pobres juntavam as mãos respeitosamente quando ele passava, arrogante, pelos barracos, dando um tapinha na cabeça dos rapazes mais fortes. Os escolhidos abriam caminho na multidão clemente e se acotovelavam na traseira de seu carrinho de três rodas movido a querosene. Bapaji escolhia na favela seus entregadores de marmita e era adorado por isso.

— São os empregados mais baratos que posso achar — ele me dizia, alto.

Quando meu pai reestruturou o restaurante conforme os padrões mais finos, parou de contratar rapazes da favela. Disse que nossos clientes de classe média queriam garçons limpos e não a ralé suja dos barracos. E assim foi. Mas eles continuaram aparecendo, implorando trabalho, com os rostos magros apertados na porta dos fundos e papai afastando-os com um grito e um chute.

Papai era complicado, difícil de definir. Não podia ser considerado um muçulmano devoto, mas, por outro lado, preocupava-se em ficar do lado de Alá. Toda sexta-feira, por exemplo, antes do chamado para as orações, ele e mamãe davam pessoalmente comida para cinquenta moradores daquela mesma favela, em caldeirões colocados na porta dos fundos do restaurante. Era para garantir a vida no além. Mas quando ia contratar funcionários, papai era impiedoso.

— Só tem lixo. Lixo humano.

Um dia, um indiano nacionalista montado numa moto vermelha entrou roncando no nosso mundo e, na nossa frente, aumentou a divisão entre ricos e pobres da colina Malabar e da Napean Sea Road. Na época, o Shiv Sena tentava se reformar (o Partido Bharatiya Janata estava a poucos anos do poder), mas nem todos os inflamados extremistas ficavam escondidos. Numa tarde quente, papai chegou em casa com um maço de folhetos. Estava pálido, tenso e foi para o quarto falar com mamãe.

Meu irmão Umar e eu lemos com atenção os folhetos amarelos que ele deixou na cadeira de vime e que estremeciam sob o ventilador de teto ligado. Os folhetos nos apontavam, por sermos uma família muçulmana, como responsáveis pela pobreza e sofrimento do povo. Um desenho mostrava um papai obeso, bebendo uma tigela de sangue de vaca.

Vejo as imagens agora como se fossem cartões-postais, da mesma forma que vejo a época em que minha avó e eu quebrávamos nozes sob a varanda do conjunto de casas. Atrás de nós, os nacionalistas gritavam palavras de ordem no megafone. Olhei para a colina Malabar e vi duas meninas de roupas brancas de se jogar tênis tomando sucos num terraço. Foi um momento estranho, pois, de certa forma, eu sabia como aquilo ia terminar. Nós não éramos favelados nem pertencíamos às classes mais altas da colina Malabar, mas vivíamos na fenda entre aqueles dois mundos.

Deste último verão da minha infância, ainda consigo extrair coisas agradáveis. Uma tarde, papai levou todos nós para a praia Juhu. Carregamos nossas bolsas de praia, bolas e panos por uma alameda cheia de excremento de vaca e perfume de jasmim até a areia escaldante, conduzindo nossas enfeitadas carroças puxadas por cavalos e seus montes de estrume quente. Papai estendeu três panos xadrezes na areia e nós, as crianças, ficamos indo e vindo da água azul platinada.

Mamãe nunca esteve tão linda. Usava um sari rosa, sandálias douradas amarradas no tornozelo e tinha no rosto o doce e suave sorriso de alegria. Pipas em formato de peixes voavam, barulhentas, acima de nós, e o vento forte acabou com o *kohl* que mamãe tinha nos olhos. Eu me recostei no calor morno de sua perna, enquanto ela procurava na sacola um lenço para depois passá-lo no rosto, olhando-se no espelho de bolsa.

Papai anunciou que ia até a beira da água comprar de um falcoeiro um boá de plumas para minha irmã caçula, Zainab. Muktar, Zainab, Arash e eu corremos atrás dele. Velhos barrigudos tentavam recuperar a juventude jogando críquete; na areia, meu irmão mais velho, Umar, dava cambalhotas para trás, se exibindo com os amigos adolescentes. Ambulantes carregavam refrigerantes e bandejas fumegantes pela praia, apregoando pães doces, cajus, Fanta e balões em forma de macaco.

— Por que só Zainab vai ganhar um presente, papai? — reclamou Muktar.

— Uma coisa para cada um e nada mais. Entenderam? — berrou papai.

As linhas esticadas da pipa gemiam ao vento.

Mamãe sentou-se no pano sobre a areia e se enroscou como uma romã cor de rosa. Ela riu de alguma coisa que minha tia disse e virou-se, alegre, os dentes claros, estendendo a mão para ajudar minha irmã Mehtab a colocar uma guirlanda de flores brancas nos cabelos. É assim que gosto de me lembrar de mamãe.

Era uma tarde quente e úmida de agosto. Eu jogava gamão com Bapaji no pátio do conjunto de residências. Um sol vermelho como pimenta tinha acabado de entrar atrás da figueira e os mosquitos zuniam furiosamente. Eu ia dizer que era melhor entrarmos quando, de repente, Bapaji levantou a cabeça e disse:

— Não me deixe morrer. — Caiu sobre a mesa de pés torneados, seu corpo tremeu e crispou-se. A mesa desmoronou.

Com a morte de Bapaji, morreu também o resto de respeito que tínhamos na favela e, duas semanas após o enterro, eles chegaram à noite e apertaram suas caras tortas e borrachudas na janela do Bollywood Nights. Só me lembro dos gritos, gritos horríveis. A multidão, com tochas, tirou minha mãe de seu canto, enquanto meu pai mandava nós, as crianças, sairmos e os clientes do restaurante iam em debandada pela porta dos fundos rumo aos jardins Suspensos e à colina Malabar. Papai voltou correndo para pegar mamãe, mas, à aquela altura, as chamas e o cheiro acre da fumaça subiam pelas janelas.

Mamãe estava ensanguentada e inconsciente, sob uma mesa do restaurante, cercada de chamas. Papai tentou entrar, mas sua túnica pegou fogo e ele teve de recuar, batendo as mãos escuras de fumaça. Ouvimos seus gritos terríveis pedindo ajuda, enquanto corria de um lado para outro na frente do restaurante, sem poder fazer nada ao ver as tranças de mamãe queimando como uma vela. Nunca contei a ninguém, pode ter sido coisa da minha imaginação fértil, mas juro que, de lá do nosso seguro belvedere na colina, senti o cheiro da carne dela queimando.

Só lembro que depois tive uma fome voraz. Em geral, como moderadamente, mas depois do assassinato de mamãe passei dias devorando *masala* de carneiro, bolinhos de leite fresco e *biryani* com ovo.

Recusei-me a entregar o xale dela. Passei dias num torpor, com o xale preferido de mamãe amarrado nos ombros e a cabeça baixa, sobre a sopa de pata de ovelha. Era, claro, apenas a tentativa desesperada de um menino de se apegar à última lembrança da mãe, aquele odor evanescente de água de rosas e pão frito exalando do pano diáfano em volta de mim.

Mamãe foi enterrada conforme a tradição muçulmana, horas após a morte. A sufocante poeira avermelhada da terra entrou pelas minhas narinas e me deixou ofegante, e eu me lembro de ficar encarando as papoulas vermelhas e a tasneira ao lado da terra onde ela foi engolida. Nenhum sentimento. Nada. Papai bateu no próprio peito até a pele avermelhar, a túnica encharcada de suor e lágrimas, o ar cheio de seus gritos trágicos.

Na noite em que minha mãe foi enterrada, meu irmão e eu ficamos na cama olhando o escuro, ouvindo papai andar de um lado para outro, através da parede do quarto, acusando, amargo, todos e tudo. Os ventiladores rangiam; lacraias venenosas percorriam o teto cheio de rachaduras. Esperamos, nervosos, até que ouvimos... uma batida, o som horrível das mãos de papai envoltas em gaze se socando. Naquela noite, pela porta do quarto, ele sussurrou uma espécie de lamento, como um cântico, que repetia sem parar, enquanto balançava o corpo na beira da cama:

— Tahira, fiz esta promessa à beira de seu túmulo; vou tirar nossos filhos desse maldito país que matou você.

Durante o dia, os ânimos acirrados no conjunto de residências ficaram insuportáveis, como um barril que borbulha e borbulha sem nunca secar. Minha irmãzinha Zainab e eu nos escondemos atrás de um armário de aço Storwel, encolhidos como duas bolas e apertados para nos confortarmos. Do andar de baixo vinha um terrível gemido e nós dois, querendo nos livrar dele, escalamos o armário e nos enfiamos no meio das centenas de estolas que eram a vaidade simples de mamãe.

As pessoas vieram lamentar a morte de mamãe e, como abutres, nos bicar. Os cômodos da casa se encheram com a catinga acre dos corpos, dos cigarros baratos, das espirais para afastar mosquitos. A conversa não parava, alta, e as pessoas comiam tâmaras recheadas com marzipã enquanto cacarejavam sobre a nossa tragédia.

Os arrogantes parentes de mamãe vieram de Delhi em trajes de seda, elegantes, e ficaram no canto, de costas para a sala, mordiscando *papads* e berinjelas assadas. Os parentes paquistaneses de papai circulavam pela sala com estardalhaço, procurando confusão. Um tio religioso agarrou meu braço com os dedos ossudos e me puxou para o lado.

— Castigo de Alá. Alá castigou a sua família por ter sido contra a divisão do país — sussurrou, com a cabeça branca balançando num torpor.

Papai finalmente não aguentou mais minha tia-avó gritando, puxou-a pela porta telada e largou-a no pátio. Os cachorros levantaram as orelhas e uivaram. Papai então voltou e chutou fora a sacola com os pertences dela.

— Se voltar aqui, sua velha abutre, mando você a pontapés de volta a Karachi — berrou da varanda.

— Aaaaaai — gritou a velha. Apertou a testa com as mãos e ficou andando perto dos restos carbonizados do restaurante. O sol continuava forte. — O que fiz? O quê? — gemeu.

— O que você fez? Vem na minha casa, come e bebe do que é meu e depois cochicha ofensas à minha esposa? Acha que, por ser velha, pode falar o que quiser? — perguntou, cuspindo nos pés dela. — Camponesa de baixa classe. Saia da minha casa, vá embora. Não quero mais ver a sua cara de macaca.

De repente, o grito de Ammi cortou o ar como um machado. Segurava nas mãos cachos dos próprios cabelos brancos, parecendo raízes de cebolinha e arranhava o rosto até sangrar. Houve mais barulho e confusão quando titia e tio Mayur seguraram os braços dela, para que não se machucasse mais. Tive uma visão fugaz de um *salwar kameez*, ouvi uma luta ofegante, seguida de um silêncio de pedra depois que retiraram a descontrolada Ammi da sala. Papai saiu furioso do conjunto de casas deixando um rastro de galinhas batendo asas.

Durante tudo aquilo, fiquei sentado no sofá ao lado do cozinheiro Bappu, que protetoramente pôs o braço no meu ombro, enquanto eu me encostava com força nas dobras do seu corpo. Lembro que o clima na sala piorou durante as cenas de papai e de Ammi, as *samosas* frias ficaram a meio caminho de bocas abertas. Parecia uma brincadeira de salão, pois, assim que papai saiu, nossos convidados olharam de esguelha, certificando-se que nenhum Haji ia pular sobre eles e, felizes, voltaram à mastigação e à falação com seus dentes de ouro, e tomaram chá como se nada tivesse ocorrido. Achei que eu ia ficar doido.

Poucos dias depois, apareceu na nossa porta um homem atarracado, de lustrosos cabelos penteados para trás, óculos de aro preto e cheirando a água de lírios. Era um corretor de imóveis. Chegaram mais corretores, como um enxame na nossa varanda, cada um fazendo propostas melhores que o outro, todos querendo desesperadamente ficar com o 1,6 hectare da propriedade do vovô para poderem construir mais um edifício.

O destino fez com que nossas perdas coincidissem com uma curta fase em que os imóveis em Bombaim ficaram os mais caros do mundo, mais até do que em Nova York, Tóquio ou Hong-Kong. E tínhamos 1,6 hectare livre.

Papai ficou distante, gelado. Durante vários dias, passou tardes inteiras sentado no sofá manchado sob a varanda, às vezes pedindo copos de chá para a meia dúzia de corretores. Quase não falava, sério, e passava as contas de seu *komboloy*. Quanto menos falava, mais frequentes eram as batidas na mesa e os cuspes vermelhos de betel que escorriam na parede.* Até que os interessados se cansaram e papai então se levantou, fez sinal para o homem de cabelos cheirando a água de lírios e entrou em casa.

De um dia para o outro, mamãe tinha ido embora para sempre e nós ficamos milionários.

A vida é engraçada. Não é?

---

* Em alguns países do Oriente Médio existe o hábito de mastigar folhas de betel e cuspir no chão. (*N. da T.*)

Embarcamos no voo da Air India à noite, o abafado ar de Bombaim grudando em nossas costas, o cheiro úmido de gasolina e esgoto nos nossos cabelos. O cozinheiro Bappu e seus primos choraram com as mãos espalmadas nas vidraças do aeroporto, achei que pareciam lagartixas. Mal sabia eu que era a última vez que víamos Bappu. A viagem é um borrão indefinido na minha memória, embora me lembre da cabeça de Mukhtar enfiada no saco de enjoo durante a noite toda e da nossa fileira de assentos cheia de seu vômito.

O choque pela morte de mamãe durou algum tempo, por isso as lembranças dessa época são estranhas: guardo misteriosas e vívidas sensações, mas nenhuma imagem. A única coisa certa é que meu pai cumpriu a promessa feita à mamãe no túmulo e, de uma só vez, nós perdemos não só nossa amada mãe, mas tudo o que era o nosso lar.

Seis crianças, de 5 a 19 anos, minha avó viúva, meu tio Mayur e a mulher; ficamos horas sentados nos bancos de plástico mal iluminados do aeroporto de Heathrow enquanto papai vociferava e acenava com os papéis do banco para os receosos funcionários da Imigração, decidindo o nosso destino. E foi naqueles bancos que experimentei o primeiro sabor da Inglaterra: um sanduíche frio de salada de ovo embalado num triângulo de plástico. Lembro especialmente do pão, que dissolvia na boca.

Eu nunca tinha comido nada tão insosso, úmido e branco.

Londres

Capítulo Três

A experiência de deixar Bombaim foi parecida com uma certa técnica de se pescar polvos, praticada nas aldeias portuguesas que ficam na orla das agitadas águas do Atlântico. Jovens pescadores prendem nacos de bacalhau como isca em grandes ganchos triplos, na ponta de bambus de 3 metros de comprimento. Na maré baixa, eles escolhem os pontos mais rochosos e deixam a isca em pedras meio imersas, que costumam ficar inacessíveis por causa das fortes ondas. De repente, um polvo surge debaixo da rocha e pega o bacalhau; segue-se uma batalha épica, com os pescadores tentando puxar o polvo para cima da pedra com o bambu e o gancho. Em geral, os pescadores perdem a batalha no meio da farta tinta que o polvo solta. Mas, se vencem, o polvo atordoado é colocado nas pedras, fora da água. O pescador enfia a mão na abertura que o polvo tem na lateral da cabeça, parecida com uma guelra, e vira tudo do avesso, expondo os órgãos internos do molusco. Ele morre rápido.

Foi parecido com o que sentimos pela Inglaterra. Arrancados do conforto de nossa rocha, tivemos nossas cabeças subitamente viradas do avesso. Claro que os dois anos que vivemos em Londres foram muito úteis, deram-nos o tempo e o espaço necessários para nos despedirmos adequadamente de mamãe e da Napean Sea Road antes de seguir pela vida. Mehtab tem razão ao chamar aquela fase de

Período de Luto. E Southall, que não era a Índia, mas também não era a Europa, era a latrina ideal para nos adaptarmos à nova situação. Mas essa é a vantagem de ver as coisas em retrospecto. Na época, parecia que tínhamos ido para o inferno. Estávamos perdidos. Talvez até um pouco doidos.

Foi tio Sami, irmão caçula de mamãe, quem nos pegou no aeroporto de Heathrow. Fiquei no banco traseiro da van, apertado entre titia e minha recém-descoberta prima Aziza. Ela, londrina de nascença, era da minha idade, mas não me olhava nem falava comigo, estava com fones de ouvido de um walkman e olhava pela janela enquanto batia na perna no ritmo da barulhenta *dance music*.

— Southall é um bairro muito bom — gritou tio Sami lá da frente. — Tem todas as lojas indianas ali mesmo e os melhores produtos asiáticos na Inglaterra. Achei uma casa para vocês bem perto da nossa. Grande, com seis cômodos. Precisa de alguns consertos, mas não se preocupem, o proprietário diz que vai deixar tudo tinindo.

Aziza era diferente de todas as garotas que conheci em Bombaim. Não tinha coquete ou nada de afetado e fiquei olhando para ela de esguelha. Por baixo da jaqueta de couro, usava coisas sensuais, blusa de renda rasgada e *legging* preta. Também exalava calor, uma forte mistura de corpo adolescente e óleo de patchouli, e chamava nossa atenção toda vez que estourava a goma de mascar como se fosse um tiro de pistola.

— Estamos quase chegando — avisou tio Sami quando, mais uma vez, fizemos um retorno na Hayes Road.

Ao virarmos uma esquina, senti o joelho quente da minha prima apertar minha coxa e, na mesma hora, apareceu um bastão de críquete dentro da minha calça. Os olhos de gavião da titia pareceram ler meus pensamentos, pois ela fez uma cara mais azeda que muitos limões e disse no meu ouvido, baixo:

— Era melhor Sami ter ficado na Índia. Essa menina é tão jovem e já assanhada, suja como uma tampa de privada.

— Pssiu, tia.

— Não me mande calar! Mantenha distância dela. Está me ouvindo? Ela só dá problema.

Southall era o centro não oficial da comunidade indiana, paquistanesa e bengali na Inglaterra, uma planície bem no sovaco do aeroporto Heathrow, a Broadway High Street, uma fileira reluzente de joalherias de Bombaim, mercados pague e leve de Calcutá e casas de curry de Balti. Ficávamos perdidos no meio daqueles ruídos familiares sob o céu cinzento da Inglaterra. As ruas residenciais próximas eram cheias de casas meio geminadas que foram divididas em apartamentos e sabia-se quem tinha acabado de chegar da Mãe Índia pelos seus lençóis sujos estendidos nas janelas avariadas. À noite, os globos amarelados dos postes de Southall brilhavam fracos na neblina, numa umidade permanente que saía dos pântanos do aeroporto Heathrow, carregada dos cheiros de curry e diesel.

Quando chegamos, algumas ruas de Southall também estavam sendo modificadas por uma segunda geração de imigrantes ambiciosos. Papai chamava-os de "anglo-pavões" e suas casas brancas reformadas pareciam ter tomado esteroides, pois eram enormes na frente; nos fundos, tinham ondulantes janelas imitando o estilo Tudor, antenas parabólicas e estufas envidraçadas para plantas. As entradas de garagem costumavam ter um Jaguar ou um Range Rover seminovo.

Os parentes de mamãe moravam há trinta anos em Southall e conseguiram para nós uma grande casa de tijolos que ficava a duas quadras de distância da Broadway High Street. A casa pertencia a um general paquistanês, era um refúgio que ele alugava enquanto esperava o dia em que teria de fugir rápido do seu país. Nós logo apelidamos a casa de Buraco do General e ela queria muito ser uma das opulentas casas de anglo-pavão, mas não conseguiu realizar sua pretensão. Era feia, de fachada estreita, mas se estendia por quase o quarteirão inteiro, terminando num pequeno jardim com uma churrasqueira enferrujada e uma cerca quebrada. Na calçada em frente à casa, havia uma castanheira pesteada e, quando mudamos para lá, tinha lixo na frente e nos fundos. Lembro que a luz da casa era sempre melancólica, já que ficava à sombra de uma caixa d'água; os cômodos cobertos por linóleo rasgado ou tapetes puídos. Móveis de vidro e cromados e lâmpadas penduradas não conseguiam animar o interior do imóvel.

Essa casa nunca foi um lar para nós e sempre vou associá-la aos ruídos de uma prisão: os aquecedores barulhentos, o alarmante chiado dos canos ao se abrir uma torneira, o ranger e gemer dos pisos e das vidraças. E tudo mergulhado numa umidade gélida.

Papai estava obcecado em iniciar um novo negócio na Inglaterra, mas em poucas semanas deixava uma ideia de lado, quando outra bobagem chamava sua atenção. Ele se imaginou importador-exportador de fogos de artifício e produtos para festas; depois, revendedor de acessórios de cobre para cozinha fabricados em Uttar Pradesh, seguido do interesse em vender *bhelpuri* congelado para a rede de supermercados Sainsbury's.

Mas meu pai decidiu seu rumo empresarial quando estava na banheira, com a touca de banho de titia na cabeça e o torso parecendo um iceberg cabeludo surgindo da água branca e leitosa. Uma caneca de seu chá preferido, temperado com *garam massala,* encontrava-se a sua mão e o suor escorria do rosto dele.

— Precisamos pesquisar, Hassan. Pesquisar.

Eu estava empoleirado no cesto de roupa vendo papai esfregar os pés com vigor.

— Pesquisar o que, papai?

— Novos ramos de trabalho... Mehtab, venha aqui! As costas.

Mehtab vinha do quarto e sentava-se, submissa, na borda da banheira, enquanto papai inclinava o torso e olhava por cima do ombro.

— No lado esquerdo, embaixo da escápula. Não, não. Isso, aí.

Desde a adolescência, papai sofria de uma desagradável profusão de cravos, espinhas e bolhas na grande extensão de suas costas cabeludas, e, quando mamãe era viva, cabia a ela retirar os piores.

— Esprema. Esprema — gritava ele para Mehtab.

Papai fazia uma careta enquanto Mehtab espremia, com as unhas pintadas, e os dois gritavam de surpresa quando as piores explodiam.

Papai virava a cabeça para olhar o pano.

— Saiu muito, não?

— Mas que ramos, papai?

— Pensei em molhos. Molhos quentes.

A partir daí, o assunto passou a ser molhos de Madras e nada mais.

— Veja como eu faço, Hassan — exclamou papai, mais alto que o trânsito na rua Broadway. — Antes de você começar um negócio, deve verificar os concorrentes. Fazer pesquisa de mercado.

O supermercado Shahee era o rei das lojas de Southall. Propriedade de uma rica família hindu do leste da África, ocupava todo o andar térreo de um prédio de escritórios, construído na década de 1970, no final da Broadway High Street. Às vezes, o supermercado utilizava meio andar do porão, oferecendo hortelã em grãos e *chapatis* congelados; outras vezes, se expandia três degraus para uma plataforma reforçada, só com sacos de 5 quilos de arroz *basmati* quebrado. Cada centímetro da loja tinha, do chão ao teto, prateleiras com latas, sacos e caixas de tudo, e era lá que indianos deslocados como nós compravam lembranças com cheiro de casa. Sacos de feijão-manteiga e garrafas de Thums Up; latas de creme de coco e calda de romã; pacotes coloridos de incenso de sândalo para o nosso "deleite e oração".

— O que é isso? — perguntou papai, apontando para um vidro.

— Pasta de Curry de Madras marca Patak, senhor.

— E isso?

— Picles de pimenta e lima marca Rajah, senhor.

Papai percorria a fila de prateleiras metendo o nariz em tudo e infernizando o pobre assistente da loja.

— Isso aqui é Shardee's, não?

— Não, senhor, é Sherwood's e não é picles, é uma pasta de curry Balti.

— É mesmo? Abra uma, quero provar.

O assistente procurava o gerente, mas o Sikh estava na frente da loja, cuidando de pilhas de papel higiênico cor-de-rosa. Sem ter ajuda, o jovem se esquivava no meio de caixas de grão-de-bico até que conseguia dizer:

— Desculpe, senhor. Aqui não temos prova, o senhor tem de comprar o pote.

— Queremos um serviço limpo — disse papai ao tio Sami.

Aziza olhou para mim e fez sinal para irmos fumar escondido nos fundos da casa.

— Não queremos esses tipos simplórios do leste da África — continuou papai, batendo no cotovelo de tio Sami para o pobre sujeito tirar os olhos do jornal.

— Céus, aquele vendedor idiota do Shahee's parecia ter um osso atravessado no nariz.

— Sim, sim, muito bem. A cotação de Liverpool subiu, dois para um — disse tio Sami.

Mas papai parecia um cachorro atrás de um rato e "serviço limpo" virou nossa desculpa para irmos àquele misterioso lugar do qual ele tinha ouvido falar tanto: a seção de alimentos da Harrods. Foi um acontecimento inesquecível o dia em que a família inteira foi ao West End, a agitação e o movimento de Knightsbridge nos acalentou, lembrando a confusão de carros de Bombaim. Por alguns minutos, ficamos pasmos, parados na frente da loja de departamentos de paredes avermelhadas olhando, boquiabertos com a informação de que eram fornecedores da Família Real, conforme estava afixado na lateral do prédio.

— Isso é muito importante. Significa que a família real inglesa compra chutney aqui — disse papai, respeitoso.

Entramos então na Harrods e passamos pelas bolsas de couro, as porcelanas, as esfinges de papier mâché, nossas cabeças viradas para cima, olhando espantados o teto dourado incrustado de estrelas.

O Salão de Alimentos cheirava a galinha-d'angola assada e picles. Sob um teto que podia servir para uma mesquita, encontramos um espaço do tamanho de um campo de futebol inteiramente dedicado à comida e aos produtos de comércio mundial. Ao nosso redor, havia conchas com ninfas vitorianas, javalis de cerâmica, um pavão de mosaicos roxos. Ao lado, um bar de ostras, com nacos de carne plástica dependurados e piso revestido do que parecia ser uma série infinita de balcões de mármore e vidro. Lembro-me de um balcão inteiro só de bacons: defumados, *oysters-back*, curados de Suffolk.

— Olhem — disse papai, com um misto de deleite e nojo, as bandejas de carne de porco atrás da vitrine. — Porcos. Argh. E aqui, vejam.

Papai achava muita graça da tolice dos ingleses, que expunham artisticamente lustrosas cenouras com 20 centímetros de rama.

— Vejam, quatro cenouras por uma libra e trinta. Ha ha ha. Pagam pelo maço e comem tudo como coelhos.

Passamos de um salão a outro, sob candelabros vitorianos, avaliando produtos de lugares no mundo que nunca tínhamos nem ouvido falar e papai foi parando de rir. Lembro-me da expressão intrigada dele quando contou na vitrine 37 diferentes tipos de queijo de cabra, com nomes exóticos como Pouligny-Saint-Pierre e Sainte-Maure de Tourraine.

Percebemos, então, que o mundo era um lugar imenso e a prova daquilo estava ali: ostras levemente defumadas da Austrália, nhoque da Itália, batatas negras dos Andes, arenque finlandês e salsichas da Lousiana. O mais incrível, mas muito evidente, era o rico filão de comidas inglesas em conserva, com pratos de nomes sonoros como torta de pato, maçã e calvados; lombo de coelho marinado em cerveja, ou salsicha de cervo com cogumelos e cranberry.

Era impressionante. Um segurança da Harrods, colete à prova de bala e um fone nos ouvidos, ficou vigiando-nos.

— Por favor, onde ficam os molhos indianos? — perguntou papai, humilde.

— No andar de baixo, na seção Despensa, senhor, depois de Temperos.

Após as torres de guloseimas na seção Doces, descemos a escada rolante, passamos por Vinhos e chegamos a Temperos. Lá, papai levantou a mão, com uma leve esperança nos Temperos, mas logo desanimou ao ver mais marcas sofisticadas: tomilho francês, manjerona italiana, zimbro holandês, folha de louro egípcia, mostarda escura inglesa e até (golpe final) cebolinha alemã.

Papai deu um suspiro. E o som cortou meu coração.

Apertada no canto, quase escondida atrás de pacotes de algas marinhas e gengibre rosa japoneses, apenas uma amostra da culinária indiana: algumas garrafas de Curry Club, alguns saquinhos de *chapatis*. O mundo de papai ficou reduzido a nada.

— Vamos embora — disse ele, apático.

Foi assim. Os planos ingleses. Fim.

A Harrods fez papai desanimar totalmente; pouco depois, ele caiu na depressão que já devia estar à espreita, por trás da obsessão por novas atividades. Até irmos embora, papai passou o tempo plantado feito um nabo no sofá de Southall, assistindo em silêncio vídeos falados em urdu.

Capítulo Quatro

Quando o céu de Southall ficava cinzento e opressivo demais, sentíamos falta do colorido e da animação de Mumbai. Então, Umar e eu pegávamos o metrô no centro de Londres, trocávamos de trens e íamos para Camden Locks, ao norte da cidade. A viagem era longa e desconfortável, mas, ao sairmos dos cavernosos túneis Northern Line para as apinhadas ruas de Camden, era como renascer.

Lá, os prédios eram pintados de cor-de-rosa e azul fortes e nas muitas barracas, com toldos que pareciam prestes a despencar, havia estúdios de tatuagem e piercing, vendedores de coturnos Dr. Martens e enfeites hippies, além de bolorentos buracos que emitiam aos berros música bate-estaca do Clash ou do Eurythmics. Andávamos pela High Street, num passo meio elástico, e camelôs grisalhos tentavam nos atrair para lojas de CDs usados, óleos de aromaterapia, minissaias de vinil, pranchas de surfe e camisetas tingidas. Nas calçadas, multidões estranhas se apertavam e se empurravam: os góticos cheios de anéis e tachas, usando couro preto e corte moicano nos cabelos pintados de verde; as garotas chiques das escolas particulares de Hampstead dando uma voltinha; os bêbados passando das latas de lixo para os *pubs*. Todo aquele mar de gente mostrava que, por mais estrangeiro que me sentisse, havia outros no mundo bem mais estranhos que eu.

Num determinado dia, do outro lado do canal central, Umar e eu viramos à esquerda para almoçar no mercado coberto, à margem das comportas, onde os antigos armazéns de tijolos e as barracas pelo caminho de paralelepípedos vendiam comida barata do mundo inteiro. Garotas orientais de óculos de lentes grossas e chapéus de papel nos chamavam:

— Venham aqui, rapazes — mostrando o tofu e o feijão verde, o frango no espeto com molho *satay*; as *woks*, onde um chef mal-humorado colocava pedaços fumegantes de porco agridoce no arroz. Nós seguíamos, admirados, olhando como se estivéssemos no zoológico as barracas que vendiam churrasco iraniano, peixe brasileiro ensopado, panelas com acatá e cabrito caribenho, grossas fatias de pizza italiana.

Nessas andanças, eu seguia meu irmão Umar feito uma ovelha e íamos direto ao Mumbai Grill, que era decorado com cópias dos cartazes de filmes de Bollywood, clássicos da década de 1950 como *Awara* ou *Mother India*. E dos tabuleiros de carneiro à Madras ou frango ao curry no balcão, nos servíamos de um delicioso bocado de arroz, quiabo e *vindaloo*, tudo sem qualquer cerimônia, por duas libras e oitenta, num prato descartável.

Assim, com garfos de plástico e o *vindaloo* nas mãos gulosas, mastigando e andando, nos metíamos pelo mundaréu dos mercados de Camden e, sem querer, passávamos pelas barracas que teriam atraído mamãe. Nelas, havia colares de contas coloridas, vestidos chiques estilo Suzie Wong, de cetim preto e vermelho; xales de oração, *pashminas* de seda, xales de Jamawar, tudo pendurado em ganchos como parreiras diáfanas, numa exuberância de cores que nos lembrava de mamãe e Mumbai. Numa barraca de canto, sob um toldo sujo e torto, eu parava para olhar cada prateleira de sacolas indianas de algodão barato por apenas 99 pence cada, em vistosas cores ferrugem, castanho e azul-claro, bordadas com delicadas florzinhas ou contas e vidrilhos. Elas me atraíam para baixo do toldo, iluminado pelas caprichadas luminárias tubulares de algodão, com borlas de seda e lâmpadas fracas, amareladas. E havia as estolas *dupatta*, compridas, para cobrir a cabeça, que ficavam dobradas nas prateleiras ou dependuradas em ganchos como corda grossa e eram cor-de-rosa ou floridas, psicodélicas ou listradas. Na parede, havia uma colcha incrível, de lenços costurados e amarrados pela loja inteira, expondo todo o universo em oferta.

— Pois não, posso ajudar?

E lá estava Abhidha, cujo nome significa literalmente "sentindo falta", de jeans justo e um simples suéter preto de gola em V, oferecendo ajuda com seu sorriso curioso.

Eu tinha vontade de berrar *Sim, me ajude a encontrar minha mãe, me ajude a me encontrar.*

Mas o que eu disse foi:

— Humm... Quero alguma coisa para minha tia, por favor.

Não lembro exatamente o que respondi quando ela me mostrou a suavidade de um xale de seda *pashmina* vermelho-sangue, falando rápido com aquela voz suave, meu coração batendo forte. Continuei pedindo para mostrar mais alguma coisa e assim continuar conversando até que o pai dela, nos fundos da barraca, rosnou que ela precisava ir para o caixa, onde raspei os bolsos para comprar aquele xale vermelho para minha tia. No final, gaguejei que gostaria de vê-la para lanchar ou ir ao cinema e ela aceitou. Foi assim que, em meio aos xales, encontrei meu primeiro amor, Abhidha, aos 17 anos.

Abhidha não era de uma beleza clássica. Tinha o rosto redondo, com algumas marcas antigas de acne. Quando voltamos para casa naquele dia, Umar disse à minha irmã Mehtab que eu estava apaixonado e acrescentou, grosseiro:

— Ótima de corpo, mas a cara... parece uma cebola *bhaji*.

O que ele não viu, e eu sim, foi que o rosto de Abhidha estava sempre iluminado pelo sorriso mais instigante. Eu ignorava a razão daquele sorriso numa jovem de 23 anos, mas era como se Alá um dia tivesse cochichado alguma história engraçada para ela, que passou a ver o mundo por aquela perspectiva divertida. Eu não me incomodava com a opinião de Umar (nem de ninguém, aliás), pois me encontraria com ela sempre que podíamos, ou que nossas famílias deixavam. Algo me dizia que ela era uma boa alma e faria assomar a ambição que existia dentro de mim, aquela parte louca por experimentar os sabores da vida além da zona de conforto que herdei.

A família dela veio de Uttar Pradesh, morava em Golder's Green e administrava a firma de importação e exportação que tinha em Camden. Abhidha nasceu na Inglaterra e estava no último ano da Queen Mary College, da Universidade de Londres; era muito inteligente e ambiciosa, queria melhorar sempre. Então, aceitou sair comigo (a bolsa no ombro, batendo na coxa; ela sempre com papel e caneta nas mãos), mas só para programas educativos, como uma exposição especial no British Museum ou no Victoria & Albert. E se saíamos à noite, era para assistir a *Oréstia*, de Ésquilo, no National Theatre, ou uma peça incompreensível de algum irlandês maluco, numa sala quente e abafada em cima de um *pub*.

No começo, claro que resisti a toda aquela alta cultura, por achar que não tinha nada a ver comigo, até um sábado em que tiramos a sorte na moedinha para decidir o que fazer à noite. Eu estava louco para assistir ao novo filme de Bruce Willis, com inúmeras caçadas de helicóptero e explosões, mas ela ganhou e então fomos assistir a uma peça da era soviética, passada no submundo dissidente, sobre três homossexuais presos na Sibéria.

A peça, como diversão de sábado, parecia-me tão interessante quanto arrancar todos os dentes, mas ela ganhou na sorte e eu queria acompanhá-la, então tomamos o metrô até o Almeida Theatre, em Islington, e ficamos três horas no escuro, sentados num banco duro atrás de uma coluna, mudando de posição por causa de nossos traseiros doloridos.

A certa altura, no meio da peça, lágrimas escorreram pelo meu rosto. Não sei exatamente o que houve, mas a peça não era sobre os homossexuais, mas sobre a alma humana, quando o destino de alguém não combina com o da sociedade ao redor e como aquele destino moldou a personalidade dos russos no exílio. Era sobre homens sentindo muita falta das mães e das reconfortantes comidas de casa e de como o exílio na Sibéria quase os enlouqueceu. Era também sobre a grandeza do destino deles como homossexuais, uma força que não podia ser renegada. Ao final da peça, nenhum deles, por mais que sofresse, jamais trocaria sua vida pelo conforto que deixou em Moscou. Os três morrem. De forma horrível.

Céus. Eu estava muito confuso quando finalmente saímos do teatro para a noite úmida e escura de Islington. Fiquei sem graça, irritado e constrangido por ter chorado como uma moça naquela peça estranha. Mas as mulheres se emocionam com as coisas mais esquisitas, o que jamais entenderei; e Abhidha saiu do teatro falando ao celular com uma amiga, em seguida me enfiou num táxi preto e fomos para o apartamento da amiga, em Maida Vale.

A amiga não estava em casa, só havia um gato no peitoril da janela, parecendo incomodado com a nossa chegada. A mesa da sala de jantar tinha uma tigela de madeira com bananas e o apartamento cheirava a comida podre, sujeira de gato e tapete mofado. Mas foi lá, na cama estreita sob a janela do quarto, que Abhidha tirou o suéter de decote em V para que eu desse uma boa olhada em seus dois cocos, enquanto ela desafivelava meu cinto. Naquela noite, depois de muito movimento, dormimos de conchinha, enroscados como dois bolinhos marroquinos assados.

Tempo e solenidade: semanas depois, num lindo dia de abril, ela me pediu para encontrá-la na Royal Academy of Arts, em Piccadilly, que expunha Jean-Siméon Chardin, pintor francês do século XVIII que ela estava estudando para um trabalho. Entramos na galeria de mãos dadas, olhando as densas camadas de tinta mostrando mesas arrumadas com uma laranja de Toledo, um faisão e uma posta de peixe pendurada num gancho.

Abhidha foi andando pela galeria iluminada, com aquele incrível sorriso, admirando a obra de Chardin, e eu atrás, perdido, coçando a cabeça até que, finalmente, desabafei:

— Por que gosta tanto desses quadros? São só um monte de coelhos mortos em cima de uma mesa.

Ela então pegou minha mão e me mostrou como Chardin pintava o mesmo coelho morto, a mesma perdiz, a mesma taça — na cozinha. A mesma dona de casa, a mesma empregada lavando, o mesmo menino — na cozinha. Depois que percebi o estilo, ela passou a ler, quase num sussurro erótico, um texto pedante escrito por algum fóssil da história da arte.

— "Chardin acreditava que Deus estava presente na vida cotidiana sob seus olhos, na singeleza de sua própria cozinha. Não procurava Deus em outras partes, só pintava sem parar a mesma bancada e a mesma natureza morta na cozinha de sua casa." — Abhidha suspirou. — Simplesmente amo isso.

Lembro que tive vontade de dizer *E eu amo você.*

Mas não disse. Da exposição fomos a Piccadilly, comer o lanche que ela havia trazido de casa, uma espécie de *wrap* de frango, nós dois rindo e correndo pela rua enquanto as luzes se acendiam e os carros passavam barulhentos por nós.

A igreja de Saint James, em Piccadilly, fica de frente para o trânsito, mas um pouco recuada, e é uma construção de tijolos cinzenta e escura, projetada por Christopher Wren, tendo na frente um pátio de lajotas com algumas barracas de antiguidades que costumavam vender porcelana, selos e peças de prata. O pequeno jardim da igreja, enfiado num canto, era deliciosamente inglês, com delgados caules de lavanda, morugem, touca-de-viúva, tudo meio confuso e desarrumado, crescendo entre carvalhos e freixos antigos.

A estátua de uma mulher (Mary, eu acho) em bronze verde ficava entre as moitas, de mãos levantadas, convidando quem estava perdido no tumulto de Londres a entrar naquele oásis. No fundo do jardinzinho havia um trailer verde e quando fomos nos sentar num banco, passamos pela porta aberta do vagão e demos uma olhada furtiva: lá dentro, uma velha assistente social de cabelos desgrenhados folheava uma revista colorida, sentada, paciente, até que outro desabrigado aparecesse para tomar uma xícara de chá e ouvir muitos conselhos.

Foi naquele idílico jardim, enquanto sentávamos e comíamos nossos lanches, que Abdhidha atirou a bomba. Pediu que, no sábado seguinte, eu fosse a uma leitura de poesia seguida de jantar em Whitechapel, para conhecer os amigos dela da universidade. Entendi na hora que ela disse, que não era pouca coisa, que eu seria testado com os colegas dela, e gaguejei uma resposta:

— Claro, com prazer, estarei lá.

Mas é preciso entender como é terrível a morte violenta de uma mãe quando o filho é muito jovem e começa a descobrir as meninas. Misturado com tudo o que é feminino, o problema deixa cicatrizes na alma como as marcas pretas no fundo de uma panela queimada. Por mais que se esfregue a panela com palha de aço e detergente, a marca permanece.

Ao mesmo tempo que me aproximava de Abhidha, ia sempre à toca de Deepak, um rapaz que morava perto, em Southall. Ele era um dos anglo-pavões e seus pais, na esperança que saísse logo de casa, lhe cederam o porão, onde Deepak imediatamente instalou um som hi-fi do último modelo, uma tevê e gordos pufes. No canto, uma mesa de totó.

Garanto que o totó é uma invenção ocidental diabólica. Faz você esquecer-se de tudo. Só se pensa em girar o controle e acertar a bolinha e assim ouvir o maravilhoso som daquela esfera branca zunindo e atingindo o fundo do gol, com o agradável som de madeira *tóc*. Cada vez mais, eu ia ao porão de Deepak; antes do jogo, fumávamos folhas de haxixe e depois, céus, durante horas, ficávamos girando os controles e fazendo aqueles homenzinhos de madeira darem saltos mortais.

Na sexta-feira antes do dia em que deveria conhecer os amigos universitários de Abhidha, no apartamento do East End, fui ao porão de Deepak e lá estavam duas risonhas inglesas mergulhadas nos pufes como dois pequenos pêssegos.

Deepak me apresentou Angie, uma coisinha redonda de nariz arrebitado, cabelos louros enrolados numa espécie de ninho de rato e presos com grampos no alto da cabeça. Usava uma minissaia preta brilhante e, do jeito que sentava naquele pufe, dava para ver sua calcinha de algodão azul. E aquelas pernas roliças e brancas, abrindo e fechando, batendo no meu joelho.

Conversamos não sei quanto tempo e então, quando passei o baseado para Angie, ela colocou a mão na minha perna, passou a unha lascada pela costura do meu jeans e fiquei todo sem jeito. Sem mais, passamos a uma forte pegação. Bom, não vou entrar em detalhes, mas acabamos indo para a casa dela, os pais estavam passando o fim de semana fora, e ficamos dois dias na cama.

Não fui à festa de Abhidha. Nem liguei para dizer que não ia, apenas não apareci. Dias depois, cheio de remorso, liguei várias vezes. Quando ela finalmente atendeu e ouviu minhas desculpas esfarrapadas, foi gentil como sempre.

— Tudo bem, Hassan, não é o fim do mundo. Já sou grandinha. Mas acho que está na hora de você encontrar alguém da sua idade, não?

Este passou a ser então o meu comportamento padrão em relação às mulheres: assim que as coisas ficavam muito próximas, eu me afastava. Difícil de confessar, mas minha irmã Mehtab é a única mulher com quem mantive uma relação permanente. Ela administra as contas do restaurante, cuida do meu apartamento e insiste que meu relógio emocional relativo às mulheres parou quando mamãe morreu.

Pode ser. Mas é preciso lembrar também que, livre das exigências afetivas de mulher e filhos, eu pude passar a vida nos cálidos braços da cozinha.

* * *

Voltando aos demais membros da família Haji, nenhum deles estava muito melhor que eu. No começo, não achamos nada de errado em Ammi cantar as velhas canções *guajarati* e esquecer nossos nomes. Mas depois ela ficou obcecada por seus dentes, e, puxando os lábios, obrigava-nos, as crianças, a examinarmos suas gengivas doentes, os tocos de dentes sangrando e cariados que nos davam ânsias. Lembro-me sempre da noite horrível em que cheguei em casa, abri a porta e vi Ammi parada na escada com um rio de urina escorrendo pelas pernas.

Meu irritante primo londrino foi, entretanto, a primeira pessoa a nos avisar que Ammi estava com demência senil. Toda vez que o jovem universitário entrava no Buraco do General dando aulas sobre macroeconomia disso e orçamento daquilo, a pequena Ammi ia em silêncio até ele na sala. O rapaz continuava falando até que, no meio de uma frase, dava um grito de dor, e virava-se, furioso, para a pequena figura encurvada atrás dele. Ammi se indignava só de ver o traseiro indiano dele apertado em calças Ralph Laurent e, aos gritos, nós pedíamos que ela parasse de beliscá-lo, mas ela ia atrás do pobre rapaz pelos corredores. Mas meu primo se vingou: foi ele que deu os detalhes clínicos que mostravam que a saúde de Ammi estava se deteriorando.

Mas não era só ela. Havia uma espécie de loucura no ar.

Mehtab vivia profundamente preocupada com os cabelos e se enfeitava para homens que jamais vinham buscá-la. E eu me retirei para a confusão de haxixe e jogo de totó no porão.

Mas até no inferno há instantes em que a luz chega a você. Um dia, me arrastando para titia até a agência Southall do Banco de Baroda, notei um objeto brilhante na rua. Era o que os ingleses chamam de *chippie*, um carrinho de comida, entre a joalheria Ramesh, que garantia o melhor preço, sem impostos, e uma loja de sedas falsas penduradas em ganchos no estilo pague e leve. O carrinho tinha sido modificado, exibindo a forma de um trem de metal na frente. CONEXÃO JALEBI, dizia a placa.

Percebi então que a estranha barraca vendia os deliciosos doces fritos que o cozinheiro Bappu comprava para mim no mercado Crawford. Fui invadido por uma saudade da minha terra e daquele antigo sabor, mas o carrinho estava fechado, acorrentado a um poste. Fui até a frente e vi o papel cor-de-rosa pregado ao carrinho, flutuando ao vento: OFEREÇO EMPREGO MEIO EXPEDIENTE. INFORMAÇÃO NAS BATATAS BATICA.

Naquela noite, sonhei que eu dirigia um trem que apitava alegre. O trem passava por montanhas maravilhosas, cobertas de neve, e me levava por um mundo rico que jamais imaginei; ficava pasmo por não saber que nova paisagem me aguardava depois de cada túnel nos Alpes.

Ignoro o significado do sonho, mas, de certa maneira, fui impulsionado pelo movimento do trem e, na manhã seguinte, rápido como um raio, fui à High Street. Batatas Batica era um dos dois fabricantes de "doces de qualidade" de Southall e suas vitrines eram cheias de caixas de mel, pistache e coco. A porta tilintou quando entrei e a loja cheirava a banana desidratada. Uma mulher grande estava pedindo *galum jamun*, bolinhos de coalho fritos e imersos em calda. Quando foi embora, mostrei o papel cor-de-rosa retirado da Conexão Jalebi e, ousado, avisei que queria o emprego.

— Você é muito fraco — disse o padeiro barbado, de avental branco, sem nem olhar para mim, enquanto enchia um cone com doces de amêndoas.

— Eu trabalho bastante; veja, tenho pernas fortes.

O doceiro negou com a cabeça e concluí que minha ficha de emprego estava recusada. Mas insisti. Não saí do lugar. A esposa do padeiro acabou aparecendo e apertou meu braço fino. Ela cheirava a farinha e curry.

— Ahmed, o rapaz serve, mas pague a ele o mínimo — disse ela.

Assim, pouco depois, eu empurrava o Conexão Jalebi pela Broadway High Street, de uniforme da Delícias Batica, vendendo doces grudentos *jalebi* para as crianças e seus avós.

O emprego pagava 3 libras e 10 pence por hora e consistia em colocar a pasta de leite condensado e farinha num pano grosso, dar a forma redonda e comprida à mistura e fritá-la no óleo quente. Voltas compridas, como os *pretzels*. Depois de fritos, eu retirava os *jalebis* dourados do óleo, mergulhava-os na calda, enrolava-os com cuidado em papel-manteiga, entregava-os às mãos que estavam esticadas para pegá-los e recebia o preço de 80 pence.

Ainda sinto a alegria vinda do óleo chiando e o pregão forte que eu fazia pelas ruas. O cheiro da calda e o frio papel-manteiga nas mãos, salpicado e marcado pela gordura quente. Às vezes, eu colocava o carrinho na frente do Corte Rápido ou, se desse vontade, do Salão de Cabeleireiro Harmonia. Que sensação de liberdade. Serei sempre grato à Inglaterra por me ajudar a concluir que meu lugar no mundo era exatamente na frente de uma frigideira de óleo quente, os pés bem separados.

Nossa partida foi tão súbita quanto nossa chegada, dois anos antes.

E, conscientemente ou não, fui o arquiteto da nossa rápida despedida da Inglaterra.

Por causa de mulheres. De novo.

Eu sentia falta da Napean Sea Road, do restaurante e de mamãe. Foi nesse estado febril de ausências que, uma tarde, fumando escondido no nosso quintal, senti uma mão fria na minha cabeça.

— Quais são as novidades, Hassan?

Estava escuro e não pude ver o rosto dela.

Mas senti o cheiro de *patchouli*.

A voz da prima Aziza era suave e, não sei por que, o tom delicado me tocou.

Não consegui me conter. As lágrimas rolaram no meu rosto.

— Sinto falta da vida que tinha antes.

Bufei e limpei o nariz na manga da camisa.

Aziza passou a mão com carinho nos meus cabelos.

— Coitadinho — disse baixo, no meu ouvido.

A seguir, beijamo-nos, línguas quentes, apalpando-nos por cima das roupas e, ao mesmo tempo, eu pensava: beleza. Outra garota por quem sinto alguma coisa e, dessa vez, é a minha prima.

— Ohhhh!

Olhamos para cima.

Titia estava batendo nas portas envidraçadas e sua boca virada para baixo tinha aquela famoso jeito de limão azedo.

— Abbas — chamou a tia por trás da vidraça.

— Venha rápido! Hassan está com a Tampa de Privada.

— Droga — disse Aziza.

* * *

Dois dias depois, Aziza estava num avião com destino a Delhi e as relações da nossa família com a de tio Sami estavam rompidas. Papai recebeu uma conta por um conserto que tio Sami disse ter feito na casa. Houve muito drama, lágrimas (até socos) e gritos nas ruas de Southall, trocados entre papai e os parentes de mamãe. A confusão finalmente tirou papai de seu sono profundo. Ele arrancou o lençol e, pela primeira vez, olhou aquela casa em Southall e viu no que tínhamos nos transformado. Poucos dias depois, três Mercedes de segunda mão pararam na frente da casa: uma vermelha, uma branca, uma preta. Como os telefones do peixeiro Anwar.

— Vamos, está na hora de ir embora — disse ele.

Muktar comemorou nossa saída da Inglaterra vomitando camarões graúdos e massa por todo o barco que nos levou a Calais. Começou então a viagem: nossa caravana de Mercedes percorreu Bélgica e Holanda, depois Alemanha e, em rápida sequência, Áustria, Itália e Suíça, até que sinuosas estradas na montanha nos levaram de novo para a França.

Papai tinha ficado muito impressionado com a seção de alimentos da Harrods. Tomou consciência de suas limitações e resolveu aumentar seu conhecimento do mundo, o que, para ele, significava simplesmente comer pela Europa, saboreando cada prato local que fosse novidade e, de preferência, saboroso. Assim, comemos mexilhões e tomamos cerveja nos bares da Bélgica; provamos ganso assado com repolho roxo numa escura *stube* alemã. Jantamos, transpirando, um cervo na Áustria, polenta nas Dolomitas, tomamos vinho branco e saboreamos um *Felchen*, um peixe lacustre cheio de espinhas, na Suíça.

Após a dureza de Southall, as primeiras semanas daquela viagem pela Europa foram como provar pela primeira vez um *crème brûlée*. Lembro-me da viagem rápida pela

Toscana, sob a luz dourada do final de agosto, quando nossos carros percorreram Cortona e chegaram a uma *pensione* amarelo-mostarda na encosta de uma montanha cheia de plantas.

Assim que chegamos à cidade medieval na encosta, descobrimos por acaso que os moradores faziam o festival anual de cogumelo porcini. Quando o sol se pôs sobre o vale e o lago Trasimeno, papai mandou fazermos fila no portão do parque de Cortona, cujo caminho sob os ciprestes estava alegremente enfeitado com luzes, mesas e flores silvestres em vidros de geleia.

A festa estava no auge, com clarinetes e tambores de corda dando o ritmo da *tarantella* e dois casais de idosos batendo os calcanhares numa plataforma de madeira. Parecia que a cidade inteira estava lá, com bandos de crianças pedindo algodão-doce e amêndoas assadas; mesmo assim, conseguimos uma mesa sob uma castanheira. Ao redor, os moradores formavam um turbilhão de avós, carrinhos de bebê, risos e conversas cheias de gestos.

— *Menu completo trifolato* — pediu papai.

— O quê? — perguntou titia.

— Quieta.

— Quieta como? Não mande em mim! Por que todo mundo me manda ficar quieta o tempo todo? Quero saber o que você pediu ao garçom.

— Precisa saber de tudo? É o cogumelo local — zangou papai com a irmã.

Sem dúvida, era. Um prato atrás do outro de *pasta ai porcini*, *scaloppine ai porcini* e *contorno di porcini*. Mais e mais *porcini*, pratos de plástico saindo da barraca do outro lado do parque, onde mulheres de avental, cobertas de farinha, preparavam cogumelos que pareciam úmidas fatias de fígado. Perto da barraca, uma enorme cuba de óleo chiando, do tamanho de um ofurô da Califórnia, mas com a forma de uma imensa frigideira cuja alça soltava artisticamente a fumaça da fritura. Em volta, três homens gordos com grandes chapéus de mestres-cucas colocavam no óleo quente os *porcinis* passados na farinha enquanto davam ordens entre eles e bebiam vinho tinto em copos de papel.

Passamos três dias nadando e transpirando no calor da Toscana, e nos reuníamos à noite para jantar no terraço da cobertura da *pensione*, enquanto o sol sumia entre as montanhas.

— *Cane rosto* — disse papai ao garçom.

— Papai! Você pediu cachorro assado.

— Não pedi, não. Ele entendeu.

— Você queria *carne. Carne.*

— Ah, é. *Carne rosto* e *un piatto di Mussolini.*

O surpreso garçom finalmente se retirou, depois de explicarmos que papai queria um prato de mexilhões e não o ditador italiano num prato. Ondas de comida toscana assomaram à mesa enquanto um perfume noturno de lavanda, sálvia e cítricos emanava dos vasos de barro. Comemos aspargos selvagens com *fagiole*, largas fatias de carne muito bem assadas em fogueiras de lenha, *biscotti* de nozes imersos no Vin Santo da casa. E muito riso, de novo.

Não é o paraíso na terra?

Dez semanas depois de iniciarmos a viagem pela Europa, voltamos ao nosso tédio. A família estava exausta de tanto andar de carro e da pressa de papai em ir para lugar nenhum, com suas arbitrárias consultas ao *Le bottin gourmand,* de muitas páginas marcadas com as pontas dobradas. A comida de restaurante, por semanas seguidas, tinha ficado enjoativa. Faríamos qualquer coisa para conseguir pratos da nossa cozinha e uma simples fritada de batatas com couve-flor. Para nós, era mais um dia socados dentro de carros como sardinhas em lata, cotovelo no cotovelo, janelas embaçadas.

As coisas não foram muito bem naquele dia de outubro, nas montanhas da França, onde tudo terminou. Ammi chorava em silêncio no banco traseiro enquanto nós brigávamos e papai mandava que sossegássemos. Após uma série de curvas enjoativas subindo uma montanha, chegamos a uma ruela com as pedras cobertas de gelo. O lugar estava sinistramente envolto numa neblina fria. O teleférico da temporada de esqui estava fechado, o café também e, em silêncio, seguimos por mais uma descida da montanha.

Do outro lado da montanha, entretanto, a neblina sumiu de repente, um céu azul surgiu e ficamos cercados de pinheiros iluminados pelo sol e riachos limpos correndo pela floresta, passando sob a estrada.

Vinte minutos depois, saímos da floresta para um pasto inclinado, com a grama sedosa salpicada de flores silvestres brancas e azuis. Numa curva fechada, vimos o vale e a aldeia lá embaixo, uma paisagem de riachos de azuis glaciais com trutas, brilhando num dia sem nuvens de outono no Jura francês.

Nossos carros, como que bêbados de beleza, balançaram na estrada sinuosa até o vale. Sinos repicaram pelos campos cultivados, uma galinhola selvagem cortou o céu e sumiu no riacho e nas folhas vermelho-douradas de uma moita de bétula. Acima, nos morros menos íngremes, homens carregavam cestos nas costas com as últimas uvas colhidas nos parreirais; atrás deles, surgiam os picos nevados das montanhas de granito.

E o ar, ah que ar. Limpo e fresco. Até Ammi parou de reclamar. Nossos carros passavam por casas de madeira com chifres de cervos sobre a porta do celeiro, vacas com sininhos no pescoço, uma van amarela dos correios trafegando pelo campo. No vale plano, atravessamos uma ponte de madeira e entramos na cidade de pedra.

A Mercedes balançou pelas estreitas ruas da aldeia do século XVIII, passando por vielas revestidas de seixos, a sapataria, as relojoarias. Duas mães conversavam na calçada empurrando carrinhos de bebê rumo a uma confeitaria e um salão de chá. Um corpulento homem de negócios subia a escada de um banco na esquina. Havia algo elegante na cidade, como se tivesse um passado do qual se orgulhava, dando uma agradável ideia de casas de guildas e janelas com vitrais, de velhos campanários de igrejas, venezianas verdes e monumentos da Primeira Guerra entalhados em pedra.

Por fim, contornamos a praça da cidade, que tinha canteiros de cravos amarelos e uma fonte no centro, com água esguichando da boca de um peixe. Saímos da cidade pela estrada N7 junto a um rio barulhento que descia dos Alpes. Lembro bem de olhar pela janela do carro e ver um pescador nas águas rápidas do rio usando iscas de gafanhotos, a margem inteira era um incrível tapete de jacintos.

— Papai, podemos parar aqui? — perguntou Mehtab.

— Não, quero almoçar em Auxonne, o guia diz que lá tem uma língua ao molho madeira muito boa.

Não foi a primeira vez que o mundo pareceu atender à minha vontade.

— O que é isso? O que foi?

Saiu uma fumaça escura do carro, que estremeceu. Papai socou o volante, mas, como o carro não reagiu, ele parou no acostamento. Meus irmãos menores gritaram de alegria quando saímos do banco traseiro para o ar frio do campo.

Nosso automóvel apagou numa rua sombreada, de casas burguesas, chaminés redondas e janelas com canteiros cheios de gerânios. Atrás delas, macieiras escalavam as colinas e vi o cimo das lápides do cemitério e a igreja local.

Meus irmãos e irmãs brincaram de pique-pega na rua e um *terrier* latiu para eles por trás de um velho muro de pedra; havia um cheiro delicioso de madeira queimando e pão quente vindos de uma casa próxima.

Papai xingou e socou a capota do carro. Meu tio saiu do segundo carro e, satisfeito, espreguiçou-se antes de se juntar a papai, debruçado sobre o motor quebrado. Titia e Ammi seguraram a barra dos saris e foram procurar um banheiro. Meu irmão mais velho, sozinho no terceiro carro que estava abarrotado de malas e bagagens, acendeu, sério, um cigarro.

Papai limpou num trapo as mãos cheias de óleo e olhou para o alto. Vi que estava exausto, sua enorme energia havia finalmente se esgotado. Respirou fundo, esfregou os olhos e uma lufada de ar, cheia de oxigênio, desarrumou seus cabelos. Ele deve ter sentido a presença revigorante da brisa, pois foi então que realmente notou a beleza dos Alpes em volta. Ao respirar sem esforço pela primeira vez em quase dois anos, encostou-se num portão, fazendo a madeira balançar.

Tínhamos parado em frente a uma mansão imponente, mesmo da estrada dava para ver que havia sido muito bem construída com as melhores pedras. Mais além da propriedade, estava um estábulo e uma construção de caseiro atrás de tílias; uma densa hera cobria o muro de pedra que contornava a mansão.

— A placa diz que está à venda — falei.

Destino é uma coisa poderosa.

Não se pode fugir dele.

Soubemos depois que Lumière tinha sido um agitado centro produtor de relógios no século XVIII, mas depois encolheu para 25 mil habitantes e passou a ser mais conhecida como produtora de alguns vinhos premiados. As principais indústrias eram de alumínio, situada numa modesta zona industrial a 20 quilômetros, na boca do vale, e três serralherias no sopé das montanhas, administradas por três famílias. Na área dos laticínios, a cidade tinha alguma fama na fabricação de um queijo macio, envelhecido com uma camada de carvão no meio. E o nome Lumière vinha da luz da manhã batendo no granito do Jura, colorindo um lado do vale com uma luz rosada.

Papai e tio Mayur não conseguiram consertar o carro e foram ao centro, voltando uma hora depois, sem um mecânico, mas com um corretor de imóveis tirando um lenço do bolso do blazer. Os três sumiram dentro da casa e nós, as crianças, fomos atrás, de um cômodo a outro, os passos ecoando no assoalho de madeira.

O corretor falava rápido numa espécie de franglês, mas conseguimos entender que um tal Monsieur Jacques Dufour, pequeno inventor de molas de relógios no século XVIII, construiu a mansão. Ficamos encantados com a antiga cozinha, grande e arejada; a copa com armários de despensa pintados à mão e um fogão de pedra. Papai teve a ideia de instalar ali um restaurante e o corretor garantiu que um indiano seria ótimo naquela região.

— O senhor tem chance, essa parte da França não tem restaurante indiano — disse, esfregando as mãos com entusiasmo.

Além do mais, disse o homem, sério, a casa era um ótimo investimento. A procura por casas ia aumentar logo e os preços subiriam. Ele tinha ouvido na prefeitura que a loja de departamentos Printemps estava prestes a anunciar um armazém de 750 mil metros quadrados na zona industrial de Lumière.

Saímos para o pátio outra vez, o dia estava rosado e o cimo dos Alpes no Jura, bem brancos, por cima do teto de ardósia da mansão.

— O que você acha, Mayur?

O tio ajeitou as calças e olhou, misterioso, para as montanhas, de um jeito descompromissado. Era o que sempre fazia quando pediam para que decidisse alguma coisa.

— Boa casa, não? Não há dúvida, temos novo endereço — prosseguiu papai.

Nosso período de luto havia oficialmente terminado. Era hora da família Haji seguir em frente, começar um novo capítulo e deixar para trás nossos anos perdidos. Finalmente estávamos de novo no nosso lugar: o setor de restaurantes. Por bem ou por mal, Lumière era onde íamos nos instalar.

Mas claro que nenhuma família é uma ilha. Faz sempre parte de uma cultura mais ampla, uma comunidade, e nós trocamos a nossa conhecida Napean Sea Road e a familiaridade oriental de Southall por um mundo do qual não sabíamos absolutamente nada. Acho que foi por isso mesmo. Papai sempre quis começar do zero, levar-nos o mais longe possível de Mumbai e da tragédia. Pois Lumière era sem dúvida o lugar indicado. Afinal, era *la France profonde*, o interior do interior da França.

Foi então que, ao subir para o segundo andar, enquanto meus irmãos e irmãs davam gritos e batiam portas, percebi a casa do outro lado da rua, em frente à mansão Dufour.

Era outra elegante residência construída com a mesma pedra cinza prateada. Um grande salgueiro-chorão ocupava quase o jardim inteiro e, como um cortesão de Luís XIV, seus galhos fluidos se curvavam, com estilo, sobre a cerca de madeira e a calçada de pedra da cidade. Edredons de pena de ganso arejavam nas duas janelas superiores e, por cima de sua brancura, vi um abajur de veludo azul na mesa de cabeceira, um candelabro de latão e lírios secos num vaso transparente. Um surrado Citroën preto estava na entrada de cascalho, na frente da antiga estrebaria que agora servia de garagem; no jardim, uma escada de pedra gasta pelo tempo subia a lateral da casa até uma lustrosa porta de carvalho. Lá, balançando de leve na brisa, uma placa discreta anunciava Le Saule Pleureur, O Salgueiro-Chorão, uma hospedaria de várias estrelas.

Ainda me lembro daquela primeira e surpreendente olhada no Saule Pleureur. Para mim, aquilo era mais deslumbrante do que o Taj, em Bombaim. Não pelo tamanho, mas pela perfeição: o jardim de pedra coberto de musgo, os aconchegantes edredons brancos, os velhos estábulos com janelas de caixilhos de chumbo. Tudo se encaixava perfeitamente, era a própria essência da discreta elegância europeia que me era totalmente estranha.

Mas quanto mais relembro do instante em que vislumbrei pela primeira vez o Saule Pleureur, mais tenho certeza de ter visto também um rosto branco me olhando, sério, de uma janela no sótão.

Lumière

Capítulo Cinco

A velha que me olhava da janela do outro lado da rua no dia em que, há tantos anos, nos mudamos para a mansão Dufour, era Madame Gertrude Mallory. Juro que a história é verdadeira, embora eu não tenha presenciado tudo, pois muitos detalhes só me foram contados anos depois, quando Madame Mallory e os outros finalmente deram suas versões.

Mas uma coisa é certa: a madame que estava do outro lado da rua, em frente à mansão Dufour, pertencia a uma longa linhagem de ilustres hoteleiros vindos do Loire. Era também uma devota da gastronomia que, quando chegamos a Lumière, já morava sozinha no sótão do Saule Pleureur há 34 anos. Da mesma maneira que a família Bach teve músicos clássicos, os Mallory tiveram gerações seguidas de grandes hoteleiros franceses, dos quais Gertrude fazia parte.

Aos 17 anos, foi enviada para a melhor escola de hotelaria em Genebra e lá passou a gostar da escarpada cordilheira que separa a França da Suíça. Era uma jovem estranha, de língua afiada, com pouco jeito para fazer amigos, e que passava as horas livres em caminhadas pelos Alpes e pelo Jura até que, num fim de semana, descobriu Lumière. Pouco depois de obter seu diploma, recebeu a herança de uma tia e a jovem chef imediatamente transformou sua boa sorte numa grande casa naquele entreposto na montanha.

A distante Lumière correspondia perfeitamente ao seu gosto pela vida austera da cozinha.

Pôs-se a trabalhar. Nas décadas seguintes, Mallory colocou em prática sua educação esmerada e sua disposição para passar muitas horas na cozinha, estabelecendo o que os entendidos consideravam um dos melhores hotéis do interior da França, o Saule Pleureur.

Ela era clássica por educação e instinto. Seus aposentos particulares no sótão tinham, do chão ao teto, uma rara coleção de livros de cozinha, que se proliferou como fungo ao redor e em cima de seus móveis de qualidade, como a mesa redonda de pé único, do século XVII, ou a *bergère* estilo Luis XV. É preciso dizer que a coleção era conhecida fora do país, formada discretamente em três décadas, usando apenas seu conhecimento sobre o tema e uma modesta quantia para adquirir livros em leilões, no interior e em depósitos.

A peça mais valiosa era uma edição do *De Re Coquinaria*, de Apicius, o único livro de cozinha remanescente da antiga Roma. Nos dias de folga, Mallory costumava sentar-se no sótão com esse raro documento no colo, perdida no passado, encantada com a enorme variedade da cozinha romana, enquanto bebericava seu chá de camomila. Ela admirava a versatilidade de Apicius, que conseguia preparar com a mesma destreza tanto arganazes, flamingos e porcos-espinhos quanto leitões e peixes.

Claro que a maioria das receitas não se adequavam ao paladar moderno, já que levavam enjoativas doses de mel, mas Madame Mallory era curiosa. Apreciava testículos de boi, sobretudo dos touros de briga *criadillas* à moda basca, e por isso acabou recriando para seus hóspedes a receita de Apicius de *lumbuli*, testículos de bezerro, em latim, que o chef romano recheava com pinhões e salpicava com sementes de erva-doce, depois fritava em azeite e conserva de peixe, antes de assar no forno. Bom, Mallory era uma chef assim. Clássica, mas sempre provocadora. Até com os hóspedes.

Claro que o *De Re Coquinaria* era apenas o livro de receitas mais antigo de sua biblioteca. A coleção percorria os tempos, documentando séculos de mudanças na gastronomia, terminando com a versão manuscrita de 1907 do *Margaridou — Diário de uma cozinheira do Auvergne* e a simples receita camponesa para a clássica francesa sopa de cebola.

Foi exatamente esse rigoroso enfoque intelectual da culinária que fez de Madame Mallory uma chef dos chefs, uma mestra muito respeitada pelos outros grandes da área. O respeito entre seus pares fez com que um canal de tevê de rede nacional quisesse entrevistá-la no estúdio em Paris.

Lumière era um lugar bem provinciano, então é compreensível que a estreia de Madame Mallory na televisão tenha se tornado um acontecimento, aldeões de todo o vale sintonizaram o canal France 3 para assisti-la contar fascinantes histórias ligadas à culinária. E, enquanto eles tomavam *marc* nos bares da cidade ou no conforto das salas de visita no campo, uma animada Madame Mallory contava na tela que, no século XIX, durante a guerra franco-prussiana, os parisienses famintos sobreviveram ao longo cerco dos prussianos comendo cachorros, gatos e ratos. A audiência se espantou ao ouvir Madame contar que a edição de 1871 do *Larousse Gastronomique*, o livro da cozinha francesa clássica, recomendava retirar as vísceras e pelar os ratos encontrados na adega para ficarem mais saborosos. Sugeria também, informou, altiva, a chef aos telespectadores, esfregar o rato com azeite e *cerfeuillettes* amassadas para assar numa fogueira, que poderia ser feita com restos de barris de vinho, e servir com o molho bordalês de Curnonsky*,claro. Bom, dá para imaginar. Na mesma hora, Madame Mallory virou uma espécie de celebridade não só na pequena Lumière, mas em toda a França.

O fato é que ela não se valeu dos contatos que a família possuía para estabelecer seu nome e conquistou seu próprio espaço entre os grandes restaurantes do país. E levou a sério a responsabilidade de sua posição de elite, escrevendo cartas para os jornais quando era preciso salvaguardar as tradições culinárias francesas da interferência dos burocratas europeus em Bruxelas, ansiosos por impor seus ridículos padrões. Seu *cri de coeur* era a defesa dos métodos de abate franceses, exposta no livreto radical *Vive la charcuterie française* e muito admirada pelos formadores de opinião do país.

Por isso, os antigos livros de culinária, de valor inestimável, tinham em volta prêmios e cartas elogiosas emoldurados, escritos por Valéry Giscard d'Estaing, pelo Barão de Rothschild e por Bernard Arnault. O sótão apenas refletia uma vida de muitas conquistas e tinha até uma carta do palácio Champs-Elysées que a condecorava cavaleira da Ordem das Artes e das Letras.

Mas as paredes dos entulhados aposentos de Madame Mallory ainda tinham um pequeno espaço vazio bem acima da poltrona de couro vermelho preferida. Naquele canto, ela colocou seus bens mais preciosos: dois artigos do *Le Monde* em molduras douradas. O da esquerda anunciava a primeira estrela concedida pelo *Guia Michelin*, em maio de 1979.

---

* Pseudônimo de Maurice Sailland que, do princípio a meados do século XX, escreveu nos jornais franceses sobre receitas e restaurantes. (*N. da T.*)

O da direita, de março de 1986, a segunda estrela. Mallory reservou o espaço na parede para o terceiro artigo. Mas ele não veio.

Eis então. Madame Mallory fez 65 anos um dia antes de nossa chegada em Lumière e, naquela noite, seu fiel gerente, Monsieur Henri Leblanc e toda a equipe do hotel se reuniram na cozinha na hora de fechar para oferecer um bolo e cantar parabéns.

Mallory ficou zangada. Disse, ríspida, que não havia nada a comemorar e que não deviam perder tempo. Antes que eles pudessem entender o que tinha acontecido, ela subiu para seus aposentos no sótão, pisando duro na escada de madeira escura.

Ao passar pela sala a caminho do quarto, viu mais uma vez o espaço vazio na parede, e um vazio similar se abriu em seu coração. Levou aquela dor para o quarto, sentou-se na cama e sem querer suspirou com o súbito pensamento que lhe ocorreu.

Ela jamais ganharia aquela terceira estrela.

Ficou paralisada. Acabou tirando a roupa em silêncio no escuro, a cinta apertada saiu como a pele de um abacate. Vestiu a camisola e foi para o banheiro fazer os costumeiros rituais da hora de dormir. Escovou os dentes com força, gargarejou e passou cremes antirrugas no rosto.

O rosto pálido de uma idosa olhava-a do espelho. O relógio digital no quarto percorreu um ruidoso minuto.

A conclusão veio então, tão feia, grande e horrenda que ela fechou os olhos e levou a mão à boca. Isso mesmo. Inegável.

Ela era um fracasso.

Jamais iria além de onde estava. Jamais chegaria ao panteão dos chefs de três estrelas. Só a morte a esperava.

Não conseguiu dormir. Andou pelo sótão, contorceu as mãos, resmungou amargamente contra as injustiças da vida. Morcegos voavam no escuro lá fora da janela, pegando insetos, enquanto um cão solitário, do outro lado do cemitério da igreja, uivou sua angústia; juntos, os animais pareciam articular perfeitamente o tormento solitário dela. Por fim, ao amanhecer, sem aguentar mais, Madame Mallory fez algo que não fazia há muitos anos. Ajoelhou-se e juntou as mãos. Rezou.

— Qual... é a razão da minha vida? — sussurrou às mãos postas.

A única resposta foi o vazio. Nada.

Pouco depois, exausta, deitou-se na cama e entrou finalmente numa espécie de inconsciência, em meio aos lençóis amarfanhados.

No dia seguinte, o Saule Pleureur não abriu para almoço, pois Mallory, exausta, permitiu-se ficar na cama até mais tarde, o que não era comum. Pensou que a pomba arrulhando na janela a tivesse acordado. Mas o pássaro voou para longe e ela ouviu os gritos, as vozes estranhas, a agitação vinda da rua e se levantou. Atravessou o quarto até a pequena janela do sótão.

E lá estávamos nós: malvestidas crianças indianas dependuradas nas janelas e torres da mansão Dufour.

Ela não entendeu bem. O que era aquilo? Uma Mercedes a diesel ligada. Saris amarelos e cor-de-rosa. Uma tonelada de bagagens e caixas empilhadas no piso de pedra do pátio, com o armário Storwell cinza de mamãe ainda amarrado ao teto do último carro.

No meio do pátio, meu pai parecendo um urso, mãos para o alto, gritando.

Capítulo Seis

Que dias felizes. Lumière era uma grande aventura de armários, sótãos e estrebarias inexplorados, de depósitos de madeira, confeitarias, rios de trutas. Lembro-me como uma época alegre, que nos ajudou a esquecer nossas tantas perdas. Papai também se recuperou, finalmente. Pois trabalhar em um restaurante era o que queria e levou logo uma escrivaninha desconjuntada pela entrada principal e passou a refazer a mansão Dufour conforme a imagem que tinha de Bombaim. Em pouco tempo, a casa estava cheia de artesãos locais — encanadores e carpinteiros — com suas trenas, ferramentas, seu barulhento martelar e, mais uma vez, a agitação de Bombaim foi recriada naquele cantinho francês provinciano.

A primeira vez em que realmente vi Madame Mallory foi cerca de duas semanas após a nossa chegada. Eu andava entre as lápides do cemitério próximo, fumando um cigarro escondido, quando por acaso olhei para o hotel. Vi então Madame Mallory, de luvas e pá de jardinagem, abaixada junto a seu jardim de pedras, falando baixinho. As pedras úmidas à sua esquerda estavam se aquecendo ao sol surpreendentemente forte da manhã e o vapor subia das pedras, sumindo no ar.

Atrás da chef estavam as belas rochas de granito dos Alpes, florestas de pinheiros verde-garrafa interrompidas por trechos de pastagem, e robustas vacas pastando. Mallory tirava as ervas daninhas como se fosse uma agradável forma de terapia; mesmo de onde eu estava, ouvia o som das raízes sendo arrancadas. Via também, na delicadeza de seu rosto redondo, que aquela mulher estava calma e em paz, cuidando de seu canto de terra.

Exatamente então a porta da estrebaria do outro lado da rua se abriu com estrondo. Papai e um telhador com uma escada surgiram das sombras e foram para a frente da casa. O telhador encostou a escada no lugar onde pingava, enquanto papai esbravejava, andando de um lado para outro no pátio com sua *kurta* manchada nos sovacos e, aos gritos, simplesmente obrigou o pobre homem a subir a escada.

— Não, não, a goteira é lá. Você é surdo? Lá. Isso — berrava.

A tranquilidade de Jura foi alterada. Madame Mallory virou a cabeça de lado e grudou os olhos em papai. Olhava, sob o chapéu de palha de jardinagem, apertando os lábios cor de fígado. Percebi que estava, ao mesmo tempo, assustada e estranhamente atraída pelo tamanho e vulgaridade grotescos de papai. Isso passou. Mallory olhou para baixo e tirou as luvas de lona. Seu tranquilo momento de jardinagem estava acabado e, pegando o cesto, subiu, aborrecida, a escada de pedra da hospedaria.

Ficou de costas para a rua, indecisa se abria a porta da frente, quando veio do pátio um ataque especialmente virulento de berros de papai. De onde eu estava, vi a expressão dela ao parar na porta: os lábios apertados demonstravam muito nojo e o rosto era uma máscara de desdém gélido. Eu veria aquela expressão muitas vezes nos anos seguintes, quando abria caminho na França: um olhar gaulês de enorme desprezo por seus inferiores — mas jamais me esquecerei da primeira vez que vi.

Aí, *bang,* ela bateu a porta.

A família descobriu o pão local *chemin de fer* — rude, torcido e saboroso — que se tornou imediatamente o nosso novo raspador de molho preferido. Papai e titia pediam sempre para eu pegar "só mais um pouco" de pão na *boulangerie* e, numa dessas idas, voltando do centro com o pão crocante enrolado sob o braço, cortei caminho pelas vielas de trás, onde os ricos comerciantes de relógios um dia mantiveram seus cavalos. Olhei ao acaso por cima de um muro de pedras e reboco.

Percebi logo que aquela era a parte dos fundos do Saule Pleureur. O pequeno jardim do hotel era comprido e largo, quase um campo, e subia de leve para a colina onde me encontrava. A verdejante propriedade era cheia de maçãs e peras maduras e, encostado no muro ao fundo, havia um galpão para secar frutas, feito do áspero granito de Lumière.

Os galhos das árvores vergavam ao peso de peras marrons, conhecidas como Bosc, prontas para serem colhidas, e as abelhas do outono zuniam tontas em volta da fruta bem doce. Havia também filas de canteiros de ervas em estufa, bem arrumadas, com flores silvestres e trechos com repolhos, ruibarbos e cenouras, tudo enfeitado com um caminho de pedras que percorria o terreno fértil.

No final do jardim, havia um monte de adubo orgânico no canto úmido à esquerda, e uma torneira de ferro e cobre em forma de ninfa esguichava água sobre uma grande pedra à direita, ao lado de um banco e outro imponente e antigo salgueiro-chorão.

Parei. Madame Mallory estava de novo no jardim, agora no alto do terreno, pouco antes do ponto onde ele descia. Sentou-se, ereta, à mesa de madeira comprida, ao lado de quem supus que fosse uma de suas *sous-chefs*, pois as duas usavam aventais por baixo das japonas.

A princípio, não pude ver seus rostos, já que estavam de cabeça baixa, trabalhando rápido, profissionais, na mesa cheia de tigelas, travessas e utensílios. Mas notei algo na mão de Madame Mallory, que logo foi despejado numa tigela. Em seguida, ela esticou a outra mão para o áspero caixote de madeira que estava no chão de pedra, entre as duas. Do caixote, tirou o que me pareceu uma bizarra granada de mão. Mais tarde descobri que se tratava de uma alcachofra.

Observei a famosa chef cortar com destreza as folhas do legume usando uma tesoura, os firmes cortes garantindo que cada folha fosse simetricamente alinhada e esteticamente agradável à vista, como se imitasse a natureza. Ela então pegou um dos limões cortados ao meio e pingou em cada um dos cortes da alcachofra, onde havia cortado uma folha, uma generosa quantidade de suco. As alcachofras contêm um ácido chamado cinarim e esse pequeno truque, aprendi depois, evitava que a seiva das folhas clareasse o legume ao redor do corte.

A seguir, Mallory usou uma faca grande e afiada para tirar a parte superior da alcachofra, com um corte firme da lâmina inclinada. Por alguns segundos, ficou de cabeça baixa novamente, enquanto tirava um pouco de folhas cor-de-rosa e imaturas do centro da planta. Pegou outra vasilha, cortou a parte interna da planta e, com gestos elegantes, escavou o emaranhado de fibras chamado chofra. Dava para ver a satisfação no rosto dela quando, por fim, retirou cirurgicamente a parte macia do coração da alcachofra e a colocou para marinar numa tigela, já cheia de suculentas e polpudas copas.

Foi uma revelação. Nunca vi um chef ter um cuidado tão meticuloso, principalmente com algo tão feio quanto esse legume.

Os sinos da igreja de Santo Agostinho repicaram o meio-dia. O caixote estava quase vazio, mas a jovem *sous-chef* ao lado de Madame Mallory seguia o que a mais velha fazia, embora sem a mesma rapidez. Observando sua subordinada, Mallory apontou de repente a pequena faca que usava e disse, ríspida:

— Margaret, use a faca de descascar *grapefruit*; é um truque que *Maman* me ensinou. A lâmina curva facilita a retirar a chofra.

A voz grave tinha algo que não era totalmente maternal, mas que sugeria uma espécie de *noblesse oblige* culinária, uma obrigação de passar os segredos da cozinha para a geração seguinte. E foi aquela modulação de voz que com que eu me ajeitasse imediatamente.

Como fez a jovem chef, que levantou a cabeça para, agradecida, pegar a faca de *grapefruit* de Mallory.

— *Merci, madame* — disse, numa voz que, trazida pelo vento, parecia cheia de frescas frutinhas vermelhas com creme.

Foi a primeira vez que reparei em Margaret Bonnier, a calada *sous-chef* do Saule Pleureur. Evidente que era um pouco mais velha que eu e usava os louros cabelos curtos, práticos, no comprimento perfeito para colocar atrás das orelhas, que eram enfeitadas com brincos de prata. Os olhos negros ficavam incrustados na pele pálida como pérolas nas maçãs do rosto do tamanho de ostras, vermelhas devido ao vento forte e à robusta compleição dos nascidos no Jura. Era sua maquiagem genética.

Naquele momento, meu olhar despudorado foi interrompido por Marcel, o corpulento aprendiz do hotel, e Jean-Pierre, o bonito e moreno *chef de cuisine*: os dois saíam da lateral da casa trazendo o almoço da equipe a ser engolido antes de o restaurante abrir, dali a meia hora. O prato que Jean-Pierre trazia fumegava e o vento carregava a fumaça, era uma travessa rasa de assados e fritas, enquanto Marcel trazia os talheres e uma tigela com salada de alface e cebolinha.

Madame Mallory mandou o aprendiz levar as alcachofras e seus corações para a cozinha, enquanto Margaret arrumou com destreza a mesa: talheres, guardanapos e pratos, além de taças, vinho tinto e um jarro de água fria da fonte do Jura. Jean-Pierre debruçou-se sobre a mesa para colocar a bandeja no centro e Margaret esticou a mão clara, elegante como a de uma pianista, mas marcada por queimaduras no forno, os dedos compridos segurando uma batata frita amarelo-dourada. Ela levou a comprida e fina *frite* à boca e mordeu delicadamente uma ponta, o rosto iluminado por um sorriso criado por algo que Jean-Pierre disse.

O relógio da igreja bateu 12h15.

Virei-me para continuar a caminho de casa, rumo ao nosso almoço familiar de carneiro de Madras, e cheguei à mansão Dufour com o coração leve e satisfeito pelo que acabara de presenciar, uma cena que me trouxe imagens de mamãe, assados e *frites*, Café de Paris, fartas lembranças de Bombaim nas ruas daquela aldeia alpina.

De repente, soprou um vento da montanha que levou de uma só vez aquelas velhas lembranças de mamãe e da

Mãe Índia, deixando uma sensação totalmente nova, indefinida a princípio, mas que foi aumentando de intensidade a cada passo. O que aquele vento me trouxe, há tanto tempo, foi um desejo forte, desencadeado por ver e sentir o cheiro da comida francesa, misturado ao cheiro almiscarado das mulheres. Talvez fosse algo semeado na infância, mas naquele instante cruzou com outra coisa, mais adulta.

Dias depois, papai repentinamente mandou toda a família ir para o pátio. Até o tímido rapaz francês que ele contratou de garçom foi obrigado a ir e, nervoso ao ficar entre nós, limpou uma mancha de vinho no avental.

O telhador e Umar, em escadas, puxaram roldanas e apertaram parafusos usando chaves inglesas. Ficamos boquiabertos aos pés deles, olhando para cima e eis que surgiu uma enorme placa sobre os portões de ferro da mansão Dufour.

— Pronto — gritou Umar do alto da escada.

MAISON MUMBAI anunciava a placa em enormes letras douradas sobre fundo verde islâmico.

Gritaria. Quanta alegria.

Tio Mayur havia colocado caixas de som improvisadas no jardim, que emitiram alto uma arranhada música hindustani. E aquilo foi a gota d'água, pelo que me contaram depois. A equipe do Saule Pleureur, sempre na cozinha, ouviu os gritos de incredulidade que vinham do sótão. Rápido, Monsieur Leblanc terminou a conversa ao telefone, enquanto Madame Mallory passava pelo escritório dele no segundo andar. Leblanc foi até o alto da escada ver a patroa lá embaixo, furiosa, procurar sua sombrinha no cesto de guarda-chuvas chinês. Leblanc achou que as coisas não iam bem. Os cabelos prateados de Mallory estavam presos na nuca por uma espécie de escudo guerreiro africano com lança.

— Isso é demais, Henri — exclamou ela, arrancando finalmente a sombrinha do cesto e tentando abri-la. — Você viu aquela placa? Ouviu a música fazendo *plinq-plinq? Quelle horreur. Non et non*, ele não pode fazer isso. Pelo menos, não na minha rua. Está acabando com o ambiente. O que nossos clientes vão pensar? — Antes que Leblanc pudesse responder, ela tinha saído.

Madame Mallory não fez o que seria correto. Não atravessou a rua e foi falar com papai, argumentar com ele. Ela nunca fez nada para nos sentirmos bem-vindos. Não, seu primeiro impulso foi nos esmagar sob os saltos. Como se fôssemos insetos.

O que aconteceu foi o seguinte: Mallory marchou para a prefeitura. Claro que todos em Lumière temiam a chef de língua afiada e, por isso, ela foi imediatamente levada à sala de reuniões da prefeitura.

E, lá, nossa sina seria decidida. Mas as pessoas inteligentes sempre subestimavam papai. Ele era cortante como uma faca de carne e havia concluído que a política numa pequena cidade francesa era parecida com a política em Bombaim, tudo azeitado pelo óleo do comércio. Então, a primeira coisa que fez em Lumière foi dar um polpudo sinal ao contratar os serviços do irmão do prefeito, que era advogado. Nada que fosse tão grosseiro quanto o que se passava na colina Malabar, mas tão eficaz quanto.

— Faça aquele homem parar com isso, aquele indiano — exigiu Mallory ao prefeito. — Viu o que ele está fazendo? Transformou a linda mansão Dufour num bistrô. Um bistrô indiano! *Horrible.* A rua inteira tem cheiro daquela comida gordurosa. E a placa? *Mais non*, não é possível.

O prefeito deu de ombros:

— O que a senhora quer que eu faça?

— Mande fechar.

— Monsieur Haji está abrindo um restaurante na mesma região que a senhora, Gertrude. Se eu fechar o dele, tenho de fechar o seu também. E o advogado que ele contratou obteve permissão do Comitê de Planejamento para colocar a placa. Portanto, como vê, estou de mãos atadas. Monsieur Haji fez tudo da forma correta.

— *Mais non*, não é possível.

— Mas sim. Não posso fechar o restaurante dele sem motivo. Ele está totalmente de acordo com a lei — prosseguiu o prefeito.

Compreendo que, ao se retirar, Madame disse algo desagradável.

Três dias depois, tivemos nosso primeiro encontro cara a cara com *la grande dame*. Ela acordava às 6h todos os dias. Após um desjejum leve, de peras, torradas com manteiga e café forte, Monsieur Leblanc levava-a aos mercados da cidade, em seu velho Citroën. Podia-se acertar o relógio pelo ritual dos dois. Exatamente às 6h45, Monsieur Leblanc pegava um exemplar do jornal *Le Jura* e ia ao Café Breguet, onde alguns moradores já estavam no bar tomando o primeiro *ballon* de vinho. Enquanto isso, Mallory, de poncho de flanela cinza e um cesto em cada braço, percorria as barracas do mercado, comprando produtos frescos para o cardápio do dia.

Ela era uma figura incrível de se ver, andando pelas ruas como um burro de carga, a respiração pesada explodindo em fumaça branca. As compras maiores — meia dúzia de coelhos, talvez, ou 50 quilos de sacos de batata — eram entregues de caminhonete no restaurante até as 9h30. Mas os cogumelos *chanterelles*, as delicadas endívias belgas e, talvez, um pacote de juníperos, iam nos cestos pendurados nos robustos braços de Madame Mallory.

Naquela manhã, poucas semanas após chegarmos à cidade, ela começou como sempre suas compras na Iten et Fils, a peixaria de ladrilhos brancos que ficava na esquina da place Prunelle.

— O que é aquilo?

Monsieur Iten mordeu a ponta do bigode.

— O quê?

— Atrás do senhor, saia da frente. O que é aquilo?

Iten deu um passo para o lado e Mallory viu uma caixa de papelão na prateleira. Levou um segundo para concluir que as antenas se movendo eram de lagostas empilhadas.

— Maravilha, há meses não vejo lagostas. Parecem frescas, são francesas?

— Não, madame, espanholas.

— Não tem problema, vou levar.

— Não pode, madame, infelizmente.

— Como não?

Iten limpou uma faca numa pequena toalha.

— Desculpe, Madame Mallory, mas ele acabou de passar e... e... as comprou.

— Quem?

— Monsieur Haji e o filho.

Mallory piscou. Não tinha entendido o que Monsieur Iten havia dito.

— Aquele indiano? Ele comprou?

— *Oui, madame.*

— Vamos deixar claro, Iten. Há mais de trinta anos, todas as manhãs, levo os seus melhores peixes e, antes, levava os de seu pai. E agora me diz que em alguma hora maldita da madrugada um indiano veio e comprou o que você sabia que eu ia levar? Foi o que disse?

Monsieur Iten olhou para o chão.

— Perdão. Mas ele tem um jeito... é muito simpático.

— Sei. Então, o que vai me oferecer? *Moules* de ontem?

— Ah, não, por favor, madame. Não faça isso, a senhora sabe que é minha melhor freguesa. Eu... tenho aqui umas percas ótimas.

Iten mexeu no congelador e pegou uma bandeja de alumínio com percas listradas, cada uma do tamanho da mão de uma criança.

— Bem frescas, vê? Pescadas hoje de manhã no lago Vissey. A senhora faz deliciosas percas *amandine*. Achei que ia gostar dessas.

Mallory resolveu dar uma lição no pobre Monsieur Iten e saiu da peixaria como uma tempestade de inverno. Ainda furiosa, entrou no mercado aberto da praça pisando nas folhas soltas de repolho que formavam uma espécie de tapete emborrachado.

Primeiro, passou pelas duas fileiras de barracas de legumes como uma ave predadora, os olhos faiscando por cima dos ombros das donas de casa. Os vendedores a viram, mas sabiam que não era sensato dizer nada na primeira volta que ela dava, a não ser que quisessem receber uma frase ríspida. Na segunda volta, entretanto, era possível dirigir-se a ela e, um de cada vez, se esforçava para atrair a famosa chef com seus produtos.

— *Bonjour*, Madame Mallory, lindo dia. Já viu minhas peras Williams?

— Vi, Madame Picard, não estão muito boas.

A vendedora ao lado achou graça.

— A senhora está enganada. As peras estão deliciosas — disse Madame Picard, dando um gole num caneco térmico de café com leite.

Mallory voltou à barraca de Madame Picard e os outros vendedores se viraram para ver o que ia acontecer.

— O que é isso, Madame Picard? — perguntou a chef, ríspida. Mallory pegou a pera que estava no alto da pirâmide e rasgou o pequeno adesivo que dizia QUALITÉ WILLIAMS. Por baixo do adesivo havia um buraquinho preto. Fez a mesma coisa com a pera ao lado, a outra e a outra.

— E o que é isso? E isso?

Os outros feirantes riram, e, ruborizada, Madame Picard correu para arrumar suas peras.

— A senhora está escondendo buracos de bichos embaixo de adesivos de "qualidade". Uma desgraça.

Mallory deu as costas para a viúva Picard e foi até a barraca no final da primeira fileira, onde um casal magro e grisalho, de aventais iguais e mais parecendo dois vidrinhos de pimenta e sal, estava atrás do balcão.

— *Bonjour*, Madame Mallory.

Mallory rosnou um bom-dia e mostrou um cesto de lustrosas berinjelas no chão, no fundo da barraca.

— Vou levar todas as berinjelas.

— Desculpe, madame, não estão à venda.

— Foram compradas?

— *Oui*, madame.

Mallory sentiu um aperto no peito.

— O indiano?

— Sim, madame, meia hora atrás.

— Então vou levar as abobrinhas.

O velho pareceu aflito.

— Desculpe.

Por alguns instantes, Madame Mallory não conseguiu falar nem se mexer. Súbito, veio dos confins dos mercados de Lumière, acima da barulheira geral, uma voz tonitruante com forte sotaque.

Mallory olhou na direção da voz e, antes que o casal idoso pudesse se recompor, ela foi sacolejando no meio das pessoas que estavam no mercado àquela hora matinal, com os cestos na frente do corpo como uma máquina de tirar neve, obrigando-as a saírem do caminho.

Papai e eu estávamos na ponta do mercado pechinchando por duas dúzias de tigelas de plástico vermelhas e verdes. O feirante, um polonês duro, não baixava o preço; para enfrentar aquela obstinação, papai rosnava sua oferta mais alto ainda. O toque final era o ameaçador andar de um lado para outro na frente da barraca, impedindo a aproximação de outros eventuais fregueses. Eu vira papai usar essa tática nos mercados de Bombaim, com efeito devastador.

Mas em Lumière havia o pequeno obstáculo da língua. A única língua estrangeira que papai falava era o inglês e cabia a mim traduzir as imprecações no meu francês de escola. Não me incomodava, foi assim que conheci várias garotas da minha idade, como Chantal, a colhedora de cogumelos que morava do outro lado do vale e tinha as unhas sempre sujas. Entretanto, no caso, o polonês do outro lado da barraca não falava inglês, só um pouco de francês, o que o protegia do ataque frontal de papai. Ficamos num beco sem saída. O polonês apenas cruzou os braços e balançou a cabeça.

— Isso, o que é? — perguntou papai, mostrando a tampa de um plástico verde. — Um pedaço de plástico, não? Qualquer um faz.

Mallory postou-se à frente de papai, que andava de um lado para outro e foi forçado a parar, o corpanzil dominando a mulherzinha. Percebi que era a última coisa que ele esperava: ser tolhido por uma mulher; olhou para baixo com uma expressão intrigada.

— O que é?

— Sou Madame Mallory, sua vizinha da frente — disse ela, em inglês perfeito.

Papai deu um sorriso encantador, esquecendo na hora o polonês e as terríveis negociações dos potes de plástico.

— Olá, Le Saule Pleureur, não é? Sei. A senhora precisa aparecer e conhecer a família, tomar chá — trovejou.

— Não gosto do que o senhor está fazendo.

— Hein?

— Com a nossa rua. Não gosto da música nem da placa. É feia. Tão grosseira.

Poucas vezes vi meu pai sem palavras e foi como se ele tivesse levado um bom soco no estômago.

— É de muito mau gosto — prosseguiu ela, tirando um fio de linha imaginário da manga. — O senhor vai tirar aquilo. Fica muito bem na Índia, mas aqui, não.

Ela olhou e bateu o dedo indicador no peito dele.

— Outra coisa: aqui em Lumière, é tradição Madame Mallory ser a primeira a escolher os produtos de manhã. Há décadas. Como estrangeiro, imagino que o senhor não saiba disso, mas agora sabe.

Deu um sorriso gélido para papai.

— Quem chega deve começar com o pé direito, não?

Papai ficou sério, a cara quase rubra, mas eu, que o conhecia bem, percebi pelos cantos dos olhos virados para baixo, que ele não estava zangado, mas magoado. Coloquei-me ao lado dele.

— Quem a senhora acha que é?

— Já disse, sou Madame Mallory.

— E eu, sou Abbas Haji, o maior *restaurateur* de Bombaim — anunciou papai, levantando a cabeça e batendo no peito.

— *Pff.* Aqui é a França. Não estamos interessados no seu curry.

Àquela altura, uma pequena multidão tinha se juntado ao redor dos dois. Monsieur Leblanc abriu caminho até o centro da roda.

— Gertrude, vamos embora — chamou, firme. Puxou-a pelo cotovelo. — Vamos, já basta.

— Quem a senhora pensa que é? — repetiu papai, dando um passo à frente. — Que conversa é essa na terceira pessoa, como se fosse a mulher de um marajá? Deus lhe concedeu o direito de ter os melhores cortes de carne e os melhores peixes do Jura? Hein? Ah, vai ver que é dona da cidade. Hein? Por isso tem direito aos melhores produtos todas as manhãs? Ou, quem sabe, é uma europeia importante, dona dos camponeses?

Papai empurrou a enorme barriga para cima de Mallory, que teve de recuar, incrédula.

— Como ousa falar comigo com tal impertinência?

— Digam-me, esta senhora é dona das suas plantações, dos seus rebanhos e legumes, ou vocês vendem para quem dá mais? Eu pago em dinheiro, na hora — bateu uma mão na outra.

A multidão fez uma exclamação. Daquele assunto eles entendiam.

Mallory virou de costas para papai e deu de ombros para as luvas de couro preto.

— *Un chien méchant* — disse, seca.

A plateia riu.

— O que ela disse? Hein? — rosnou papai para mim.

— Acho que ela chamou você de cachorro louco.

O que aconteceu em seguida está na minha memória para sempre. A multidão abriu caminho quando Madame Mallory e Monsieur Leblanc foram embora, mas papai, rápido para alguém daquele tamanho, correu para a frente dela e encostou a cara no seu ouvido em retirada.

— Buuuf. Ruuf. Ruuf.

Mallory afastou a cabeça

— Pare com isso.

— Ruuf. Ruuf.

— Pare, homem horroroso.

— Grruf. Ruuuf.

Mallory tapou os ouvidos.

E saiu andando rápido.

Os moradores, que nunca tinham visto Madame ser ridicularizada, riram muito. Papai virou-se, alegre, e juntou-se a eles, olhando a velha e Monsieur Leblanc sumirem na esquina, depois da agência do Banque Nationale de Paris.

Devíamos saber o problema que íamos enfrentar.

— Ela estava tagarelando feito louca — contou-nos titia, quando chegamos em casa. — Bateu a porta do carro, *pang*. — Nos dias seguintes, quando eu olhava para o outro lado da rua, de vez quando via um nariz pontudo apertado contra a vidraça embaçada.

Aproximava-se o dia da inauguração da Maison Mumbai. Caminhões encostavam no pátio da mansão Dufour trazendo mesas de Lyon, louça de Chamonix, pastas plastificadas de Paris para colocar cardápios. Um dia, fui recebido à porta do restaurante por um grande elefante de madeira com a tromba levantada. Havia um narguilé no canto do saguão e tigelas de cobre sobre mesinhas, com rosas de plástico compradas no supermercado local.

Os carpinteiros já haviam transformado as três salas de entrada em salões do restaurante e papai tinha pendurado, nas paredes revestidas de madeira, cartazes do rio Ganges, do Taj Mahal, das plantações de chá em Kerala. Numa delas, mandou um artesão local pintar um mural retratando a vida na Índia que, entre outras cenas, mostrava uma mulher tirando água do poço. Durante todo o dia, alto-falantes nas paredes transmitiram nossas canções e gazais, as chilreantes baladas em urdu e nossos poemas de amor tradicionais.

Papai voltou a ser o Grande Abbas. Passou dias fazendo e refazendo com meu irmão mais velho um anúncio para os jornais locais. Finalmente, concordaram com os garranchos desenhados numa agenda e levaram para a redação do *Le Jura*, em Clairvaux-les-Lacs. Um elefante de perfil, com a tromba levantada, geralmente entre as seções de esportes e tevê, ocupava uma página inteira do jornal. O balão que saía da boca do elefante oferecia a quem fosse à inauguração da Maison Mumbai uma jarra de vinho grátis. O anúncio saiu no *Le Jura* três fins de semana seguidos e o lema do restaurante era *Maison Mumbai, la culture indienne en Lumière.*

Aos 18 anos, eu finalmente segui a minha vocação. Papai teve a ideia de me mandar para a cozinha. Ammi não conseguiria atender a cem pessoas de uma vez e titia era a única pessoa na Índia que não sabia cozinhar — sequer uma cebola *bhaji*. Estremeci, repentinamente com medo do meu destino.

— Sou homem, mande Mehtab ficar aqui — reclamei, alto.

Papai deu um piparote na minha cabeça.

— Ela tem outras coisas a fazer. Você ficou mais tempo na cozinha com Ammi e Bappu do que todos nós. Não se preocupe, só está nervoso. Vou ajudar.

Assim, meus dias sumiram em rolos de fumaça e no retinir vaporento das panelas. Aos poucos, depois de muito consultar minha irmã e papai, surgiu um rascunho do meu cardápio. Experimentei bastante até ter certeza: miolo de carneiro recheado com chutney verde, acompanhado de ovo e *tawa* grelhado; *masala* de frango e canela, carne cozida com especiarias no vinagre. Como guarnição, bolinhos de arroz assados no vapor e queijo cottage com feno-grego. De entrada, meu prato preferido: sopa de *trotters*.

A roda da vida estava girando. Ammi ia perdendo o controle enquanto eu ganhava. Ela estava completamente tomada pela demência senil. Aquela cena que ocorria às vezes em Londres havia se tornado habitual, e ela entrava e saía de sua frágil mente, raramente voltando lúcida. Lembro-me dela olhando por cima do meu ombro, dando dicas úteis sobre como extrair o sabor forte do cardamomo, como nos velhos tempos da Napean Sea Road. Um instante depois, entretanto, ela dizia coisas e me xingava como se eu fosse seu pior inimigo. Doía meu coração. Mas, como o restaurante estava prestes a inaugurar, eu não podia deixar minha mão tremer, enfiado nos *kadais* da cozinha.

E houve cenas. As manias de Ammi costumavam se fixar no *daal*, o prato da cozinha indiana com grão-de-bico, e às vezes discutíamos por causa dele. Um dia, me preparando para a grande inauguração, fiz uma mistura aromática de cebola, alho e *daal*. Ammi estava por ali e, de repente, bateu forte com uma colher no meu braço.

— Não é assim que os Haji fazem. Faça como ensinei — disse, de cara feia.

— Não, eu acrescento um tomate no final. Quando ele abre, dá um sabor ao *daal* e uma cor bonita — expliquei, firme.

Ammi torceu a cara com nojo e bateu de novo a colher na minha cabeça. Atrás dela, papai me fez sinal de apoio, o que me deu segurança. Esfreguei a cabeça que ainda doía e levei Ammi gentilmente para fora da cozinha.

— Por favor, Ammi, saia! Até eu me controlar. Preciso me preparar para a inauguração, entendeu?

Àquela altura, tirei o avental e fui ao centro da cidade com tio Mayur, como um jovem louco por uma pausa em todas as pressões da inauguração. Era final da manhã e Mehtab fez encomendas, sabão de lavar roupa e palha de aço para raspar panelas e pratos.

Quando voltávamos, carregados de sacolas do Carrefour local, tio Mayur fez uma careta e estalou a língua, fazendo sinal em direção ao Saule Pleureur.

Por trás do restaurante, um jovem camponês conduzia um enorme porco com uma corda presa na argola do focinho. Devia pesar uns 200 quilos. Madame Mallory, Leblanc e o resto da equipe pareciam bem profissionais quando surgiram com baldes de água, facões, tábuas grandes e esfregaram a mesa que ficava no alto do terreno. O porco grunhiu ao pisar nas tábuas e avistar um prato de urtigas e batatas cuidadosamente colocado em local estratégico, sob uma sólida castanheira. Notei um complicado sistema de roldanas nos galhos.

O padre da paróquia de Santo Agostinho leu a Bíblia, esguichou água benta no porco, no chão e na tábua de madeira e mexeu os lábios sem parar, rezando. O prefeito também estava lá, ao lado do açougueiro, que afiava facas numa pedra de amolar.

Lembro que o prefeito de Lumière tirou respeitosamente o chapéu e o vento fino despenteou seus cabelos, que ficaram balançando de leve na cabeça. Lembro-me dessa figura engraçada do prefeito, com seus cabelos dançantes, quando o açougueiro tirou um revólver do avental, aproximou-se e despachou o porco com um tiro na cabeça.

Outro grunhido, um excremento e o baque surdo do porco quando as pernas se dobraram e ele caiu pesado nas tábuas. Leblanc e mais três homens então puxaram as roldanas levantando as tábuas até a mesa esfregada enquanto as patas do porco ainda mexiam sem parar, arranhando e sacudindo.

— São cristãos. Venha, vamos embora — bufou tio Mayur, com desdém.

Mas não conseguíamos sair do lugar. Eles rasgavam com um facão a garganta do porco, de onde pulsou sangue aos litros, o jato vermelho bombeando num grande balde plástico. Lembro-me de Madame Mallory lavando os braços numa torneira e depois batendo o sangue quente com as mãos, enquanto o *sous-chef* despejava vinagre no balde para não coagular. Juntaram então alho-poró cozido, maçãs e salsa, além de creme de leite fresco, antes de rechearem uma tripa com essa pasta densa. Lembro-me também do cheiro forte de sangue, excremento e morte que o vento levava até nós, e de rasparem as patas do porco para limpar, espalharem palha em volta da carcaça e queimarem as cerdas do animal. Os três trincharam o porco pelo resto do dia: o açougueiro, Mallory e o *sous-chef* de vez em quando despejavam copos de vinho nos pedaços mornos de carne ensanguentada. Aquela matança pública continuou no dia seguinte e por quase todo o fim de semana. Eles salgaram o quarto dianteiro do porco, puseram pimenta e encheram as tripas com colheres da carne moída, fazendo *saucissons* que depois secariam no barracão dos fundos, onde peras, maçãs e ameixas eram estocadas nas prateleiras conforme o tamanho.

— Nojento. Comedores de porcos — disse tio Mayur, baixo.

Não consegui confessar o que pensei. Que eu tinha visto poucas coisas que fossem tão lindas. Poucas coisas me falaram com tanta força da terra, de onde viemos e para onde vamos. Ainda por cima, como eu podia dizer a ele que, no fundo, tive muita vontade de fazer parte daquele submundo de matança de porco?

Capítulo Sete

— Ooooh, Abbas. Adivinha quem reservou mesa? A mulher aí da frente. Mesa para dois.

Titia estava à mesa antiga da entrada principal, anotando cuidadosamente as reservas numa agenda preta. Papai gritou:

— É? Ouviu isso, Hassan? A velha da frente vem experimentar nossas misturas fantásticas.

Ammi desceu a escada agarrada ao corrimão, muito confusa. Titia havia fechado a agenda e estava se olhando num pequeno espelho.

— Pare de se olhar, sua vaidosa — guinchou Ammi. — Quando Hassan vai se casar? Que roupa eu ponho? Quem está com as minhas coisas?

Eles trouxeram Ammi para a cozinha e deram a ela uma tarefa simples, o que às vezes ajudava. Claro que aquela presença era tudo o que eu precisava no dia da inauguração, quando a cozinha já estava um caos. Eu estava muito nervoso e tinha acabado de jogar nas panelas pedaços de cordeiro em cubos e quiabos, o suco de alguns limões, um pouco de anis, cardamomo, canela e *grapefruit* amassado. Ervilhas também. Era uma confusão de panelas borbulhando, vapores apimentados e gritos nervosos.

Claro que Mehtab ajudou, cortando cebolas num canto, mas o humor dela ia sempre das lágrimas ao riso incon trolável. E papai estava me enlouquecendo, andava de um lado para outro e passava pelo forno onde molhos borbulhantes espirravam tanto que salpicavam o chão.

— O quê? Por que estou aqui? O que estou fazendo? — perguntou a avó.

— Está tudo certo, Ammi, você está lavando...

— Estou lavando?

— Não, não, quero que você lave as peras.

Então, os cabelos encrespados de Arash e Muktar apareceram na porta giratória. Pequenos filhos da puta.

— Hassan é menina, Hassan é menina — cantarolavam.

— Seus idiotas, se vocês incomodarem seu irmão de novo, vão dormir na garagem esta noite — berrou papai.

Titia entrou ventando pela porta.

— Lotado! Lotado! Todas as mesas estão reservadas.

Papai agarrou meus ombros com suas manzorras e virou-me de frente, com os olhos brilhando de emoção.

— Deixe-nos orgulhosos, Hassan. Lembre-se, você é um Haji — disse, com voz trêmula.

— Sim, papai.

Estávamos, claro, todos pensando em mamãe. Mas não havia tempo para sentimentalismo e voltei logo para a panela de vagens *sautées* com cogumelos *chanterelle*.

Enquanto isso, do outro lado da rua, Madame Mallory estava em sua imaculada bancada de aço na cozinha, examinando *hors d'oeuvres* de carpaccio de carpa e fricassê de ostras de água doce. Atrás, a equipe silenciosa e eficiente preparava o jantar com um *ra-ta-tá* de facas, um chiado de carne assada no espeto, utensílios de aço arranhando e o constante ir e vir surdo de tamancos de madeira no ladrilho.

Mallory não deixava nada entrar no salão sem sua aprovação. Conferiu com o nó dos dedos se as ostras estavam quentes e provou uma colher de vinagrete do carpaccio de trufa e aspargos. Nem muito salgado nem muito picante. Fez sinal de aprovação, umedeceu uma toalha de chá na água de uma tigela e limpou com cuidado as marcas de dedo e o molho derramado na beira dos pratos.

— Leve para a mesa seis — disse, alto.

Mallory precisava de tudo claro, transparente, sob controle. Um garçom estava em frente a uma parede com o mapa em miniatura das mesas do salão; ticou em azul o quadrado relativo ao primeiro prato, mesa seis. Aquele mapa permitia que Madame Mallory soubesse, numa olhada, em que estágio da refeição estava cada mesa.

— Rápido, as ostras estão esfriando.

— *Oui, madame.*

O garçom contornou a bancada de aço e passou os pratos para uma bandeja coberta com pano de linho. Colocou um domo de prata sobre as ostras quentes, dobrou as pernas um pouco e, num movimento ágil, equilibrou os pratos, passando pelas portas vaivém.

Mallory enfiou no prego a comanda da mesa seis e olhou no relógio de ouro.

— Jean-Pierre, dois patos para a mesa 11 — gritou, mais alto que o barulho da cozinha. — Tirou o avental, olhou os cabelos no espelho e empurrou a porta vaivém.

O conde de Nancy Selière estava, como sempre, sentando à mesa perto da janela envidraçada. O banqueiro gourmet vinha todo ano de Paris naquela época passar duas semanas. Era um bom freguês, ocupava sempre a suíte nove e fazia todas as refeições no hotel. Mallory deixou de lado a timidez e foi cumprimentá-lo sincera e efusivamente, enquanto ele analisava o cardápio.

Ela teve a impressão de que o nobre estava mais sério do que o normal, aborrecido com as agruras da meia-idade, ou talvez porque costumava hospedar-se com uma mulher bem mais jovem. Naquele ano, o gourmet estava só.

O quadro preferido de Mallory, um óleo do século XIX mostrando o mercado de peixes de Marselha, estava ao lado do conde e ela discretamente ajeitou a luz sobre a obra, depois que outro hóspede, ao sentar-se, bateu nela sem querer, entortando-a. O rapaz do pão, com botões dourados e luvas de algodão, surgiu magicamente ao lado dela, com a cesta de pão da casa no ombro.

— Acabamos de criar este pão de semolina, com espinafre e cenoura — informou Madame Mallory ao conde, apontando o tenaz de prata para um pãozinho bicolor. — Levemente doce e muito bom com a *terrine de foi gras* fria desta noite, acompanhado por trufa branca e um Porto gelado.

— Ah, madame, que decisões difíceis a senhora me obriga a tomar — brincou o conde de Nancy, com um sorriso jocoso nos lábios.

A chef desejou *bon appétit* e continuou pelo salão, cumprimentando com um aceno de cabeça os clientes conhecidos, endireitando um suporte torto no arranjo de orquídeas, parando rapidamente para sussurrar, furiosa, no ouvido do garçom encarregado dos vinhos. A manga do uniforme dele estava manchada de bebida e ela mandou-o trocar o paletó.

— *Immédiatement*. Eu não precisava mandar — ciciou.

Na recepção, Monsieur Leblanc e sua assistente Sophie recebiam os casacos e mantôs dos clientes que vieram de Paris passar o fim de semana; Mallory esperou discretamente de lado até Leblanc terminar.

— Vamos acabar logo com isso — disse ela. — Quanto a você, Sophie, a fita com música de Satie está um pouquinho alto. O som tem que ser bem leve, só uma música de fundo.

A noite estava escura como um *boudin noir* e lembro que as estrelas pareciam, pelo menos para mim, pedaços de banha de chouriço. As corujas piavam nos galhos de tília e castanheira e, à luz da lua, o tronco das bétulas se destacava como barras de prata.

Mas nossa rua não estava tão calma. As janelas muito iluminadas da mansão Dufour, o falatório festivo dos clientes chegando, o confortador cheiro de fumaça de bétula flutuando na noite.

Nosso restaurante já estava quase lotado, e os carros vindos de toda a região engarrafavam nossa rua, quando Madame Mallory e Monsieur Leblanc atravessaram a pequena distância entre nossos restaurantes, andando com certa dificuldade pela noite escura como tinta, esperando a vez à porta da Maison Mumbai, logo atrás de Monsieur Iten com a família de seis pessoas.

A silhueta enorme de papai aparecia na moldura da porta iluminada, sua imensa barriga apertada numa *kurta* de seda rústica, o peito e os cabeludos mamilos apertados e pouco atraentes sob o tecido brilhante.

— Boa noite, seja bem-vindo, Monsieur Iten, com sua adorável família. Ah, que filhos lindos a senhora tem, Madame Iten. Venham, entrem com esses pequenos tratantes. Temos uma ótima mesa para os senhores perto do jardim. Minha irmã vai lhes mostrar.

Depois que passaram, papai se adiantou novamente para ver na escada de pedra as formas que se aproximavam, mal definidas na noite.

— Aah, nossos vizinhos. Boa noite. Boa noite, entrem — cumprimentou, reconhecendo finalmente Madame Mallory e Leblanc.

Sem dizer mais nada, papai virou-se e, devagar, foi bamboleando pelo salão em suas pantufas brancas.

— Estamos completamente lotados — berrou acima do barulho do restaurante cheio. Os recém-chegados passaram pelas rosas de plástico, pelos cartazes da Air India, pelo elefante de tromba empinada, e Mallory apertou mais o xale nos ombros, como para se proteger.

Papai colocou cardápios plastificados numa mesa para dois. Suresh Wadkar e Hariharan uivavam em urdu pelas caixas de som no alto e a parede vibrava quando os sons do *sarangi* e da *tabla* irromperam numa passagem especialmente sofrida.

— Mesa muito boa — berrou papai, acima da música.

Monsieur Leblanc puxou, rápido, a cadeira para Mallory sentar-se, tentando não fazer algum comentário desagradável.

— É, Monsieur Haji, estou vendo. Obrigado. Parabéns pela inauguração, desejamos boa sorte.

— Obrigado, obrigado. Os senhores são muito bem-vindos.

Mallory, horrorizada, fechou os olhos quando papai gritou tão alto o nome de Zainab que várias pessoas pularam na cadeira, assustadas. Obediente, minha irmã de 7 anos veio à mesa de Madame com um buquê de amores-perfeitos. Zainab usava um simples vestido branco e até nossa vizinha teve de admitir que a pele cor de canela ficou linda com o algodão claro. Zainab entregou as flores para Mallory e, tímida, olhou para o chão.

— Seja bem-vinda à Maison Mumbai — disse, baixo.

Papai sorriu, radiante, e Mallory fez um afago na cabeça de Zainab, cujos cabelos tinham sido pintados pouco antes com as tintas de Mehtab.

— *Charmant* — disse a senhora, limpando a mão no guardanapo de linho que tinha no colo.

Ela voltou sua atenção para papai.

— Ajude-nos, Monsieur Haji — disse, mostrando o cardápio. — Conhecemos pouco a sua comida. Faça os pedidos para nós, as especialidades da casa.

Papai grunhiu alguma coisa e colocou com estardalhaço uma garrafa de vinho tinto na mesa.

— Oferta da casa — avisou.

Mallory conhecia bem aquele rótulo, era o único vinho realmente ruim do vale.

— *Non, merci.* Para nós, não. O que o senhor costuma beber para acompanhar sua comida?

— Cerveja — respondeu papai.

— Cerveja?

— Cerveja Kingfisher.

— Então traga duas para nós.

Papai correu até a cozinha, onde eu estava cozinhando milho e coentro na *tawa* e cuspiu o pedido. Tive certeza que a pressão dele ia subir, estava com as bochechas vermelhas. Levantei a mão, pedindo para se acalmar.

— Eu mato todos eles, mato — disse ele.

O restaurante estava animado e Mallory deve ter se surpreendido ao ver tantos moradores da cidade festejando a nossa inauguração. A vendedora de frutas Madame Picard e um amigo se embebedavam com o vinho da casa; o prefeito e a família inteira, inclusive o irmão advogado, contavam piadas sem graça numa mesa de canto. Quando Madame

Mallory deu uma olhada no salão, tio Mayur chegou à mesa e abriu, com um silvo, as garrafas de cerveja.

Mukhtar e Arash, meus irmãos menores, passaram de repente aos berros pelas mesas até meu tio pegar Arash pelo pescoço e dar-lhe um tapa na orelha. O grito cortou o restaurante. Pouco depois, Ammi saiu da cozinha, aborrecida com tanta gente em sua casa: foi até a mesa do canto e deu um beliscão forte no prefeito. O homem ficou tão surpreso que a xingou, e papai correu para se desculpar e explicar o estado mental de minha avó.

Mas correu tudo bem. Os primeiros pedidos saíram da cozinha chacoalhando nas mãos dos garçons inexperientes e houve muitos *oooohhhs*, *aaahhs* quando os primeiros pratos de ferro passaram, fumegantes, pelo salão. O prefeito recuperou o bom humor quando uma pilha de *samosas* e outra garrafa de vinho chegaram à mesa dele, cortesia da casa. Foi aí que Madame Mallory se levantou abruptamente e se encaminhou para a cozinha.

Lá estava eu, de costas para a porta, as mãos e os braços sujos de uma mistura de pimenta em pó e gordura. Despejei um pouco de *garam masala* numa cuba com carneiro. Um pote de manteiga clarificada quebrou sobre a bancada e, animado, mandei Mehtab pegar com uma colher a manteiga que escorreu — e que eu tinha engrossado com cascas de cebola, sal e açafrão — e colocar numa frigideira.

— Não desperdice. Não tem problema, o sabor não se perde.

Olhei para a porta da cozinha.

Não sei por que fiz isso, como se uma grande força negativa estivesse atrás de mim, me puxando.

Mas não havia ninguém na porta.

Madame Mallory tinha visto o que queria, voltou para o salão e sentou-se em frente a Leblanc. Bebeu a cerveja e, satisfeita, imaginou o que ocorria em seu restaurante, do outro lado da rua.

Orquestra de Stravinsky tocando suave, ao fundo. Domos de prata cobrindo pratos deliciosos e sendo levantados ao mesmo tempo. O polido sorver de uma sopa *bouillabaisse*. O aroma forte de orquídeas e de um leitão assado. Precisão, perfeição, previsão.

— A Le Saule Pleurer — brindou ela, levantando o copo de cerveja para Leblanc.

Nosso jovem e agitado garçom chegou com os pedidos. Sem muita experiência, confesso, apenas colocou barulhentamente as tigelas na mesa. Eram: assado de peixe de Goa, grosso e macio. Frango *tikka* marinado em especiarias e limão, grelhado até escurecer e dobrar nas bordas. Espeto de fígado de carneiro marinado no iogurte, salpicado de pinhas crocantes quase derramando no prato. Cogumelos encorpando um molho *masala* pareciam irreconhecíveis caroços sob a superfície de óleo de *tarka* flutuando no prato. Havia uma frigideira de cobre com quiabos, tomates e couves-flor num molho marrom que, admito, era pouco atraente. Arroz amarelo foi fofamente empilhado numa tigela de cerâmica, com perfumadas folhas de louro no *basmati*. Seguiu-se uma sucessão confusa de pratos com os acompanhamentos: cenouras em conserva, iogurte frio com pepino, pão ázimo e alho.

— Quanta comida — surpreendeu-se Mallory. — Espero que não tenha muita pimenta. Só experimentei comida indiana uma vez, em Paris, e estava horrível. Ardeu por dois dias.

Mas os cheiros abriram o apetite dela e de Monsieur, e os dois se serviram de arroz, peixe, couve-flor e fígado crocante.

— Você não vai acreditar no que vi na cozinha.

Mallory deu uma garfada com iogurte, arroz, quiabo e peixe.

— A fiscalização sanitária virá logo aqui. O rapaz derramou...

Ela não terminou a frase. Olhou o prato, com cenho franzido. Deu mais uma garfada e mastigou com cuidado, deixando os sabores rolarem, sensuais, pela língua. Estendeu a mão sobre a mesa e segurou o braço de Monsieur Leblanc.

— O que foi, Gertrude? Céus. Você está com uma cara horrível, o que foi? Pimenta demais?

Madame Mallory estremeceu e mexeu a cabeça, incrédula.

Deu mais uma garfada. Dessa vez, toda a incerteza, os fragmentos de esperança sumiram e ela chegou à terrível verdade.

Era aquilo.

Mallory largou o garfo no prato, que tilintou.

— Ah, *non, non, non* — lamentou.

— Pelo amor de Deus, Gertrude, o que houve? Está me assustando.

Monsieur Leblanc nunca tinha visto aquela expressão terrível. Era a cara de alguém que perdeu a razão de viver.

— Ele tem, ele tem — disse ela, baixo.

— Tem o quê? Quem tem o quê?

— O rapaz, o rapaz tem... ah, as injustiças da vida — grasnou. Colocou o guardanapo nos lábios para abafar os suspiros que involuntariamente emitia. — Oh, oh.

Os comensais nas outras mesas viraram-se para Madame Mallory que, de repente, percebeu que era motivo de atenção. Juntando suas forças interiores, endireitou-se na cadeira, arrumou os cabelos e grudou um sorriso gélido no rosto. Devagar, as cabeças voltaram para seus pratos.

— Você não experimentou? — sussurrou ela. Estava de olhos vidrados, como se a pimenta caiana e o curry tivessem incendiado o interior de seu corpo. — Em estado bruto, mas tem. Escondida embaixo de todo o fogo, acentuada pelo iogurte frio. Tem, sim, sem dúvida. Está no ponto e contraponto dos sabores.

Monsieur Leblanc jogou o guardanapo na mesa.

— Céus, do que está falando, Gertrude? Seja clara.

Mas, para total estupefação dele, Mallory abaixou a cabeça e começou a chorar no guardanapo. Nunca, nos 34 anos de parceria, ele a viu chorar. Quanto mais em público.

— Talento — disse ela, abafando a voz no guardanapo.

— Talento que não se aprende. Aquele adolescente indiano magrinho tem o misterioso algo mais que aparece num chef a cada geração. Você entende? Ele é um desses raros chefs que simplesmente aparecem. É um *artista. Um grande artista.*

Sem conseguir se conter mais, Madame Mallory soluçou, grandes e ofegantes soluços de dor que encheram o salão e deixaram todos os presentes paralisados.

Papai veio correndo.

— O que houve com ela? Muita pimenta?

Monsieur Leblanc se desculpou, pagou a conta, conduziu a perturbada chef pelo cotovelo e meio que arrastou a chorosa mulher para o restaurante do outro lado da rua.

O cachorro da igreja uivou.

— *Non, non,* não quero que meus fregueses me vejam assim.

Leblanc conseguiu que ela subisse pela escada de serviço, em espiral, que levava aos aposentos no sótão onde a desditosa senhora desmontou no sofá.

— Deixe-me...

— Se precisar, estou lá embaixo...

— Saia! Saia! Você não entende. Ninguém entende.

— Como queira, Gertrude. Boa noite — disse, calmo.

Fechou a porta com cuidado. Súbito, no quarto escuro, Mallory sentiu falta da presença amena de Leblanc e virou-se para a porta fechada, boquiaberta. Tarde demais. Ele tinha ido embora. Sozinha, a idosa enfiou a cara no sofá e soluçou como uma adolescente.

Mallory dormiu pouco na fatídica noite de inauguração da Maison Mumbai, virando-se na cama como um peixe inquieto. O sono foi um acúmulo de imagens horríveis, de enormes panelas de cobre onde cozinhava uma comida misteriosa e deliciosa. Era, ela percebeu com um susto, a tão procurada Sopa da Vida e precisava da receita. Porém, por mais que ficasse em volta e que tentasse se apoiar nas laterais lisas da panela, não conseguiu provar o *potage*. Ficou escorregando e caindo no chão, uma mulher liliputiana, pequena demais para aprender o grande mistério do caldeirão.

Ela acordou agitada quando ainda estava escuro e os primeiros pardais cantavam no seu querido salgueiro, os galhos agora cobertos por uma *gelée* da estação.

Mallory levantou-se e andou decidida pelo quarto escuro, cabeça firme. Escovou os dentes com força na frente do espelho do banheiro, sem olhar o reflexo: as papadas da idade, o amargor nas linhas da testa. Prendeu os peitos brancos num sutiã com armação de arame, enfiou pela cabeça um vestido azul-marinho de lã e deu violentas penteadas nos cabelos com uma escova de cerdas de aço. Dali a pouco descia, barulhenta, a escada do sótão e batia à porta de Monsieur Leblanc.

— Levante, está na hora das compras.

No quarto escuro, num casulo de edredom cálido, um exausto Monsieur Leblanc esfregou os olhos. Virou o pescoço enrugado para o despertador luminoso.

— Está louca? Céus, são apenas 4h30, deitei há poucas horas — gritou ele do outro lado da porta.

— Apenas 4h30, apenas! Acha que o mundo espera por nós? Levante, Henri. Quero ser a primeira a chegar ao mercado.

Capítulo Oito

Às 7h, chegamos à cidade, com cara de sono mas vitoriosos, mais tarde que de costume porque a família comemorou o sucesso da inauguração até o amanhecer. Nossa primeira parada, como sempre, foi em Monsieur Iten, a peixaria com cheiro forte de arenque ao escabeche. Havia vários fregueses na nossa frente, ficamos na fila com papai praticando seu francês simplificado com a mulher do gerente da serralheria de Lumière.

— *Maison Mumbai, bon, no?*

— *Pardon?*

Era nossa vez.

— Bom dia — berrou papai. — O que o senhor tem de especial hoje, Monsieur Iten? Todo mundo gostou do peixe ao curry de Hassan ontem à noite.

Monsieur Iten estava vermelho-escuro como se tivesse bebido e permaneceu nos fundos da loja.

— Monsieur Haji, sem peixe — respondeu ele.

— *Ha ha ha*, gosto de uma piadinha.

— Sem peixe.

Papai olhou as bandejas de salmões prateados, os caranguejos ingleses com as pinças presas com borracha, os pratos de cerâmica com arenque norueguês marinado.

— Como? Peixe, não?

— Peixe, não. Vendido.

Papai olhou em redor e os outros clientes se afastaram, olhando para baixo, e enfiaram as mãos nas sacolas.

— O que houve aqui?

Saímos da peixaria sem nada e fomos para o mercado na praça. Os moradores que jantaram no nosso restaurante na noite anterior abaixavam a cabeça e evitavam nos encarar. Resmungos mal-humorados retribuíam nossos cumprimentos. Em cada barraca, tivemos a mesma reação fria. Aquele repolho ali ou aquela caixa de ovos já estavam vendidos, "infelizmente". Ficamos os dois no meio do mercado, ignorados, com os pés enfiados até o tornozelo em papel roxo e folhas de alface murchas.

— *Aaai* — exclamou papai, ao ver o casaco cinza de Madame Mallory sumir de repente atrás de uma barraca.

Cutuquei o braço de papai e mostrei a cara amarrada de Madame Picard, uma máscara de ódio, fixa no lugar onde acabara de sumir a famosa chef local.

A viúva Picard virou-se para nós e fez sinal com a mão suja para papai e eu irmos atrás de sua barraca.

— Aquela vadia — disse, baixo, soltando a aba da barraca. — Madame Mallory. Ela proibiu de vendermos para o senhor.

— Como? Como ela pode fazer isso? — perguntou papai.

— *Pff* — fez a viúva Picard, acrescentando um gesto da mão. — Essa mulher mete o nariz no trabalho de cada pessoa. Sabe todos os segredos. Ela disse que vai delatar o casal Rigault para o fisco, dois velhinhos maravilhosos. Só por que não informam cada centavo que vendem. Imagine, que mulher horrorosa.

— Mas por que ela nos odeia? — perguntou papai.

Madame Picard deu uma cusparada num monte de folhas de repolho no lixo.

— Quem vai saber? — perguntou, dando de ombros e esfregando as mãos para aquecer. — Talvez seja porque são estrangeiros, não são daqui.

Papai ficou sério alguns segundos e subitamente foi embora. Nem se despediu. Querendo consertar a grosseria dele, agradeci muito a Madame Picard pela ajuda. Ela enfiou duas peras amassadas na minha mão. Disse que, se pudesse, ajudaria mais.

— Ela fez isso comigo também.

Madame Picard cuspiu de novo e me lembrei dos velhos de Bombaim.

— Cuidado, menino, essa mulher é má.

Encontrei papai no estacionamento e, quando ele entrou na Mercedes, o corpanzil fez o carro balançar e, pensativo, ele se debruçou no volante. Papai não estava furioso, só muito triste ao olhar para o estacionamento com os Alpes ao fundo. Aquilo me deixou mais preocupado do que qualquer outra coisa que ele fizesse.

— O que foi, papai?

— Pensei na sua mãe. A gente não consegue se livrar dessas pessoas, não? Concorda? Essas pessoas moravam na Napean Sea Road. E agora estão aqui em Lumière também.

— Ah, papai.

Tive medo que a depressão que ele teve em Southall voltasse, mas minha voz trêmula pareceu afastá-lo da melancolia, pois se virou para mim sorridente ao ligar o carro.

— Hassan, não se preocupe. Nós somos Haji.

Colocou a mão imensa no meu joelho e apertou até eu dar um grito.

— Desta vez, não vamos embora.

Ficou com o braço em volta do meu banco enquanto o carro entrava de novo na estrada, com os outros carros buzinando atrás furiosamente. E havia aço em sua voz quando ele engrenou a Mercedes e fomos roncando em direção ao sol.

— Desta vez, vamos brigar.

Papai e eu fomos de carro para Clairvaux-les-Lacs, cidade da província que ficava a 70km. Passamos o dia todo acertando o fornecimento de produtos, andando de um lado para outro nas ruas de pedra e colocando um vendedor de frutas e legumes contra outro.

Nunca vi papai como um negociador tão brilhante, tão simpático, tão gentilmente decidido a convencer e, ao mesmo tempo, tão generoso, fazendo-os achar que ganharam a parada.

Compramos um caminhão refrigerado de segunda mão e contratamos um motorista. No final da manhã, ligamos para a Maison Mumbai e papai mandou minha irmã dar o almoço dos funcionários que ele voltaria a tempo de cuidar do jantar. Depois de consultar a agência local da Societé Générale sobre a compra do caminhão, papai e eu carregamos a traseira da nossa surrada Mercedes com pernil de carneiro, cestos de mariscos e percas, sacos amarelos com batata, couve-flor e ervilhas.

Nunca perdemos uma luta.

Nenhum cliente jamais desconfiaria que passamos por problemas.

Na manhã seguinte, Madame Mallory escancarou a porta do próprio restaurante, respirou fundo e se achou ótima. Sentiu o cheiro da neve que cobria o alto da montanha do Jura, em frente de Lumière; por toda parte, o sol ainda não tinha afastado a neve e brilhava teatralmente por trás dela. A igreja de Santo Agostinho acabava de repicar os sinos do final da manhã quando de repente um cervo adulto atravessou o campo prateado rumo à segurança da floresta de pinheiros. Estação de caça. Isso a lembrou de procurar Monsieur Berger para saber do pernil de cervo que já estava pendurado no galpão dele.

Justo quando ela se aquecia na bela manhã fria, um caminhão roncou na estrada. Ela ouviu o barulho dos motores reduzindo a marcha e virou a cabeça para acompanhar o som. O caminhão entrou na antiga mansão Dufour, com as grandes letras douradas alegremente saltando atrás.

MAISON MUMBAI.

— *Ah, non, non.*

As laterais do caminhão tinham poemas em urdu escritos em gritantes letras laranja e cor-de-rosa. Tiras de pano preto estavam penduradas nos para-choques traseiros. Na porta de trás, um aviso dizia BUZINE, POR FAVOR. E outra: CUIDADO, MAMÃE REZA POR NÓS.

O motorista saltou do banco da frente, que era ornado com penduricalhos. Abriu bem as portas traseiras e mostrou para o mundo um refrigerador inteiro com carneiro de alta qualidade, frangos e sacos de cebolas.

Madame Mallory bateu a porta com tanta força que Monsieur Leblanc pulou e manchou as contas com um borrão de tinta.

— Gertrude...

— Ah, me deixe em paz. Por que não terminou essas contas ainda? Sinceramente, você demora cada vez mais. Talvez devêssemos contratar alguém mais jovem para cuidar da contabilidade.

A chef não esperou resposta e sequer percebeu como a observação magoou Monsieur Leblanc. Em vez disso, Mallory passou ventando pelo corredor e abriu a porta da cozinha.

— Margaret, onde está a *terrine*? Quero provar.

A *sous-chef*, que tinha apenas 22 anos, entregou a ela um garfo e, desajeitada, passou para a chef o tijolo de espinafre, lagostim e abóbora. A velha se concentrou e estalou os lábios enquanto os sabores se dissolviam na língua.

— Há quanto anos você está comigo, Margaret? Três?

— Seis anos, madame.

— Seis anos. E ainda não sabe fazer uma *terrine* direito? É inacreditável. Essa está com gosto de cocô de neném: insossa, pegajosa, horrível. — Pegou o prato na bancada e o jogou no lixo. — Agora faça direito.

Margaret conteve as lágrimas e pegou outra vasilha sob a bancada.

— E você, Jean-Pierre, não fique tão chocado. O ensopado de carne com legumes que você fez está inaceitável. Simplesmente inaceitável. A carne devia estar macia de maneira a afundar no garfo, mas estava dura, queimada. E como está fazendo isso, onde aprendeu? Não foi comigo.

Na pressa de passar pela cozinha, Mallory afastou o jovem Marcel, que tropeçou, raspando o braço na beira do fogão de aço.

Madame Mallory caiu em cima de Jean-Pierre e do tabuleiro de assar, batendo em enormes pegadores. Isso fez a equipe ficar ainda mais desconcertada pois os pegadores eram utensílios pessoais dela, ficavam trancados numa mala de couro sob a bancada principal e eram coisa séria.

— A galinha-d'angola precisa ser virada a cada sete minutos para o molho penetrar na carne. Observei você trabalhar. Você não sabe lidar com aves, é rude como um camponês. Não tem talento para carne de caça, é preciso delicadeza. Está vendo como eu faço? Consegue fazer isso, seu imbecil?

— *Oui, madame.*

Madame Mallory ficou no meio da cozinha, os enormes peitos arfando, o rosto com duas bolas rubras de raiva. E a equipe, gélida sob sua fúria majestosa.

— Quero perfeição. Perfeição. Quem não corresponder ao que se espera, acabou. — A chef pegou um prato de cerâmica e jogou no chão. — Assim, exatamente assim. Entenderam? Marcel, limpe isso.

Ela saiu rápido, pisando duro na escada de madeira, rumo a seus aposentos no sótão. Os sobreviventes na cozinha passaram alguns minutos esperando a poeira baixar e concluíram que estavam chocados demais para falar e pasmos demais para entender o que acabara de acontecer.

Mas, sorte deles, a atenção de Mallory logo mudou de direção. Desceu furiosa a escada e saiu pela porta da frente.

— Aonde você vai? — guinchou.

O prefeito, que estava atravessando a rua, parou. Virou-se devagar, com os ombros levantados quase até as orelhas.

— Gertrude, que diabo, você me assustou!

— Por que está assim, furtivo?

— Não estou furtivo.

— Não minta para mim. Você ia naquele lugar almoçar.

— E daí?

— E daí? — zombou ela. — Você não é prefeito da cidade? Não deve preservar o nosso estilo de vida? Não devia incentivar esses estrangeiros. São uma desgraça. Por que vai comer lá?

— Por que, Gertrude, a comida é excelente. Uma ótima mudança.

Céus. Foi como se tivesse dado um soco em Mallory. Ela soltou um grito agudo e penetrante, virou-se e entrou na segurança do Saule Pleureur.

O mais interessante é que exatamente o que ela mais detestava no Maison Mumbai — a correria, o amadorismo — começou a acontecer em seu impecável restaurante. O caos dominava os rituais ensaiados infinitas vezes no hotel duas estrelas e, por mais que Mallory jamais fosse admitir, por culpa dela mesma.

Margaret, a delicada *sous-chef*, passava a noite beijando o crucifixo que tinha no pescoço e tremia quando ia trabalhar. Jean-Pierre ainda digeria a reclamação de que não tinha "talento para lidar com caça" e passou a tarde inteira xingando pra todo lado, além de chutar com raiva as laterais do fogão de aço com seus tamancos de madeira. Já o jovem Marcel estava tão atrapalhado que derrubou pratos três vezes, quando as portas da cozinha abriram de repente.

No salão, as coisas também não iam melhor. O garçom encarregado dos vinhos morria de medo que Mallory achasse outra mancha em seu uniforme e, naquela noite, tomou cuidados incomuns para não derramar nada na roupa, servindo o vinho o mais longe possível da mesa, com o traseiro estranhamente empinado no caminho. E quando arejava o vinho numa taça, mexia na jarra de cristal com uma energia nervosa, derramando o precioso líquido no chão, para pesar dos clientes.

— *Merde* — xingou o conde de Nancy, pulando na cadeira ao ouvir mais um *boing* metálico vindo da cozinha. — Monsieur Leblanc, monsieur, que diabo se passa na cozinha? Um barulho insuportável de pratos quebrados como num casamento grego.

Naquela noite, os fregueses entraram no Saule Pleureur sem saber de nada, esperando, como sempre, um refinado jantar. Mas foram recebidos à porta por uma Mallory furiosa, que cutucou o cotovelo deles e perguntou a Madame Corbet:

— Estiveram no outro lado da rua?

Madame Corbet era proprietária de um vinhedo premiado, duas aldeias adiante.

— No outro lado da rua?

— Ora, ora, você sabe do que estou falando. Dos indianos.

— Indianos?

— Não quero que quem vá lá venha ao meu restaurante. Repito: você foi?

Nervosa, Madame Corbet olhou para o marido e não o viu, ele já se dirigira para o salão com Monsieur Leblanc.

— Madame Mallory, a senhora não está se sentindo bem? Parece meio febril esta noite... — disse a elegante produtora de vinhos.

— Ah, *pff* — fez Mallory, com um gesto dispensando a mulher, aborrecida. — Leve-a para a mesa, Sophie. Os Corbet não conseguem entender as coisas.

Para sorte da velha chef, naquele instante, o jovem garçom encarregado de levar os pães para as mesas, bateu no garçom do vinho que, por sua vez, derramou a bebida no braço do conde de Nancy. Graças aos gritos e insultos do conde, Madame Cobert não ouviu o comentário destemperado e ofensivo da dona do restaurante.

Pouco depois das 22h30, Monsieur Leblanc concluiu que a noite estava perdida. Dois clientes ficaram tão ofendidos com as perguntas desagradáveis de Mallory à entrada, que viraram as costas e foram embora. Outros sentiram a carga elétrica no ar, o estresse dos empregados e reclamaram amargamente da conta com ele.

Agora chega, decidiu Monsieur Leblanc. Chega.

Encontrou-a na cozinha, observando Jean-Pierre preparar um sorvete de erva-doce e figos assados com *nougatine*. Tinha acabado de tirar da mão dele o açucareiro.

— Esta sobremesa é uma das minhas especialidades e você está acabando com ela. Olhe, é assim, e não assim...

— Venha, precisamos conversar — disse Leblanc, segurando firme no braço de Madame Mallory.

— *Non.*

— Sim, agora. — Leblanc empurrou a chef pelas costas até saírem da cozinha.

— O que é, Henri? Estou ocupada, não vê?

— O que há com você? Não vê o que está fazendo?

— Do que você está falando?

— O que está fazendo com a equipe? É por causa dessa obsessão desnaturada com os Haji? Você parece louca. Está deixando tudo mundo à beira de um ataque. Chegou a insultar nossos fregueses, Gertrude. Céus, você não é assim, o que houve?

Mallory pôs a mão no peito enquanto gatos ronronaram em algum lugar na noite. Para ela, não havia nada pior do que perturbar o jantar de um cliente e ficou zangada consigo mesma. Sabia que havia se descontrolado. Mesmo assim, admitir que errou não era fácil para ela e os dois velhos companheiros ficaram no escuro se olhando, até que Mallory suspirou fundo e Leblanc concluiu que as coisas iam se ajeitar.

Ela enfiou uma mecha de cabelos grisalhos sob a fita de veludo preto na cabeça.

— Você é a única pessoa que pode falar isso — admitiu ela, finalmente, ainda com a voz ríspida.

— Isto é, falar a verdade.

— Certo. Entendi o que você disse.

Mallory aceitou o cigarro que Leblanc a ofereceu e a chama do isqueiro tremulou na noite úmida.

— Sei que estou estranha. Mas, céus, cada vez que penso naquele homem irritante e o filho na cozinha, vejo...

— Gertrude, você precisa se controlar.

— Eu sei. Você tem razão, claro. Sim, vou me controlar.

Os dois fumaram em silêncio. Uma coruja piou no campo, ouviu-se um trem no outro lado do vale, ao longe, cruzando a noite. Tudo tão sereno e calmo que, pela primeira vez no dia, Mallory voltou à Terra.

Ao seu torrão de terra.

Mas, naquele exato instante, tio Mayur ligou os alto-falantes externos do nosso restaurante e a noite em Lumière se encheu de cítaras e do ritmo hipnotizante de um gazal, pontuado pelo tilintar de címbalos. Todos os cachorros da região participaram, latindo.

— Ah, *non, non,* esses filhos da puta.

Mallory passou por Leblanc, entrou pela porta dos fundos e minutos depois estava ao telefone com a polícia. Leblanc balançou a cabeça.

O que ele podia fazer?

Ela descobriu que ligar para a polícia não adiantava. Pelo jeito, eles não cuidavam mais de reclamações de barulho, que eram geridas pelo recém-criado Departamento de Meio Ambiente, Trânsito e Manutenção do Teleférico.

No dia seguinte, rápida, Mallory foi à prefeitura. Após muitas delongas, o rapaz que administrava a nova burocracia admitiu que, com provas, era possível processar o restaurante indiano. Só que ele não tinha suporte financeiro para juntar provas num plantão noturno. O departamento só investigava ruídos entre 9h e 16h.

Dá para imaginar. A velha chef falou tanto com o pobre homem que ele aceitou emprestar o aparelho de medir barulho. Ela mesma, seguindo as instruções, podia registrar os decibéis vindos do nosso restaurante.

Assim, numa noite escura, Madame Mallory e Leblanc saíram pé ante pé pelos fundos do Saule Pleureur com o estranho aparelho e foram ao outro lado da rua, num terreno vizinho ao nosso restaurante. Monsieur Leblanc mexeu desajeitado na máquina à pilha, enfiado até os tornozelos em musgo esponjoso. Enquanto isso, Mallory olhava atenta pelo buraco da cerca de azevim as luminosas janelas da Maison Mumbai e as portas envidraçadas que abriam para o jardim.

Uma lona vacilante foi esticada sobre as lajes do pátio, presa por arame e pregos. Os fregueses ocupavam três mesas no jardim, ao redor aquecedores portáteis que soltavam chamas, cones ferozes que pareciam turbinas de avião. Quando tio Mayur saiu pela porta dos fundos, acendeu os *réchauds* e serviu vinho, os aquecedores fizeram a pele dele brilhar em azul e vermelho, no escuro. Os dois alto-falantes estavam pendurados num muro e Kavita Krishnamurty cantou mais alto que os aquecedores parecidos com turbinas de avião.

— Pronto, está gravando — disse Monsieur Leblanc.

A agulha do medidor marcava rápido a fita branca e, finalmente, Mallory sorriu no escuro.

Não tínhamos ideia do que eles estavam fazendo já que trabalhávamos muito, há horas. O plano de intimidação de Madame Mallory começava a fazer efeito. O engarrafamento, que tanto nos alegrou na noite da inauguração, diminuiu logo e, no final da semana, conseguimos, por sorte, ocupar cinco mesas. Muktar foi infernizado por colegas de escola e fugiu pelas ruas laterais enquanto os meninos xingavam:

— Cabeça de curry, cabeça de curry.

Algumas famílias da aldeia eram simpáticas conosco. Marcus, o filho do prefeito, telefonou perguntando se eu gostaria de caçar javalis com ele. Aceitei animado, claro, e naquele domingo, meu dia de folga, Marcus passou pelo restaurante em seu jipe sem capota. Ele gostava de conversar, ao contrário de muitos moradores.

— Só matamos o javali adulto — explicou alto, acima do barulho do vento. — Os que têm uns 150 quilos. É uma lei que não pode ser desrespeitada. Nós formamos uma cooperativa e repartimos a caça em partes iguais, cada um fica com alguns quilos. Ela é um pouco dura e amarga, mas isso se resolve fácil no cozimento.

Marcus passou por vários vales, primeiro ao sul, depois a leste, em direção às montanhas. Subimos estradas e descemos por caminhos sujos, sempre na floresta densa, até finalmente chegarmos a uma fila de carros em valas na encosta da montanha. Marcus colocou o jipe atrás de um velho Renault 5 mal estacionado sob uma castanheira.

Era preciso ser da região para saber onde estávamos. O lugar era selvagem, denso e ameaçador, o tipo de floresta primitiva que não se costuma encontrar na Europa. Marcus pendurou a Beretta no ombro e entramos na mata por um caminho lamacento e coberto de folhas.

Senti o cheiro de fumaça de tília ao ouvir o estalido da madeira queimando. Uns quarenta homens de jaquetas impermeáveis, calções de veludo grosso e meias de lã estavam em volta de uma fogueira, com os rifles de matar cervos e as espingardas encostadas nas árvores atrás deles. Um velho Land Rover, salpicado de lama, havia subido até a clareira por uma trilha abandonada de lenhadores e, atrás dele, estavam cães *beagles* e *bloodhounds* de olhar triste, originários do sul da França, numa carroça transformada em canil.

Percebi que os homens, de barba por fazer, eram quase todos de Lumière e das fazendas nos vales próximos, numa democrática reunião de banqueiros e comerciantes, que se igualavam socialmente naquele tardio ritual de outono, a caça ao javali. Olharam para nós quando chegamos — alguns cumprimentaram, afáveis — e voltaram a assar salsichas e nacos de cervo na fogueira de tília.

Um sujeito de aparência rude contou uma piada sobre uma mulher peituda e os outros riram muito, enquanto recheavam pão de campanha com carne, chiando de tão quente. Alguém tirou da jaqueta uma garrafa de conhaque que brilhou na luz enquanto circulava, temperando o café fumegante em copos de plástico.

Fiquei alheio e fui olhar os cachorros presos em grandes gaiolas, enquanto Marcus se agachava junto à fogueira e cozinhava nossos assados à minuta. Monsieur Iten ficou calado ao meu lado, aparando um pedaço de tília e contando que houve uma temporada em que os melhores cães foram chifrados por um javali e tiveram de ser costurados. Comentou que o chefe da caçada tinha saído bem cedo à procura de pegadas frescas de javali na floresta e havia programado a caçada, devendo voltar logo. Naquele instante, percebi que tinha chegado mais alguém, pois muitas saudações dominaram o ar quente da fogueira.

Quando nos viramos, Madame Mallory estava bem na minha frente, do outro lado da fogueira, com uma espingarda embaixo do braço, os pés afastados e firmes no chão. Fiquei tenso ao vê-la, o habitual olhar dominador naquele momento sob um chapéu tirolês, conversando calma com um homem. Apesar de ser a única mulher no meio de homens rudes, parecia à vontade, rindo com eles. Eu é que fiquei sem jeito, pois ela me viu, mas não me cumprimentou nem me dirigiu a palavra.

Lembro que a luz da fogueira de repente suavizou o rosto dela numa espécie de plástica ilusória e, por um instante, vislumbrei como ela devia ter sido: alegre, cheia de ânimo, a pele lisa como manteiga. Mas, naquela luz trêmula e fraca, vi também como ela podia piorar e logo o rosto ficou com sombras que exageraram as bochechas, riscaram seu rosto e fizeram uma cicatriz sobre os olhos, e vi a crueldade escondida ali, sob aquele chapéu tirolês com penacho.

O líder da caçada, de walkie-talkie na mão, saiu de repente da floresta com os três homens que eram os "batedores". Não sei bem o que houve então, todos gesticularam com seus pedaços de carne na mão, falaram exaltados e argumentaram; de repente, partimos, entramos na floresta e subimos pela encosta das montanhas, com folhas e cascalho caindo atrás de nós.

Uma suarenta hora depois, o líder nos levou para um cume no meio da floresta e começou a distribuir os caçadores, um a cada 3 metros, mais ou menos. Ao seu toque, o caçador deveria deitar-se de barriga no tapete ondulante de folhas, e parecia que o líder dispunha os caçadores como seixos no chão, para saber o caminho de volta ao acampamento.

Ficamos numa parte ruim, em uma curva da trilha, e Marcus imediatamente tirou a jaqueta e carregou a Beretta com um cartucho de 12 tiros. Sem dizer nada, fez sinal para que eu deitasse no chão, quieto. Obedeci e virei um pouco a cabeça para ver o líder da caçada andando, se comunicando com os batedores pelo walkie-talkie. Eu acompanhei o ridículo sacudir do chapéu de Mallory até o líder fazer sinal para ela, que, como todos nós, sumiu de repente no chão da floresta, mas na parte mais alta.

Lá ficamos algum tempo num silêncio monótono, deitados de barriga, olhando a encosta se abrir abaixo de nós.

De repente, ouvimos o grito dos batedores lá embaixo e o latido dos cachorros subindo a montanha, fazendo todos os animais da floresta virem para o nosso desafio mortal.

Marcus, com a Beretta no ombro, concentrou-se na leve pegada numa pequena clareira abaixo de nós. Ouvi o tinir de um sino, dos que ficavam no pescoço dos cachorros, e a batida de suas patas num chão forrado de folhas secas. Então, outro som que, na minha ignorância, pareceu a pancada pesada e surda de patas de um animal correndo assustado.

O pelo vermelho parou subitamente, sentindo o perigo. Marcus, que tinha experiência, relaxou, e com isso a raposa saltou da clareira. O que realmente estávamos esperando surgiu então recortado contra o claro céu azul, e ouvimos um único tiro repicar pelas colinas como uma pequena explosão.

E pronto. O líder da caçada deu o conhecido grito e a caçada tinha acabado.

De volta ao acampamento, Mallory postou-se, orgulhosa, ao lado do animal morto e virou o centro das atenções. O javali foi pendurado pelas patas traseiras nos galhos de uma castanheira, com o sangue pingando aos poucos no chão da floresta. Lembro-me de uma animada Mallory contando e recontando a cada caçador que chegava como tinha matado o animal, quando ele entrou na floresta.

Eu não tirava os olhos daquele estranho fruto pendurado à minha frente, com um buraco no peito do tamanho de uma almôndega. E até hoje me lembro daquela carinha comprida, das pequenas presas que faziam o lábio superior virar para cima, parecendo que o javali ria de algum chiste que ouviu ao morrer. Lembro-me sobretudo dos olhos com as longas pestanas, tão bem fechados para o mundo, tão lindamente mortos. Quando penso em tudo isso agora, acho que me incomodou, talvez, o tamanho do animal, deu enjoo no jovem já bem acostumado aos finais sangrentos e pouco sentimentais na cozinha. Pois aquele javali, dependurado tão indignamente pelos quartos traseiros, era apenas um filhote com menos de 20 quilos.

— Não tenho nada a ver com isso. É uma desgraça, um sacrilégio — disse um camponês furioso ao líder da caçada.

— Concordo, mas o que posso fazer?

— Tem que falar com ela, que cometeu um erro.

O líder da caçada deu um gole no conhaque e foi criticar Mallory por desrespeitar as leis do clube de caça.

— Vi o que aconteceu, isso é proibido. Por que não atirou nos javalis adultos, quando o bando passou na sua frente?

Ela demorou a responder. Quem não soubesse de nada, podia achar que ela era inocente, pelo jeito como, pela primeira vez no dia, olhou para mim despreocupada por cima do ombro do líder da caçada, com um leve sorriso no canto dos lábios.

— Por que, meu caro, acho a carne dos filhotes muito saborosa. Você não acha?

Capítulo Nove

Na terça-feira seguinte, papai recebeu a carta registrada. Foi quando saí da cozinha para dar uma olhada no número de mesas reservadas para a noite. Titia pintava as unhas de vermelho e usou o cotovelo para empurrar a agenda para mim. O movimento estava fraco. Só havia três reservas em 37 mesas.

No bar, papai esfregava o pé com uma mão e olhava a correspondência com a outra.

— O que diz esta carta?

Joguei uma toalha da cozinha no ombro e li o papel que ele balançava para mim.

— Diz que estamos desrespeitando a lei municipal do silêncio. Temos de fechar as mesas do jardim às 20h.

— Hein?

— Se não fizermos isso, seremos processados e multados em dez mil francos por dia.

— Foi aquela mulher!

— Coitado de Mayur, ele gosta tanto de servir as mesas do jardim. Vou contar para ele — disse titia, abanando as mãos para secar as unhas.

Ela foi procurar o marido e ouviu-se então o *swish-swish* de seu sari amarelo passando pelo corredor. Virei para falar com papai e ele já tinha saído do banquinho do bar. A luz era filtrada pelas vidraças do corredor e partículas prateadas rodopiavam no ar. Ouvi papai gritando ao telefone, nos fundos do restaurante. Falava com o advogado e eu sabia que nada de bom sairia daquilo.

Nada.

Poucos dias depois, papai contra-atacou, quando o funcionário do Departamento de Meio Ambiente, Trânsito e Manutenção do Teleférico chegou ao nosso restaurante, num Renault de placa oficial. Foi uma poética justiça dos deuses, pois era o mesmo sujeito que havia fechado nossas mesas no jardim e nos obrigado a retirar os alto-falantes.

— Abbas, venha, venha — gritou titia, e a família inteira, cheia de expectativa, saiu pela porta da frente e ficou na entrada de cascalho, olhando o que acontecia do outro lado da rua.

Dois homens saltaram do Renault. Estavam com serrotes, conversavam no dialeto local e tinham cigarros de filtro pendurados na boca. Papai estalou a língua, satisfeito, como se tivesse acabado de colocar uma *samosa* na boca.

Mallory abriu a porta do restaurante usando um cardigã. O funcionário da prefeitura apertou os olhos enquanto limpava os óculos com um lenço branco.

— Por que veio aqui? Quem são esses homens? — perguntou ela.

O homem tirou uma carta do bolso da camisa e entregou-a. Madame Mallory leu em silêncio, mexendo a cabeça de um lado para outro.

— Não podem, não permito. — Ela simplesmente rasgou a carta.

O jovem suspirou devagar.

— Desculpe, Madame Mallory, mas está bem claro. A senhora desrespeita a lei 234bh. Precisa ser derrubado ou, pelo menos, o...

Mallory ficou ao lado de seu velho salgueiro chorão, cujos galhos altos se enrolavam com elegância na cerca e na calçada.

— *Non, non. Absolument pas* — disse ela, firme. Abraçou o tronco da árvore e enrolou nele as pernas, impudicamente. — Primeiro terão de me matar. Esta árvore é um marco da cidade, do meu restaurante, de tudo...

— Não é isso, senhora. Por favor, afaste-se. É proibido deixar que as árvores estendam galhos sobre a calçada. É perigoso. A árvore é bem velha, um galho pode se quebrar e machucar uma criança ou um idoso embaixo. Tivemos reclamações.

— Ridículo. Quem ia reclamar? — Exatamente quando ela perguntou, já sabia a resposta e olhou, irada, para o outro lado da rua.

Papai acenou, efusivo, e abriu um grande sorriso.

Era o que os dois homens esperavam. Assim que Mallory olhou para nós do outro lado, os dois fortões arrancaram-na, hábeis, da árvore. Lembro-me do grito, que parecia de um macaco irado, ouvido na rua inteira, e de Madame Mallory, dramática, ter caído de joelhos. Mas os berros foram abafados pelo barulho da serra.

Vários moradores se juntaram na rua, curiosos, e fomos todos atraídos pelo som das ferramentas. Galhos caíram e, tão de repente quanto começou, acabou-se. Fez-se um silêncio denso e chocado quando o pequeno grupo de pessoas viu o resultado. Mallory continuou de joelhos, com a cara enfiada nas mãos, mas não aguentou o silêncio e levantou a cabeça.

Parte dos graciosos galhos do salgueiro brutalmente amputado estava enrolada e largando uma seiva na calçada. A árvore, que um dia foi elegante e que acompanhou tudo o que a cozinheira fez na vida, tornara-se uma grotesca paródia do que tinha sido.

— É muito triste, mas tinha de ser feito. A lei 234bh... — disse o funcionário local, pasmo com o próprio feito.

Mallory olhou o funcionário com tal ódio que ele parou a frase no meio e voltou para a segurança do carro, fazendo sinais para os homens limparem tudo logo.

Monsieur Leblanc veio correndo pela frente do restaurante.

— Ah, que tragédia — disse, torcendo as mãos. — Terrível. Mas Gertrude, por favor, levante-se. Por favor. Vou servir um conhaque para você. Pelo choque que teve.

Ela não ouvia. Levantou-se e olhou por cima da árvore para papai e para a nossa família reunida na escada de pedra. Papai devolveu o olhar frio e ficaram assim por vários minutos até ele nos mandar entrar. Tínhamos de trabalhar, disse ele.

Mallory puxou o braço que Monsieur Leblanc tinha segurado e saiu andando. Atravessou a rua e bateu na nossa porta. Titia abriu uma fresta para ver quem era e foi afastada, com a chef do Saule Pleureur entrando pelo salão.

— Abbas, Abbas, ela está aqui — berrou titia.

Papai e eu tínhamos voltado para a cozinha e não ouvimos o aviso. Eu estava acendendo o fogão, preparando um *shahi korma* para o almoço. Papai, na bancada da cozinha, lia o *Times of India*, exemplares antigos que um jornaleiro mandava para ele de Londres. Liguei o fogão para passar o carneiro no *kadai*, quando ela adentrou a cozinha.

— Você está aí, seu filho da puta!

Papai tirou os olhos do jornal, mas continuou sentado e calmo.

— A senhora está numa propriedade particular — disse ele.

— Quem você pensa que é?

— Abbas Haji — respondeu, calmo, e a ameaça na voz dele eriçou os cabelos da minha nuca.

— Vou tirar você daqui, vai ser derrotado — sibilou ela.

Papai se levantou e seu tamanho dominou a mulher.

— Já encontrei gente igual a você — disse ele, num rompante — e sei quem você é, é uma selvagem. Isso mesmo. Por baixo dos seus ares cultos, não passa de uma selvagem.

Mallory nunca havia sido chamada de selvagem. Pelo contrário, era considerada em quase todos os círculos sociais a essência da refinada cultura francesa. Portanto, ser chamada de selvagem e, ainda por cima, por um indiano, foi demais. Ela deu um soco no peito de papai.

— Como ousa? CO-MO OU-SA?

Papai era grande, mas a raiva da velha chef também e o impacto do soco fez com que ele recuasse um passo, surpreso. Tentou segurá-la pelos pulsos, mas ela socou o ar como um boxeador contra um saco de pancada.

Titia então, descabelada, bateu na porta.

— Aaaai, Mayur, venha aqui rápido — gritou.

— Animal. Você não passa de uma selvagem. Só os fracos são... madame, pare!

Mas ela continuou socando e xingando.

— Você é a ralé, sujo. Você... — berrou ela de volta.

Papai teve de recuar mais um passo e, ofegante, tentou agarrá-la pelos braços.

— Saia da minha casa — gritou ele.

— *Non*, saia você. Saia do meu país, seu... seu estrangeiro sujo.

Então, Mallory deu um empurrão forte em papai.

Foi o empurrão que mudou minha vida pois, quando papai recuou dois passos, bateu em mim com seu corpanzil e eu caí com força sobre o fogão. Houve um grito e braços agitados e só dias depois eu soube que o amarelo que vi era minha túnica pegando fogo.

Capítulo Dez

Lembro-me da sirene da ambulância, do soro balançando e de meu pai me olhando, preocupado. Os dias que se seguiram foram uma confusão, um caminho incerto por vários mundos, através de remédios. Era uma estranha mistura de sensações: a boca seca, metálica, e os lábios rachados por causa da anestesia, somados ao ataque sonoro de minha avó, tia e irmãs falando ao lado da minha cama. A seguir, mais uma barulhenta ida de maca à sala de cirurgia para outro enxerto de pele.

Em pouco tempo, fui invadido por uma espécie de monotonia hospitalar. A dor diminuía um pouco e as bandejas de *samosas* enviadas pelo acampamento dos Haji montado do outro lado da porta eram muito elogiadas. Papai estava sempre no canto do quarto, uma imponente montanha de homem, de lábios apertados, com a pequena Zainab no colo enquanto mantinha os olhos negros sobre mim.

Um dia, ficamos só nós dois no quarto. Ele estava encostado na cama e jogávamos gamão na minha bandeja, tomando chá como fazíamos décadas antes, na Napean Sea Road, numa vida que naquele momento parecia tão distante.

— Quem está encarregado da cozinha?

— Não se preocupe, todos ajudam, está tudo andando.

— Pensei num novo prato...

Papai negou com a cabeça.

— O que foi?

— Vamos voltar para Londres.

Joguei longe os meus dados e olhei pela janela. O hospital ficava num vale a uma montanha de distância de Lumière, mas eu via as montanhas alpinas do Jura por trás, igual à paisagem do meu quarto no sótão da Maison Mumbai.

Era inverno. As florestas de pinheiros estavam cobertas de neve e pingentes de gelo balançavam como punhais no beiral dos telhados. Tudo era tão lindo, antigo e puro; sem querer, as lágrimas rolaram pelo meu rosto.

— Por que você chora? É melhor voltarmos para Londres. Não vão nos deixar ficar aqui. Fui bobo de achar que iam. Olha como você está, o que a minha estupidez lhe causou.

Mas o rompante de papai foi interrompido por uma batida na porta. Enxuguei os olhos enquanto ele gritava em resposta:

— Um momento.

Ele se inclinou e deu um beijo na pele da minha testa que não estava queimada.

— Você é um rapaz corajoso, é um Haji — cochichou.

Papai abriu a porta e seu corpanzil encheu o espaço, mas vi por cima de seu braço: eram Monsieur Leblanc e Madame Mallory. A chef do Saule Pleureur estava de tailleur marrom de lã e trazia um buquê de rosas no cesto de vime pendurado no braço. Atrás dela, estavam no corredor titia, tio Mayur e Zainab, olhando em silêncio. Um silêncio mortal que parecia abafar a cacofonia geral do hospital em funcionamento.

— Como podem vir aqui? — perguntou afinal papai, incrédulo.

— Viemos ver como ele está.

— Não se preocupem. Vocês ganharam, vamos embora da cidade. Agora podem ir, não nos insultem com sua presença — disse papai, com a boca torcida de nojo.

Papai bateu a porta. Ficou como um animal na jaula, dando voltas pelo quarto, juntando as mãos como quando mamãe morreu.

— Que atrevimento dessa mulher.

Mallory ficou confusa um instante. Tentou dar as rosas e o embrulho de doces para Zainab, mas titia cochichou alguma coisa e a menininha se escondeu atrás dos joelhos dela.

— Desculpem termos irritado vocês ainda mais — disse Monsieur Leblanc para tio Mayur, impassível. — Têm toda a razão. É tarde demais para flores.

E assim, os dois foram para o estacionamento do hospital e entraram no Citroën. Ficaram em silêncio quando Leblanc ligou o carro e pegou a estrada A708 para Lumière. Estavam perdidos em pensamentos.

— Bom, eu tentei, não é culpa minha. — disse ela, por fim.

Mas devia ter mantido a boca fechada. Para os ouvidos de Leblanc, aquela reclamação foi demais, insensível demais. Enfiou o pé no freio e parou o carro no acostamento, derrapando.

Virou-se, de rosto vermelho, para Mallory, que colocou a mão no peito para se defender, pois notou que até a ponta das orelhas dele estavam rubras.

— O que foi, Henri? Dirija.

Leblanc se inclinou e abriu a porta ao lado dela.

— Saia, você pode andar.

— Henri! Ficou louco?

— Olhe o que você fez da sua vida: tem tanta sorte e só retribuiu ao mundo com egoísmo — sibilou, tomado por uma fúria gelada.

— Penso que...

— É esse o problema, Gertrude. Você pensa demais... em si mesma. Você me envergonha. Saia do carro, não aguento mais ver você.

Leblanc nunca havia falado de tal modo com ela. Nunca. Ela estava chocada. Não o reconhecia.

Mas, antes que ela pudesse entender aquela incrível reviravolta nos fatos, ele saiu do carro, abriu a porta dela e puxou-a para o acostamento. Pegou no banco de trás o cesto de Mallory e jogou-o para a assustada chef.

— Volte para casa a pé — disse ele, sem mais.

O Citroën seguiu pela estrada no campo numa rajada de fumaça azul.

— Como ousa me deixar aqui? Como ousa falar assim comigo?

Mallory bateu os pés na neve.

Ouviu-se um silêncio glacial.

— Será que ele enlouqueceu?

Ficou assim, furiosa e incrédula, por algum tempo.

Até que a situação foi se esvanecendo e ela olhou a paisagem invernal para se situar. Estava num campo gelado, com as montanhas cobertas de neve olhando friamente para ela lá embaixo, com os cumes envoltos em nuvens escuras. Sobre o vale, uma fina neblina cinzenta e, no final dele, viu dois chalés, alguns celeiros e cones de fumaça saindo de telhados de madeira.

Ah, concluiu ela, aquela é a fazenda de Monsieur Berger. Nada mal. Ia aproveitar para conferir o pernil de cervo que tinha encomendado e fazer o velho fazendeiro levá-la de carro para Lumière.

Mallory foi andando pelo vale. Um corvo a crocitar passou raspando pelos brotos de plantas congelados no campo. Quanto mais ela seguia em direção à fazenda de Monsieur Berger, mais a paisagem gelada e quebradiça começava a atrapalhar seu humor. *E se ele me largar?* pensou, subitamente. *O que farei sem Henri?*

Madame Mallory tropeçava no gelo e na neve com as botas de cano curto e parecia jamais se aproximar das duas fazendas no final do vale. Atravessou um córrego escuro que cortava um monte de neve acumulada pelo vento; passou por um velho depósito do Exército que um dia foi usado para manobras de tanques; passou também por muitos galhos de tílias, prateados e desfolhados, no campo sem vida.

Quando a antiga trilha contornou uma colina, surgiu uma capela de beira de estrada. Pequena e com a pintura esfarelando. Àquela altura, Madame andava havia mais de meia hora, parou para tomar fôlego e se empertigou, apoiando a mão na porta. A capela, pensou, teria um banco onde ela podia se sentar.

Ninguém sabe direito o que houve naquela capela e é bem provável que nem Mallory tivesse entendido bem. Passei anos pensando no assunto; imaginei a situação e talvez a cena na minha cabeça esteja próxima da verdade.

Talvez ela tenha se sentado durante algum tempo no único banco da capela, com o cesto de vime no colo, e olhado o mural desbotado da *Última ceia* na parede em frente. Quase sem cor, os apóstolos repartem o pão. As figuras ficam encobertas na penumbra, meras manchas no escuro, mas ela consegue ver à mesa uma tigela de azeitonas, um jarro de vinho, um pão.

O interior da capela é pesado, com um frio cheiro de mofo. O crucifixo de madeira está mecanicamente duro e a lamparina apagada ao lado do altar de pedra está envolta em teias de aranha. Não há uma flor. Tampouco uma vela derretida ou um fósforo queimado. Nenhum sinal de vida humana.

Mallory percebe então que a capela morreu, que há muito tempo aquele lugar abandonado não tem qualquer significado religioso. Ela se endireita no banco, segura o cesto no colo e sua alma pensa algo terrível: *que lugar frio, céus. Que frio.*

O frio é insuportável e, sendo ela quem é, tenta combater o desconforto. Procura no cesto uma caixa de fósforos, acende um, inclina-se para dar um pouco de vida à lamparina do altar. Tudo muda com esse pequeno gesto, pois, quando a chama encosta no pavio, a capela entra violentamente em outra luz e outras sombras. O crucifixo se destaca no ambiente, um homem de tez emaciada e torturada implora para ela de braços abertos. As teias de aranha mexem como uma rede de pescador cheia de peixes lutando pela vida; um rato corcunda corre atrás do altar.

Mallory fica pensando se está louca, pois subitamente ouve uma voz, a voz zangada do pai, anos atrás, chamando a atenção de uma menina. Sua testa transpira, mas está assustada demais para se mexer. Junta todas as forças e olha para o alto, desesperada, em busca de alívio.

A *Última ceia* mudou, com a luz da lamparina. Cristo e seus apóstolos estão nas poses de sempre, as túnicas brilham com fios de tinta prateada e dourada. Mas o Cristo fraco que olha, lívido, para o horizonte não chama sua atenção, e sim a mesa, que não tem apenas azeitonas e pão, como ela supôs antes, mas um banquete.

Figos embebidos em vinho do Porto. Um pedaço branco de queijo de ovelha. Um pernil de carneiro assado, um prato de ervas. Mais adiante, uma cebola descascada. Num prato, a cabeça de um javali.

Os olhos do javali grudam nela, a cabeça sem corpo, mas curiosamente cheia de vida, e uma trêmula Mallory, sempre corajosa, obriga-se a olhar firme para o bicho. Nas profundezas daqueles olhinhos cintilantes, ela faz um balanço da própria vida, uma lista sem fim de débitos e créditos, de conquistas e fracassos, de pequenas gentilezas e puras crueldades. As lágrimas finalmente surgem quando ela desvia o olhar, sem conseguir pensar mais naquilo, pois sabe do terrível desequilíbrio, sabe há quanto tempo cessaram os créditos e continuaram os débitos de vaidade e egoísmo. O grito involuntário de perdão estronda na capela, testemunhado apenas por um javali pintado de sorriso travesso, com dentes-presas.

Capítulo Onze

Foi pouco depois do jantar que Mallory entrou, furtiva, no meu quarto de hospital. Eu estava de olhos fechados, descansando, e ela permaneceu vários minutos me observando sem que eu a notasse: meu peito, meus braços, meu pescoço, tudo dolorosamente envolto em curativos. E observou minhas mãos, principalmente.

Por fim, senti sua forte presença, como na noite de inauguração, quando eu estava cozinhando. Abri os olhos.

— Perdão, não tive a intenção de fazer isso.

Lá fora, a chuva começou a cair.

Madame Mallory estava encoberta pelas sombras, mas era possível ver sua silhueta, os braços musculosos, o cesto de vime que era sua marca registrada e que já trazia antes. Aquela foi, percebi então, a primeira vez em que nos falamos.

— Por que a senhora nos odeia?

Ouvi-a inspirar rápido. Mas ela não respondeu. Em vez disso, foi até a janela e olhou a escuridão lá fora. A água caía, torrencial, pela vidraça escura.

— Suas mãos estão bem, não queimaram.

— Não.

— Você continua com a mesma sensibilidade nas mãos. Pode cozinhar.

Não comentei nada. Estava muito confuso, com um nó na garganta. Satisfeito por ainda poder cozinhar, sim, mas aquela mulher era a causa de todos os problemas da minha família. Eu não podia perdoá-la; pelo menos, não já.

Ela tirou um embrulho do cesto, eram doces de amêndoas e damascos.

— Por favor, prove um — pediu.

Sentei na cama e ela se inclinou para afofar os travesseiros nas minhas costas.

— Que gosto sente? — perguntou, virando de costas para mim e olhando pela janela.

— Recheio de damasco e amêndoa.

— O que mais?

— Bom, tem uma fina camada de noz-moscada e pasta de pistache, a cobertura é um glacê feito com gema de ovo e mel. E... deixe-me ver... amêndoa? Não, baunilha. Você moeu grãos de baunilha e polvilhou na massa quente.

Madame Mallory emudeceu. Continuou a olhar pela janela, a chuva caía forte contra a vidraça, como se alguma deusa lá em cima chorasse por um amor perdido.

A velha chef ficou de frente para mim e seus olhos brilhavam como azeitonas verdes, com apenas uma das sobrancelhas levantada e olhava-me séria na penumbra. Percebi, pela primeira vez, que eu possuía o similar gastronômico do ouvido absoluto em música.

Madame Mallory finalmente colocou o papel-manteiga e os doces na bandeja do hospital.

— Boa noite, estimo suas melhoras — despediu-se.

Saiu pela porta de novo e imediatamente suspirei como se o quarto ficasse sem ar. Só bem depois de sua saída, percebi como fiquei terrivelmente tenso e agindo na defensiva com ela.

Mas ela tinha ido embora e senti como se tivesse tirado um grande peso de cima de mim, estiquei-me na cama de novo e fechei os olhos.

Bom, é isso, pensei.

* * *

Naquela noite, quando Mallory chegou ao Saule Pleureur, o salão de jantar estava lotado. Em seu posto na recepção, Monsieur Leblanc cumprimentava os clientes os conduzia até as mesas. Os paletós brancos dos garçons passavam rápidos do outro lado das janelas, os domos de prata brilhavam ao serem levantados em meio à confusão de mesas com toalhas de linho engomadas.

Mallory viu tudo aquilo pelo lado de fora, do jardim de pedra, cotovelos apoiados na neve acumulada nas janelas iluminadas. Viu o garçom encarregado dos vinhos aquecer um conhaque enquanto o conde de Nancy Selière ria, os dentes de ouro brilhando. Viu o conde levar um pão de ananás à boca, o rosto velho subitamente cheio de um prazer hedonista.

Ela tocou a garganta, emocionada, sem conseguir verbalizar a visão do trabalho de sua vida funcionando elegante e engrenado naquela noite. Ficou no frio e no escuro algum tempo, observando sua equipe atender ao restaurante e à clientela, até que suas juntas cansadas finalmente sentiram os efeitos dos exaustivos acontecimentos do dia. Pouco depois dos sinos de Santo Agostinho badalarem a meia-noite, Mallory subiu a escada dos fundos para o sótão e entregou corpo e alma à cadência da noite.

— Fiquei preocupado com você — zangou-se Monsieur Leblanc na manhã seguinte. — Não a encontramos e pensei, céus, o que eu fiz? O que fiz?

— *Ah, cher Henri.*

Esse era o máximo de emoção que Madame Mallory conseguia demonstrar e ficou mexendo nos botões de seu casaco.

— Você não fez nada de errado. Venha, vamos voltar ao trabalho. O Natal já vai chegar, é hora de recolhermos o *foie gras* — disse, alegre.

Madame Degeneret, fornecedora de *foie gras* para o restaurante, morava nas encostas de Clairvaux-les-Lacs e era uma agitada senhora de 80 e tantos anos que mantinha a decadente fazenda graças ao que ganhava alimentando à força cem gansos da espécie Moulard. Quando Leblanc passou com o Citroën pela estreita entrada da fazenda, patos marrons, de cabeças esticadas e a grasnar, ficaram gingando, agitados, de um lado para outro no pátio.

A idosa Degeneret, de calças de lã cinza e suéter gasto, mal percebeu que eles tinham chegado, pois mexia num saco de ração e Mallory teve um alívio ao ver que a velha coroca ainda estava cuidando firme dos gansos. Sem querer, a chef disse para Leblanc pegar o *foie gras* enquanto ela esperava ali fora, no pátio, com Madame Degeneret.

Claro que aquilo não era comum. Mallory sempre queria verificar a qualidade dos fígados de ganso, já que ninguém era mais competente do que ela. Mas antes que Leblanc pudesse contestar, a chef pegou um banquinho de ordenhar vaca, sentou-se ao lado da senhora Degeneret e ficou assistindo às mãos ossudas e cheias de artrite enfiarem a ração na goela do ganso com um funil. Assim (que outra coisa podia fazer?) Leblanc sumiu no celeiro onde jovens depenavam e abatiam uma dúzia de gansos para retirarem o premiado *foie gras* e o *magret*.

— A senhora vai bem? — perguntou Mallory, tirando um lenço do casaco e assoando discretamente o nariz.

— Não posso reclamar.

A velha tirou o funil da goela da ave e pegou outro ganso grasnante. Parou de repente ao ver a marca na perna da ave e a soltou.

— Você, não. Xô, pode ir.

A gansa bateu asas pelo pátio e meia dúzia de patinhos correram atrás dela. Mallory estava com as mãos entrelaçadas no colo, calma, e sentiu o agradável sol de inverno no rosto.

— Por que essa gansa não? — perguntou, discreta.

— Não posso.

— Mas por quê?

— Há algumas semanas, um turista desmiolado entrou aqui com o carro em velocidade e matou a mãe daqueles seis patinhos. Isso costuma acabar com os filhotes, que os outros bicam até matar. Mas essa gansa velha adotou os órfãos. Então a deixo aproveitar a ninhada.

— Ah, sim.

— Não vou matar essa gansa, madame. Ela vai viver muito, não vou matá-la. Para quê? Por causa de um *foie gras*? Eu não conseguiria dormir à noite. Imagine, uma gansa sendo mais solidária que um ser humano. Não posso matá-la.

Naquele instante, Leblanc saiu do celeiro com duas sacolas plásticas de *foie gras* e Madame Mallory levantou-se do banquinho, sem conseguir dizer nada.

Papai foi me buscar no hospital com a van do restaurante e dali a pouco entrávamos pelos portões abertos da mansão Dufour, onde bandeirolas de tecido estavam penduradas no pátio, para me darem as boas-vindas em casa. Estava lá um grupo formado não só pela minha família, mas por moradores da cidade que, ao chegarmos, aplaudiram, deram vivas e assovios agudos. Entrei no clima, gostei muito daquela recepção, abri a porta da van e acenei como um herói voltando da guerra.

Foi ótimo. Lá estavam Monsieur Iten e a esposa; vieram também Madame Picard, o prefeito e o filho, meu novo amigo Marcus.

E Madame Mallory.

Ela veio direto da fazenda de Madame Degeneret, por um motivo urgente.

Papai e eu notamos logo a presença dela, atrás de todos, e deu para notar que o clima da recepção mudou imediatamente. Papai ficou furioso, fechou a cara, as pessoas viraram para ver quem ele olhava. Houve exclamações e cochichos.

Mas ela não se incomodou e foi em frente, fazendo as pessoas se afastarem para que passasse.

— A senhora não é bem-vinda, vá embora — rosnou papai de dentro da van.

— Monsieur Haji, vim lhe pedir perdão, por favor. Não vá embora de Lumière — disse Mallory, passando para a frente do grupo.

Um murmúrio nervoso percorreu a multidão.

Papai ficou impávido no estribo da van, acima de todos, sem olhar para a velha, parecendo um político se dirigindo direto ao povo.

— Agora ela quer que fiquemos aqui, não? Agora é tarde — vociferou.

— Não, não é. Por favor, quero que fiquem e quero que Hassan venha trabalhar comigo. Vou ensinar a ele a cozinha francesa. Vou lhe dar uma boa educação — disse ela.

Papai continuou sem olhá-la, embora estivessem frente a frente.

Meu coração pulou. O pedido fez papai finalmente olhar para a famosa chef.

— A senhora está maluca. Não, pior que isso, está doente. Quem acha que é?

— Ah, *merde*, não seja tão teimoso...

Mallory se conteve, num esforço visível. Respirou fundo e tentou outra vez.

— Ouça o que vou dizer. Esta é uma oportunidade para seu filho se tornar um verdadeiro grande chef francês de paladar refinado, um artista, não apenas um cozinheiro de curry num bistrô indiano.

— Aaargh, a senhora não entende.

Papai desceu da van, com a barriga agressivamente empinada.

— A senhora não ouviu o que eu disse? Não? Nós não gostamos da senhora, velha seca — berrou, obrigando-a a recuar passo a passo até os portões. — Não queremos nada com a senhora. — Quando acabou de falar, ela estava na rua.

Sozinha.

E nós no pátio, zombando.

Madame Mallory sorriu de leve, puxou uma mecha de cabelos para trás da orelha e voltou para seu restaurante. Nós também viramos as costas e entramos. Mas seria mentira se eu não admitisse um pequeno arrependimento por recusarmos a incrível oferta e voltarmos para a minha animada festa de boas-vindas.

Mas Mallory não estava só: Monsieur Leblanc viu tudo por trás das cortinas do restaurante e correu para saudá-la na porta, segurando sua mão com carinho. E quem viu a careca se inclinar para beijar-lhe a mão, notaria que o terno beijo demonstrava grande respeito e afeto.

Quando os lábios de Leblanc tocaram a mão de Madame Mallory, ela compreendeu quão profundos eram o amor e a dedicação dele; prendeu a respiração e pôs a mão no coração como uma mocinha. Mallory entendeu, por fim, sua sorte grande por ter ao lado um amigo tão bom e digno. Aquele carinhoso apoio lhe deu a certeza de que podia enfrentar qualquer coisa em nome da justiça.

Nenhum de nós percebeu a silenciosa mudança ocorrer no restaurante em frente à Maison Mumbai, pois estávamos dançando e pulando sob as luzes piscantes de discoteca. Mas a velha e desparafusada Ammi percebeu. Ela saiu da garagem falando sabe-se lá o que e foi direto até Mallory.

Ammi ficou dando voltas enquanto a chef colocava calmamente um banquinho de madeira no meio do nosso pátio.

E três grandes garrafas d'água Evian sob o banquinho.

Madame Mallory sentou-se no banquinho e cruzou os braços no peito, com um cobertor xadrez no colo. O sol se punha atrás dos Alpes.

— Hein? O que está fazendo aqui? — perguntou Ammi, dando uma baforada no cachimbo.

— Estou sentada.

— Aah, é um bom lugar — disse Ammi, continuando a rodear. Mas seu cérebro confuso conseguiu perceber alguma coisa. Ela entrou na festa, passou pelos corpos girando no salão e puxou a *kurta* de papai.

— Visita.

— Que visita?

— Lá fora. Visita.

Papai abriu a porta da frente e um vento frio entrou pelo saguão.

O rugido dele parou a festa.

— É surda? É louca? Eu disse para a senhora sair daqui.

Todos se amontoaram nos degraus cobertos de gelo para ver a cena.

Mallory olhava bem para a frente como se não tivesse mais o que fazer.

— Não vou sair até você deixar Hassan trabalhar comigo — declarou, calma.

Papai riu e muitas pessoas na escada riram também, zombeteiras.

Mas eu não. Dessa vez, não.

— Mulher maluca. Faça o que quiser, pode ficar aí até apodrecer, adeus — disse papai.

Ele fechou a porta e voltamos à nossa comemoração.

No começo da noite, a festa acabou. Nossos convidados saíram conversando, surpresos ao vê-la ainda sentada no pátio.

— *Bonsoir*, Madame Mallory.

— *Bonsoir*, Monsieur Iten.

A alegria de voltar para casa foi enorme e subi a escada para o meu quarto enquanto o resto da família ia cuidar de suas obrigações para o jantar. Fiquei muito contente por estar de novo com minhas coisas no quarto, na torre: o bastão de críquete, o cartaz de Che Guevara, os CDs. Mas tudo podia esperar e deitei na cama, cansado demais até para entrar embaixo do edredom.

Acordei à noite, lá embaixo o salão de jantar estava a toda. Fui até a janela, a chuva escorria pela canaleta do telhado.

E lá estava ela sentada, enrolada num casaco pesado. Alguém a tinha coberto e ela estava embaixo de cobertores, parecendo um pescador ao lado de um buraco no gelo, esperando paciente na noite. Tinha a cabeça enrolada num lenço de flanela e, cada vez que respirava, uma nuvem de fumaça envolvia sua cabeça. Os clientes do restaurante chegaram e, sem saber como se comportar numa situação tão inusitada, pararam nervosos para conversar com ela, foram jantar e a cumprimentaram novamente na saída, quase meia-noite.

— Ela ainda está lá?

Virei-me. Era a pequena Zainab, de pijama, coçando os olhos. Peguei-a no colo com cuidado, sentamos no peitoril da janela e olhamos aquela figura desamparada no pátio. Ficamos assim um pouco, quase em transe, até ouvirmos um som diferente do barulho do restaurante. Era uma conversa-discussão. Concluímos que Ammi estava em um de seus diálogos com o passado e fomos ao corredor ajudá-la.

Não era Ammi, era papai.

Ele olhava pela janela do corredor de cima, escondido atrás das cortinas.

— O que devo fazer, Tahira? O que faço? — perguntava.

— Papai — chamei.

Ele deu um pulo, saiu de trás da cortina.

— O quê? Por que ficam me espionando?

Zainab e eu nos entreolhamos, papai passou por nós e desceu a escada.

Madame Mallory passou aquela noite toda e o dia seguinte sentada na cadeira.

O fato se espalhou e a greve de fome virou assunto no vale. Ao meio-dia, havia muita gente nos portões da Maison Mumbai; às 16h, chegou um repórter do *Le Jura*, pôs a teleobjetiva entre as grades e fotografou a figura decidida sentada no meio do pátio.

Quando papai viu aquilo, da janela de cima, ficou louco. Seu rugido invadiu a casa inteira. Desceu a escada central e saiu pela porta.

— Saiam, vão embora, xô — gritou.

Mas as pessoas não foram.

— Não estamos na sua casa, podemos ficar aqui.

Os meninos da região zombaram de papai, cantarolando:

— Haji é tirano, Haji é tirano.

— Monsieur Haji, por que o senhor trata Madame Mallory tão mal? — perguntou o repórter.

Papai estremeceu, incrédulo.

— Eu? Ela quis acabar com o meu restaurante, ela quase matou meu filho!

— Foi um acidente — atalhou Madame Picard.

— A senhora também? — perguntou papai, incrédulo.

— Perdoe a Madame Mallory.

— Ela é uma velha boba — disse outra pessoa.

Papai olhou zangado para as pessoas.

Virou-se e foi até Mallory.

— Pare com isso já! A senhora vai adoecer. É muito velha para fazer uma besteira dessa.

Era verdade. A velha estava dura e, ao virar a cabeça, precisou girar o corpo todo.

— Deixe Hassan trabalhar comigo.

— Vá gelar até morrer. Por favor, fique à vontade.

Naquela noite, eu e minha irmãzinha Zainab ficamos novamente na janela da torre antes de irmos dormir. Ao luar, olhamos a velha francesa de braços cruzados no pátio, imóvel. A lua e as nuvens passageiras se refletiam nas poças do pátio, aos pés dela.

— O que vai ser dela? E de nós? — perguntou Zainab.
Passei a mão em seus cabelos.

— Não sei, pequena.

Mas foi aí que mudei de lado e, em segredo, comecei a me afeiçoar à velha. Acho que a pequena Zainab percebeu isso, pois apertou minha mão como se fosse a única a saber o que devia ser feito.

À noite, papai ficou rolando na cama e levantou-se três vezes para olhar na janela. Ele se irritou principalmente por que Mallory usava da resistência passiva para conseguir o que queria. Era o mesmo método de Gandhi para criar a Índia moderna, e era também intolerável e irritante que usasse isso contra nós. Àquela altura, papai era o retrato de um homem angustiado e resmungou sozinho a noite inteira, passando da consciência à inconsciência e com o sono interrompido.

Lá pelas 4h, ouvimos passos no corredor.

Eu no meu quarto e papai no dele, acordamos imediatamente e levantamos para ver o que era.

— Você também ouviu? — perguntou ele, baixo, no corredor, com o vento frio ondeando nossos camisolões.

— Ouvi.

Surgiram figuras iluminadas na escada.

— O que vocês estão fazendo? — berrou papai, batendo no candelabro.

Titia e Ammi gritaram e deixaram cair um prato, que quebrou na escada. Três pedaços de pão *naan* e uma garrafa de Evian rolaram escada abaixo. Olhamos as duas infratoras. Ammi segurava um penico.

— Para que isso? Para quê?

— Abbas, você é um animal, a pobre mulher está morrendo de fome. Você vai matá-la — gritou titia.

Papai segurou as duas pelos cotovelos e levou-as até a escada.

— Voltem para a cama. Amanhã mando tirar aquela mulher dali. Fim. Não aguento mais, ela é uma ofensa à memória de Gandhi.

Claro que, naquela noite, ninguém mais dormiu: levantamos cedo e vimos papai andar de um lado para outro na frente do telefone. Finalmente, os lentos ponteiros do relógio marcaram a hora certa e papai ligou para o escritório do advogado pedindo para a polícia levar Mallory por invasão de domicílio.

A família toda ficou com medo, empurrando no prato as batatas do nosso café da manhã enquanto papai falava sem parar ao telefone. Só Ammi comeu bem.

Aprendemos naquela manhã que Zainab era farinha do mesmo saco que papai. Minha irmãzinha, intrépida, tocou na *kurta* de papai quando ele ainda berrava ao telefone.

— Pare com isso, papai, não gosto.

A cara dele, céus, foi horrível.

Aproximei-me e segurei a mão dela.

— É, papai, já chega.

Vou me lembrar para sempre daquele momento. Ele abriu a boca e ficou com o corpo torcido, meio virado para os dois filhos, meio falando ao telefone. Zainab e eu não nos mexemos, esperando um grito ou uma palmada, mas ele avisou o advogado que ligava depois.

— O que vocês disseram? Não ouvi direito.

— Papai, se Hassan virar um chef francês, nós podemos ficar e morar aqui. Que bom, estou cansada de mudar, não quero voltar para a velha e chuvosa Inglaterra. Gosto daqui.

— Mamãe ia querer que parássemos de mudar. O senhor não a ouve, papai? — acrescentei.

Papai nos olhou com frieza, como se nós o traíssemos. Mas a dureza do rosto foi sumindo aos poucos, como um naco de gordura de ganso dissolvendo na frigideira quente.

O ar da montanha estava frio, seco e limpo como no dia em que chegamos a Lumière, três meses antes, e a famosa luz matinal da região cobria a montanha de tons de cor-de-rosa, malva e marrom.

— Madame Mallory — chamou papai, agressivo, em direção ao pátio. — Venha tomar o café da manhã conosco.

A chef não tinha mais forças para virar a cabeça. Sua pele estava de um branco mortal e o nariz, vermelho e pingando.

— Prometa que Hassan vai trabalhar comigo — disse ela, com voz rouca e fraca, mas ainda olhando firme por uma pequena abertura no meio dos cobertores.

Papai fechou a cara com a persistência da mulher e quase explodiu novamente. Mas a pequena Zainab, sua consciência, estava ao lado, falando. Papai respirou fundo e soltou seu terrível suspiro.

— O que acha, Hassan? Quer aprender culinária francesa? Quer trabalhar com esta mulher?

— É o que mais quero no mundo.

Parecia que ele havia sido fisicamente atingido pela ênfase da minha resposta, aquele irrefutável chamado do destino falando através de mim. Por alguns instantes, papai só conseguiu olhar fixo para as rachaduras nas pedras no chão, segurando a mão da pequena Zainab para ter forças. Mas, no tempo certo, ele levantou a cabeça. Bom homem, o meu pai.

— Tem a minha palavra, Madame Mallory. Hassan, você vai trabalhar na cozinha do Saule Pleureur.

A alegria que senti foi como aquela incrível explosão de creme quando se morde um doce *religieuse*. Mallory não deu o sorriso arrogante dos vencedores, foi humilde, mostrou alívio e um discreto agradecimento e, de certa forma, reconheceu o sacrifício de meu pai. Acho que ele gostou, pois se plantou sólido na frente dela e estendeu as mãos.

Lembro-me muito bem de Mallory segurando as mãos dele, que a levantou com um resmungo, e minha mestra ergueu-se da cadeira no pátio lentamente e com os ossos estalando. Recordo-me disso também.

Assim, no dia seguinte, titia e Mehtab me ajudaram a fazer a mala e atravessei a rua. Houve muita emoção naquela viagem de 30 metros, carregando a mala de papelão de um lado da rua para o outro. À minha frente, o salgueiro-chorão coberto de neve como se fosse açúcar, as janelas de caixilho de chumbo e as cortinas de renda, a elegante hospedaria onde até a gasta escada era cheia de tradições francesas. De pé nos degraus de pedra, de aventais brancos, estavam a taciturna Madame Mallory e o gentil Monsieur Leblanc, um casal idoso, de braços abertos para o filho recém-adotado.

Fui até eles e o meu lar adotivo, e tudo o que eu ainda tinha de assimilar como aprendiz de culinária francesa e como empregado da cozinha. Atrás de mim, estava o mundo de onde vim: a pequena Zainab e Ammi de olhos lacrimosos, *tikka* de peixe e cerveja Kingfisher, a música chorosa de Hariharan, o quente *kadai* espirrando óleo, ervilha, gengibre e pimenta.

No portão de ferro, me separei de papai como cada geração deve fazer com a anterior; ele chorava perdidamente e passava um lenço branco no rosto triste. Lembro-me como se fosse ontem do que ele disse:

— Amado filho, lembre-se que você é um Haji. Lembre-se sempre, um Haji.

Era uma viagem curta, a pé, mas parecia que estava passando de um universo para outro, com a clareza dos Alpes iluminando meu caminho.

Capítulo Doze

Meu quarto no Saule Pleureur ficava no alto da casa, depois do estreito corredor que levava aos aposentos de Madame Mallory. No inverno, minha cela monástica era muito fria; no verão, insuportavelmente quente e abafada. O banheiro ficava a meio patamar, no fundo do corredor.

No dia da mudança, fiquei sozinho pela primeira vez no quarto do sótão que seria minha casa pelos próximos anos. Tinha cheiro de gente velha e de inseticidas usados há tempos. Um pequeno espelho e um desolado Cristo crucificado, com as chagas sangrando e o corpo emaciado, estavam pendurados na parede sobre minha cama. Um armário de madeira escura, com dois antigos cabides de cedro dentro, parecia olhar de má vontade do canto do quarto, diante da cama estreita. Quase não dava para virar o corpo dentro do quarto; um pórtico no alto estendia-se até o telhado lá fora, mas não conseguia aumentar o pouco espaço.

Coloquei a mala no chão. O que houve comigo?

Não vejo problema em confessar que fiquei totalmente aturdido com a austeridade do quarto, tão católico e estranho à minha criação; uma voz dentro de mim, meio histérica, dizia para eu voltar correndo para a segurança e o conforto do meu acolhedor quarto na Maison Mumbai.

Um livro na mesa de cabeceira chamou minha atenção, fui olhar. Era um grosso volume de páginas amareladas e muitas ilustrações, mostrando os diversos cortes de todos os tipos de carne, do bovino ao caprino.

Um envelope branco estava entre as páginas.

Dentro dele, um bilhete de Mallory, dando boas-vindas formais e dizendo, em sua caligrafia antiga, o quanto ela desejava que eu fosse seu discípulo. Insistia que, nos próximos anos, eu trabalhasse bastante e assimilasse ao máximo; ela estava ao meu dispor e me ajudaria em todo o possível. Para iniciar a nossa aventura, escreveu ela, eu devia estudar aquele tratado dos açougueiros de Lyon com muita atenção.

O bilhete bateu na tecla certa e uma voz masculina dentro de mim disse, áspera, *Vamos lá e deixe de ser bobo.* Então, conferi se Mallory e Monsieur tinham fechado direito a minha porta e passei a chave. Diante da certeza de que ninguém viria me incomodar, subi na cama, tirei o assustador crucifixo da parede e o escondi no fundo do armário, fora de vista. Finalmente, desfiz a mala.

Naqueles primeiros tempos, eu tinha um sonho recorrente, e hoje, em retrospecto, acho muito significativo. No sonho, ando à margem de uma vasta extensão de água quando, de repente, um peixe feio e primitivo sai das profundezas, achatado e redondo, com cabeça de touro; vem pela praia usando as barbatanas como pernas, andando com muita dificuldade. Então, exausto pelo esforço hercúleo, o peixe para, com a cauda ainda na água e a cabeça na areia seca, abrindo e fechando as guelras como foles de fogo, assustado e ofegante naquele novo estado anfíbio, meio dentro e meio fora de dois mundos muito diferentes.

Na verdade, eu não tinha tempo para me preocupar com essas coisas nem com as sutilezas da decoração do quarto pois, a partir daquela primeira tarde, quase não fiquei no quarto, a não ser para encostar a cabeça na cama e apagar.

O despertador tocava às 5h40. Vinte minutos depois, eu tomava o café da manhã com Mallory em seus aposentos. Ela me bombardeava com perguntas sobre o que eu tinha estudado nas últimas 24h, usando aquelas aulas matinais como alicerce teórico das aulas práticas que seriam naquele mesmo dia, na cozinha.

Terminadas as perguntas, íamos ao mercado fomentar minha educação e voltávamos com as compras, começando o dia de trabalho. Nos primeiros seis meses, ela me fez passar por todas as tarefas mais simples: a princípio, eu só lavava pratos, passava pano no chão da cozinha, lavava e preparava os legumes. No mês seguinte, fui para o salão, como rapaz do pão, de jaleco e luvas brancas de algodão, recomendado para prestar atenção no balé do serviço ao meu redor, ou arrumava as mesas quando o restaurante ainda estava fechado, com Mallory atrás de mim, mesa a mesa, dando muxoxos de desaprovação quando eu não alinhava militarmente uma colher de prata com os demais talheres.

Assim que passei dessa fase, voltei à cozinha para passar os dias depenando e limpando pombos selvagens, codornas e faisões até ter a impressão de que meus braços iam cair. O *chef de cuisine* Jean-Pierre berrava comigo sem parar e, no fim do dia, eu mal ficava em pé de tanta dor nas costas. Em seguida, fui incumbido de acompanhar Monsieur Leblanc na recepção, fazendo a reserva de lugares para os clientes e preparando o salão, além de aprender a delicada política de como tratar a clientela.

Mas nada de cozinhar.

Eu fazia tudo isso até às 15h30, quando tínhamos um intervalo vespertino que os hoteleiros chamam de "hora no quarto", e eu me arrastava até minha cela no sótão para dar um cochilo, quase em estado de coma. No início da tarde, descia a escada de novo para acompanhar a lição seguinte: meia hora de degustação de vinhos e respectiva preleção feita pelo *sommelier* do restaurante; depois, assumia minhas tarefas normais até meia-noite. O despertador tocava às cravadas 5h40 e a tirania do trabalho começava de novo.

Segunda-feira era minha folga e eu só conseguia atravessar a rua até a mansão Dufour e cair no nosso velho sofá.

— Eles obrigam você a comer carne de porco?

— Arash, pare de perguntar bobagem. Deixe seu irmão sossegado.

— Mas obrigam, Hassan? Você come carne de porco?

— Está tão magro. Aquela mulher não deve dar comida a você.

— Experimente isso, Hassan. Fiz para você. É *malai peda*, com mel da melhor florada.

Eu ficava deitado no sofá como um príncipe mongol, com titia e Mehtab oferecendo doces e chá com leite, tio Mayur, Ammi, Zainab e meus irmãos puxando cadeiras para ouvir coisas sobre o santuário situado do outro lado da rua.

— O prato especial de amanhã será *palombe*, isto é, pombo selvagem. Passei dois dias depenando e limpando pombos, é um trabalho duro. Mehtab, por favor, massageie meus ombros. Sente como está tenso de tanto trabalhar? Vamos servir *salmis de palombes*, que é uma torta bem suculenta, acompanhada de Merlot e molho de cebolinha. Fica melhor com...

Nessa época, papai se comportava de maneira bem curiosa. Recebia-me à porta, me abraçava, afetuoso, e depois se afastava, deixando o resto da família em volta. Não sei por que, nunca participou do ritual de interrogatório da família sobre meu trabalho, ficava nos fundos da sala, fingindo fazer alguma coisa na escrivaninha como abrir contas com uma espátula de marfim, mas ouvindo tudo o que se falava, sem jamais participar.

— Passei a semana toda estudando o Languedoc-Roussillon, a região vinícola próxima de Marselha. É uma grande produtora de vinho, mas só tem dez por cento da Appellation Controlée do país. — Eles ficavam surpresos com tudo o que eu dizia e não resistia a ajuntar, com um aceno de mão afetado: — Recomendo o Fitou e o Minervois. O Corbières desaponta um pouco, principalmente nas safras de anos mais recentes.

Eles faziam *oooohs* e *aaaaahs,* concordando.

— Que coisa, o nosso Hassan conhece vinho francês — constatou tio Mayur.

— E como é a Madame Mallory? Bate em você?

— Nunca, não precisa. Basta levantar uma sobrancelha que ficamos esbaforidos como galinhas. Todo mundo tem medo dela. Menos Jean-Pierre, o *sous-chef.* Ele grita comigo e dá tabefes na minha cabeça. Muitos.

Ouve-se um *tsc tsc* vindo dos fundos da sala.

Só no final do dia, depois de muita comida indiana, de receber muito carinho e de ser muito apertado pela família, eu estava pronto para voltar, com o ânimo renovado. Um dia, papai finalmente me chamou para uma conversa. Fez sinal para eu sentar à escrivaninha dele, tamborilou os dedos e perguntou com voz grave:

— Diga, Hassan, ela já ensinou a fazer língua ao molho Madeira?

— Ainda não, papai.

Ele ficou desapontado.

— Não? Hum. Talvez ela não seja tão boa quanto pensamos.

— Não, papai, ela é uma ótima chef.

— E aquele patife do Jean-Pierre. Sabe que você é de uma família importante? Preciso ensinar umas coisinhas para esse sujeito?

— Não, papai, obrigado. Eu me ajeito.

Em resumo, nunca revelei a ele como foi difícil a transição nos primeiros meses. Como sentia falta dele e da família e como estava frustrado com o trabalho naquele começo do outro lado da rua.

Pois eu queria muito meter as mãos na cozinha, mas Madame Mallory não me deixava nem chegar perto do fogão e a frustração finalmente explodiu num final de manhã quando, a mando de Jean-Pierre, subi a escada dos fundos para pegar lâmpadas no armário do terceiro andar.

Mallory vinha descendo a escada, elegante, rumo à entrada da garagem, onde Monsieur Leblanc a aguardava no Citroën para levá-la a um evento social na cidade.

Ela estava de luvas marrons e uma pesada estola de lã nos ombros. A estreita escada de madeira recendia ao perfume Guerlain que ela usava e eu, respeitoso, me encostei na parede para dar passagem. Ela parou dois degraus acima de mim e olhou sob a luz artificial da escada.

Eu devia parecer bobo, fraco e desesperado.

— Hassan, me diga uma coisa, se arrependeu de vir para cá?

— *Non*, madame.

— O trabalho é difícil. Mas você vai ver que um dia acorda, *voilà*, com novo ânimo. O corpo se ajusta.

— É. Obrigado, chef.

Ela continuou descendo e eu subindo; não sei por que fui tão impertinente e perguntei:

— Mas quando começo a cozinhar? Só vou descascar cenouras?

Ela parou num degrau mais baixo, na penumbra e, sem virar a cabeça, disse:

— Vai começar quando for a hora.

— Mas quando vai ser?

— Tenha paciência, Hassan. Saberemos quando chegar.

— Pense bem. Em que águas vive a *Ostrea lurida*?

— Hum. No litoral da Inglaterra?

— Errado, completamente errado, rapaz.

Mallory olhou para mim com seu jeito mais despótico, com uma sobrancelha levantada. Eram 6h15 e estávamos, como sempre, ao lado da janela da torre, tomando café num delicado aparelho de Limoges. Eu, bobo de sono.

— É a *Ostrea edulis* que vive no litoral inglês. Sinceramente, Hassan, você devia saber. Estudamos a *Ostrea lurida* há duas semanas. Eis o livro sobre ostras, de novo. Estude-o. Direito.

— *Oui*, madame... Ah, lembrei. A *lurida* é a ostra pequena, que só existe em algumas baías da costa noroeste dos Estados Unidos. No canal Puget.

— Certo. Nunca provei uma, mas sei que tem um ótimo sabor de algas, iodo e avelã. É considerada uma das melhores do mundo. Difícil acreditar que seja melhor que uma boa ostra inglesa, mas muita gente acha que é. Questão de paladar.

Ela se inclinou para se servir da salada de frutas que estava no centro da mesa. Seu apetite matinal, a quantidade de combustível que ela consumia para cumprir a rigorosa programação do dia, era impressionante. Ela era bem mais parecida com papai do que qualquer um dos dois conseguiria admitir.

— O mercado europeu foi invadido por uma importada. Como se chama essa ostra invasora e qual é sua história, resumida?

Suspirei e olhei para meu relógio de pulso.

— A senhora vai rechear o peito de gamo hoje?

Discretamente, Madame Mallory cuspiu o caroço de uma pera cozida numa colher de prata e colocou no canto do prato.

— Ah, *non*. Não mude de assunto, Hassan. Não adianta.

Colocou a tigela na mesa e ficou olhando-me firme.

— A *Crassostrea gigas*, uma espécie japonesa conhecida como ostra do Pacífico, passou a dominar a Europa na década de 1970.

É verdade que foi meio frio mas, mesmo assim, minha resposta mereceu um sorriso.

Mais tarde, naquele mesmo dia, tive a primeira noção do que estava por vir: na fria cozinha do restaurante, inclinada sobre a pia, Mallory deu um tapinha no meu rosto depois que acertei qual era a ostra *creuse de Bretagne* só provando uma colher de seu caldo salgado.

O tapinha foi um gesto simpático para mostrar afeto e aprovação, mas, sinceramente, aquela mão seca na minha bochecha me deu arrepios. A estranheza do momento foi somada ao fato de ela ter mandado o *chef de cuisine* mostrar um prato de ostra para nós e Jean-Pierre estar no fogão me olhando por cima do ombro de Madame Mallory.

Vi que ia haver problema. Mas, sem poder mudar os fatos, evitei a cara vermelha de Jean-Pierre e olhei só as mãos dele para ver como preparava o molho de ostras *Sauternes sabayon*, rápido e ágil, juntando os ingredientes na frigideira quente como ela mandava enquanto explicava nos mínimos detalhes as mudanças mágicas que ocorriam no fogo forte, indiferente às emoções que ela havia provocado em seu *chef de cuisine.*

Eu era escravo do ritmo de trabalho no Saule Pleureur, mas ainda estava apegado à Maison Mumbai. Essa estranha fase de transição volta com força à memória quando penso naquela época, um ou dois meses após me mudar, quando Mallory e eu íamos aos mercados da cidade para as compras e lições matinais.

Na primeira parte da manhã, a chef fazia um giro para eu sentir o cheiro e o gosto de diversos repolhos: o savoy, cujas folhas pareciam gordas dançarinas de cancã agitando suas ondulantes calcinhas verdes sedutoramente, mostrando-nos suas delicadas folhas internas, claras e repartidas; o enorme repolho vermelho, de cor forte como um *bon vivant* embriagado de vinho tinto antes de surgir, satisfeito, na bancada da barraca.

— Hassan, você precisa saber que a couve-rábano faz a ponte entre o repolho e o nabo, misturando o sabor de ambos. Não se esqueça, é uma diferença sutil mas importante, ajuda a decidir qual dos dois acompanha melhor um prato.

Com um cesto de vime pendurado em cada braço, ela se inclinava para ouvir minha voz fraca na barulheira do mercado. Confesso que, nessas excursões, Mallory era um exemplo de paciência, pronta para responder qualquer pergunta por mais pueril ou primária que fosse.

— Aqui nesta região da França, preferimos as couves-rábano das variedades branca Viena e roxa Viena. Já o *navet de Suède* é um nabo forte, que crescia na região do Báltico antes dos celtas trazerem essa nutritiva raiz para o sul e começarem a cultivá-la na França. Claro que isso foi há milhares de anos, mas acho o nabo sueco o melhor de todos devido à sua doçura, característica que ganhou com o tempo. Podemos encontrar as variedades amarela e preta do *navet* na barraca de Madame Picard...

Demos uma olhada para nos situar e localizar a barraca de Madame Picard; descobrimos, então surpresos, que papai estava lá com a viúva francesa. Tinha os pés afastados, plantados no chão, uma das mãos na cintura e a outra agitada no ar. Falava muito animado e talvez fosse imaginação minha, mas, de longe, vi perdigotos voando como fogos de artifício.

Enquanto isso, a séria Madame Picard, de botas do exército e as habituais camadas de saias pretas e suéteres, além dos também habituais cabelos ralos, ria muito do que papai dizia, jogando a cabeça para trás, tão alegre que se apoiava num braço dele.

Eu me encolhi de medo ao ver os dois assim e quis ir embora mas Mallory, talvez percebendo minha vontade de fugir, segurou meu cotovelo e marchamos juntos.

— *Bonjour*, Madame Picard, *bonjour* Monsieur Haji.

Papai e Madame Picard não perceberam nossa aproximação e ainda riam, mas pararam ao ouvir aquela voz conhecida. Na verdade, papai ficou na defensiva até me ver e notei aquele tremular de insegurança nas pálpebras dele, sem saber como agir. Mas estávamos todos inseguros: eu, no mercado com Mallory; papai com Picard — era de enlouquecer.

— Olá, senhora Mallory. Lindo dia. Vejo que trouxe seu melhor aluno — disse papai, sem jeito.

— Olá, papai. *Bonjour*, Madame Picard.

A viúva me olhou de cima a baixo, daquele jeito francês.

— Parece mesmo um *petit chef*, Hassan.

— Então, como vai o meu filho? Já está pronto para ocupar o seu lugar?

— Claro que não, mas aprende rápido, tenho que admitir — elogiou minha mestra, empertigada.

Ficamos os quatro perdidos até que Mallory mostrou um cesto no fundo da barraca e disse:

— Olha ali, Hassan, o que eu falei. São *navets de Suède* brancos, não amarelos ou pretos como eu queria. — Ela se inclinou para a frente, sem se importar com papai, e perguntou: — Madame Picard, por acaso teria dos outros tipos?

Papai fez uma cara estranha, não de zanga, mas assustado, como se mostrassem a ele como as coisas iam ser dali em diante. E não esqueço que, depois de piscar lentamente algumas vezes, colocou a mão no meu ombro, apertou-o e saiu do mercado sem dizer nada.

Seis meses após iniciar o meu aprendizado, Marcel e eu passávamos pano no chão da cozinha depois do almoço, como mandou Madame Mallory, terminando nossas obrigações antes de nos arrastarmos para nossos respectivos quartos para uma "hora do quarto".

Bateram à porta dos fundos e fui ver quem era.

Era Monsieur Iten com uma caixa.

— *Bonjour,* Hassan, *ça va?*

Após os cumprimentos rituais sobre a saúde de diversos membros das respectivas famílias, ele disse que tinha trazido uma leva especial de ostras da Bretanha, pois sabia que Mallory ia querer ostras frescas no jantar se as tivesse.

Mas ela não estava, nem Jean-Pierre, nem Margaret e nem mesmo Monsieur Leblanc. Ninguém de autoridade, só Marcel e eu faxinando.

— O que acha, Marcel?

Marcel negou, veemente, com a cabeça, as bochechas redondas tremendo de medo ante a ideia de decidirmos algo tão importante.

— Não aceite, Hassan. Ela vai nos matar.

Dei uma olhada na caixa.

— Quantas são, Monsieur Iten?

— Oito dúzias.

Olhei a caixa com mais atenção.

— Certo, eu recebo, mas retire quatro.

— *Pourquoi?*

— Porque são *Crassostrea gigas*. O senhor sabe muito bem que Madame Mallory jamais as serviria para os clientes. Como foram parar aí? Ela ficaria furiosa com o senhor se tentasse passar ostras do Pacífico por *portugaises sauvages*. Além do mais, está tudo misturado. As outras são da Bretanha, com certeza, mas no mínimo seis não são as ótimas *cancale pousses en claires*, da região do monte Saint-Michel, que têm uma cobertura bege clara e a concha dentada, como essas. Aposto que essas aqui são *Croisicaise*, pescadas nos canais Grande e Pequeno, no sul. Está vendo a marca amarelo-claro na concha? E veja os diversos tamanhos; há algumas tamanho quatro, mas estas devem ser dois, não? Seu recibo não especifica isso, Monsieur Iten. Desculpe, mas vai ter que retificar o recibo se quiser que eu receba a mercadoria.

Monsieur Iten tirou as quatro ostras problemáticas, fez uma observação no recibo sobre tamanho e qualidade, depois disse:

— Desculpe, Hassan. Foi um descuido. Não vai se repetir.

No dia seguinte, quando Mallory me promoveu a ajudante de cozinha, percebi que a caixa de ostras havia sido um teste combinado com o peixeiro. Claro que nem minha mestra nem ele jamais admitiram.

Mas Madame Mallory era assim.

Desafiando, sempre desafiando.

Principalmente a sua equipe.

Foi no auge do inverno, num sábado de muito movimento. Lá fora, tudo estava cristalino e branco, com gordos pingentes de gelo nos canos de cobre do Saule Pleureur parecendo presuntos defumando num galpão. Dentro, a cozinha enfumaçada estava a mil, panelas batendo, chamas faiscando e, nesse fervor culinário, fui encarregado dos suflês do dia, um dos pratos preferidos do almoço, feito com queijo de cabra e pistaches.

Peguei algumas fôrmas de cerâmica na fria despensa nos fundos da cozinha e, como sempre, untei-as com manteiga macia antes de salpicar a beira dos pratos com cereais e pistaches cortados finos. Os ingredientes do suflê também seguiram a receita: queijo de cabra fresco, gemas de ovos, alho bem picado, timo, sal, pimenta branca, tudo aquecido no fogo e misturado. Para ficar mais leve, um boa quantidade de claras de ovos batidas e creme de tártaro, aquele ácido que forma crostas nas laterais dos barris de vinho e que, raspado e moído depois de purificado, transforma-se no pó branco que, milagrosamente, firma as claras. O toque final, naturalmente, era a cobertura de claras batidas, espalhadas elegantemente com uma faca e dando um leve toque artístico. Feito isso, eu colocava as formas em banho-maria numa assadeira no meio do forno.

Meia hora depois, quando eu estava preparando o caldo de vitela, Jean-Pierre gritou:

— Hassan, venha cá!

Corri até ele para ajudar a tirar os pesados leitões assados dos fornos para o ritualístico banho de suco de limão e conhaque.

Na outra bancada, Mallory cobria um dourado com ervas e limão. De vez em quando, olhava para nós, nervosa, para ver se eu tinha voltado ao meu posto.

— Hassan, preste atenção nos suflês! — rosnou.

— Cuidado! Você quase derrubou a frigideira, seu idiota!

Margaret, a calma *sous-chef*, olhou do canto da cozinha, onde preparava um manjar branco. Nós nos encaramos por cima das chamas sibilantes.

O olhar solidário de Margaret fez meu coração palpitar, mas eu não podia continuar olhando e voltei correndo ao forno para retirar os suflês.

— Não se preocupe, chef, confie em mim. Está tudo sob controle — avisei. Abri o forno com barulho, tirei a assadeira quente com os suflês e coloquei sobre a bancada.

Os suflês estavam secos e murchos como uma experiência de biologia que deu errado.

— Ah, *non, merde*.

— Hassan!

— Não entendo. Fiz esses suflês mais de dez vezes e logo hoje eles murcharam.

Todos vieram olhar.

— Pfff, que desastre. Rapaz incompetente — disse Jean-Pierre.

Mallory balançou a cabeça, desanimada. Parecia que eu não tinha jeito.

— Margaret, rápido, substitua Hassan e faça outros suflês. E você, Hassan, faça a massa do dia. Vai causar menos prejuízo.

Retirei-me para lamber minhas feridas num canto.

Vinte minutos depois, Margaret se aproximou de mim para pegar uma travessa; quando fui ajudá-la, as costas de nossas mãos se tocaram e senti um choque elétrico no braço.

— Não fique chateado, Hassan. Uma vez, cometi exatamente o mesmo erro. No auge do inverno, a parede da despensa, que dá para fora, fica muito fria e gela as formas nas prateleiras. Então, quando se faz suflê no inverno, é melhor levar os pratos para a cozinha com, no mínimo, meia hora de antecedência para as fôrmas ficarem na temperatura ambiente antes de serem cobertas com as claras.

Ela deu um sorriso doce, saiu e eu me apaixonei.

O ápice da situação entre Margaret e eu aconteceu algumas semanas depois, quando estávamos na mesma área da cozinha, ladeados por Madame Mallory e Jean-Pierre, batendo panelas e dando ordens para a equipe no salão. Margaret e eu nos ignoramos, quer dizer, até ela se abaixar para retirar algumas tortas do forno e eu me abaixar para pegar uma frigideira e nossas pernas se tocarem, sem querer.

Um fogo subiu pela minha perna até a virilha e me inclinei. Para o meu prazer, ela se inclinou também, e alguns estranhos instantes depois, quando peguei a frigideira, endireitei-me, ofegante, segurando a panela estrategicamente no meio das pernas.

— No intervalo, vá ao meu apartamento — cochichou ela.

Bom, assim que terminamos de servir o almoço, tirei o avental e passei pelo jardim do restaurante e por pilhas de neve. Depois do muro de tijolo e pedra, corri, escorregando nas geladas ruelas de trás até o apartamento de Margaret, que ficava em cima da confeitaria local, no centro da cidade.

Margaret estava me esperando na frente do prédio e trocamos olhares coniventes, sem dizer nada. Olhei distraído acima e abaixo da rua de pedras para ver se alguém nos observava e a mão dela tremeu ao enfiar a chave na porta do prédio, cheia de gelo. Um casal idoso entrou na sapataria Bata que ficava um pouco adiante; uma jovem mãe saiu da confeitaria com o carrinho de bebê; uma florista limpou a neve em frente à loja. Ninguém nos viu.

A porta do prédio se abriu e entramos, passamos pelas caixas de correspondência e pelo aquecedor e, rindo, subimos dois degraus da escada por vez até o apartamento dela, no terceiro andar. Entramos e finalmente, na privacidade do aposento, fomos só mãos frenéticas, lábios abertos, largando as roupas onde caíam.

Naquela tarde, tive aulas sobre o que os franceses entendem por *lingua franca* e depois de um banho quente com muitas risadas e sabonete, voltamos, relutantes, para o restaurante, separados, relaxados e felizes, rumo aos rigores do jantar.

— Preste atenção, Hassan. Onde está com a cabeça hoje? — perguntou Mallory, ríspida.

Foi assim que começou. Mas nossa crescente intimidade teve seus obstáculos. Dormir numa cela de monge ao lado da sempre atenta e austera Madame Mallory não era exatamente um incentivo ao romance. Assim, aqueles encontros vespertinos, por mais estimulantes que fossem, eram sempre corridos e ofegantes, sem podermos desfrutar de um tempo lânguido juntos.

Uma tarde, eu saía rápido pela porta, literalmente fechando as calças e ela, de quimono, abriu a porta e disse, calma:

— Pena você não poder ficar mais tempo, Hassan. Às vezes tenho a impressão de que não quer me conhecer melhor. *C'est triste.*

Então, ela fechou a porta do apartamento e fiquei desajeitado na escada do prédio como um peixe pescado e içado para o barco. Ela era igual a minha mãe. Falava pouco, mas, quando falava, céus, magoava mais que qualquer crítica de papai.

Ao voltar para casa, descobri que, pela primeira vez na vida, eu não queria fugir depois que uma mulher de quem gostava me ofereceu a chance de aprofundar a relação. Pelo contrário, queria mergulhar de cabeça. Então, ao voltar para o restaurante naquela tarde, pelas ruelas de trás, falei comigo mesmo alto, decidido a conceder mais tempo a Margaret, principalmente na nossa folga semanal.

Isso significava que eu tinha que avisar à família que não ia aparecer lá em todas as nossas reuniões semanais. Claro que era tão perigoso e diplomaticamente grave como uma negociação no Oriente Médio, mas, na segunda-feira seguinte, sabendo o que estava em jogo, percorri a pequena distância entre os dois restaurantes, corajoso e cheio de boas intenções.

Minhas intenções evaporaram-se assim que entrei na Maison Mumbai. Titia me fez sentar na melhor poltrona da família, depois de afofar e bater a almofada nas minhas costas. Desde que saí de casa, Mehtab havia assumido a cozinha e surgiu do fundo da casa com um sorriso e uma porção de pasta de caranguejo e camarão graúdo, mais alguns *papri chaat*, saborosos biscoitos com coalhada.

— Para você descansar, Hassan. O almoço fica pronto daqui a uma hora. Fiz sua sopa preferida, de pata de cordeiro. Ponha os pés para cima, você precisa descansar, pobrezinho — disse minha irmã.

Eu sabia quanto trabalho dava preparar aqueles acepipes e minha barriga roncou de culpa. Mukhtar estava sentado no sofá limpando o nariz, distraído, enquanto lia os quadrinhos no jornal com tio Mayur.

— Obrigado, Mehtab. Hum... Desculpe, mas hoje não posso ficar para o almoço.

A sala gelou.

Mukhtar e tio Mayur tiraram os olhos do jornal.

— O que disse? Sua irmã e sua tia trabalharam para você como escravas a manhã inteira.

Claro que aquela observação era esperada, mas não de tio Mayur, estirado no sofá, que sempre fazia observações ácidas sobre a mulher. Percebi como a situação era grave e a frase mexeu comigo.

— Hum... Desculpem... Mesmo. Mas tenho outros planos.

— Como assim, outros planos? Com quem? Madame Mallory? — perguntou titia, ríspida.

— Não, com uma pessoa da equipe — respondi, vago. — Eu devia ter avisado antes. Desculpem, mas resolvi hoje de manhã.

Mehtab não disse nada. Apenas levantou bem a cabeça como uma princesa hindu que foi profundamente magoada em seu próprio palácio e, solene, retirou-se para a cozinha. Titia ficou furiosa e balançou o indicador na minha frente.

— Olha como você magoou sua irmã, seu animal ingrato!

Para piorar as coisas, o barrigão de papai surgiu subitamente à porta e seu vozeirão estrondou sobre nós com um batalhão de tanques de guerra.

— O que foi que ouvi? Não vai almoçar conosco?

— Não, papai, tenho um programa.

Ele fez sinal para segui-lo.

Muktar riu em silêncio.

— Você agora vai levar.

Fuzilei meu irmão com os olhos antes de seguir papai e o desagradável arrastar dos chinelos dele no chão. Quando ficamos fora de alcance dos ouvidos, no fundo do corredor escuro, papai virou-se para me olhar do alto, dominador, mas enfrentei o olhar, pronto a me manter firme.

— É uma garota, não é?

— É.

— Vá. Não ligue para eles.

Devo ter parecido confuso.

Papai balançou a cabeça, da forma típica dos indianos e, antes que eu entendesse o que acontecia, ele continuou pelo corredor, o *slap-slosh* dos chinelos virou à direita, desceu a escada e foi para a lateral da mansão Dufour e a entrada de cascalho da garagem. Papai pegou as chacoalhantes chaves e abriu a porta usada para entrega de mercadorias.

Sorriu, gentil, e fez um sinal com a cabeça.

— Vá. Você tem trabalhado muito, Hassan. Merece se distrair um pouco. Eu cuido de Mehtab e de sua tia, não se preocupe. Quando as galinhas estão muito agitadas, é só jogar um pouco de milho que elas sossegam. Então, vá. Eu cuido delas. Não se preocupe.

— Ouçam todos.

Madame Mallory e Monsieur Leblanc estavam à porta da cozinha, de casacos e chapéus.

— Henri e eu vamos ficar fora o dia todo. Temos coisas a fazer em Clairvaux-les-Lacs. Portanto, assumam as responsabilidades do dia na minha ausência. Vou conferir tudo quando voltarmos, às 18h.

Eu estava lá há dois anos e era comum eles saírem juntos, passar uma manhã aqui, uma tarde acolá, fazendo coisas ou descansando um pouco. Nunca entendemos direito qual era a relação deles, se o discreto Monsieur e a totalmente fechada Madame praticavam alguma forma de *amour* quando estavam longe do restaurante e da equipe. Na cozinha, especulava-se muito sobre o assunto. Margaret e eu, talvez devido ao nosso próprio segredo, tínhamos certeza de que o casal era amante, mas Jean-Pierre e Marcel achavam que não.

Quando os dois saíam, Mallory dividia as tarefas para o jantar entre nós todos. Claro que eu sempre ficava com o menos complicado. Naquele difícil dia de outono, entretanto, a velha chef estava com a macaca e resolveu misturar as coisas para manter a equipe afiada. Jean-Pierre, o *chef de cuisine*, que era encarregado das carnes, ficou com as sobremesas cremosas. Margaret, eficiente em doces e confeitos, recebeu ordens para cuidar dos peixes. E eu, o novato, devia preparar e pré-cozinhar os principais pratos de carne que incluíam seis lebres selvagens, outros tantos pombos, um carneiro e um joelho de porco. A maioria era prato fixo no cardápio e de preparo fácil conforme as conhecidas receitas de Mallory. Não me preocupei com eles.

Já as lebres eram uma *surprise*.

— Chef, como a senhora quer a lebre?

— Quero que me surpreenda — respondeu ela e, sem mais, saiu porta a fora com Monsieur.

Como se pode imaginar, assim que eles saíram, nós três começamos a trabalhar, bocas fechadas, gotas de suor na testa, sabendo muito bem que cada um ia passar por uma prova de versatilidade. Dali a pouco, Jean-Pierre estava coberto de farinha, batendo a massa do mil-folhas com creme de limões Menton em conserva. Já Margaret, séria e concentrada, fazia um molho de açafrão, *crayfish* e xerez para acompanhar rolos de perca grelhados em espetos de metal.

Sinceramente, trabalhei quase o dia inteiro num ritmo alucinado. Depois de trinchar as lebres, deixei-as marinar em vinho branco, louro, alho socado, vinagre de malte, mostarda doce alemã e alguns frutos secos e amassados de zimbro para dar aquele vestígio pungente e com toque de pinheiro. Em seguida, a lebre amaciada cozinhou horas em fogo lento na panela de ferro. Nada demais. Apenas a minha versão de uma velha receita campestre, vista por alto durante uma sessão de estudos na biblioteca de Madame Mallory e que parecia perfeita para uma fria noite de outono.

Para acompanhar, preparei um cuscuz com água de hortelã (em vez do tradicional macarrão na manteiga), salada de pepino com molho azedo e uma mancheia de *lingonberries*. Achei que fariam um contraponto suave para o sabor pesado da mostarda na lebre assada. Em retrocesso, vejo que o pepino e o creme foram, conscientemente ou não, inspirados na *raita*, o pepino com iogurte de minha terra natal.

Madame Mallory e Monsieur Leblanc voltaram no final da tarde, conforme o prometido, e olhamos ansiosos a chef tirar o casaco em silêncio, vestir o avental e olhar o que cada um de nós tinha preparado. Lembro que elogiou nossos esforços, embora não perdesse a chance de mostrar como cada prato podia ser melhorado dessa ou daquela maneira.

As tortas de frutos vermelhos de Jean-Pierre, por exemplo, tinham cobertura firme e o recheio de *crème de cassis* também equilibrava a doçura das frutas com a acidez da torta. Mas ela observou que, no geral, faltava originalidade. Um pouquinho de noz-moscada em pó no *crème fraîche* teria transformado a sobremesa em algo especial, assim como alguns morangos selvagens espalhados pelo prato.

Além da perca grelhada, Margaret tinha feito um peixe *rouget* recheado com aspargos e cozido lentamente em caldo de *grapefruit*; depois, envolto numa massa folheada e levado ao forno.

— Reconheço que é bem diferente, Margaret. Mas, na minha opinião, a massa folheada estraga o prato. Você tem mania de colocar as coisas com massa. Seja mais segura e saia dessa sua zona de conforto. Sabores fortes como o peixe *rouget*, o aspargo e o *grapefruit* não precisam de massa por cima.

Na sequência, ela chegou ao canto onde eu estava, nervoso, com uma gordurenta toalha de chá pendurada no ombro. Ela olhou o assado de carneiro, perfurado com fatias de alho, polvilhado com cominho e *herbes de Provence*, pronto para entrar no forno. Mas não comentou. O joelho de porco já estava assando, mas ainda muito cru para provar e o pombo com ervilhas recebeu apenas um aceno de cabeça.

Entretanto, Mallory se interessou pela panela de ferro borbulhando no fogo, enchendo o ar de vapor avinagrado. Levantou a tampa pesada e observou. Cheirou, enfiou um garfo e a carne soltou facilmente. Então, estalou os dedos e Marcel trouxe correndo um pratinho e uma colher. Ela experimentou a lebre com um pouco do molho de mostarda sobre o cuscuz com hortelã e a guarnição de pepino com creme azedo.

— Acho a quantidade de frutos de zimbro um pouco exagerada. Bastam três ou quatro para dar um toque. Senão, o sabor fica muito alemão. Mas, fora isso, está muito bom, principalmente os acompanhamentos tão incomuns. Simples e eficiente. Devo dizer, Hassan, que você tem paladar para inovações.

A explosão foi imediata.

— *C'est merde. Completement merde.*

Aquele elogio de Mallory, em público, totalmente inusitado, foi demais para Jean-Pierre, que não conseguiu mais conter a raiva. Bateu o pé no chão com força, o que fez seu tamanco voar como um míssil até um assustado Marcel, do outro lado da cozinha. Mas o aprendiz demonstrou ter graça e velocidade para um rapaz do seu tamanho e jogou-se no chão como um bicho abatido. O tamanco prosseguiu sua trajetória, bateu na parede com estrondo, caiu sobre um jarro na prateleira que se espatifou numa chuva de cacos de cerâmica.

Silêncio pasmo.

Nós nos preparamos para a inevitável explosão de Mallory que, para nossa surpresa, não aconteceu. Mas Jean-Pierre, ainda vermelho de raiva, com um pé calçado e outro não, ficou na frente dela, de punho em riste.

— Como pode fazer isso conosco? *C'est incroyable.* Somos tão leais, aguentamos a sua tirania há tanto tempo, nos dedicamos à sua cozinha e somos trocados por este merdinha? Quem é este rapaz, sua marionete aqui? Onde está a sua decência?

Mallory ficou da cor do queijo Asiago.

Por mais estranho que pareça, ela ainda não tinha percebido que, ao me destacar, ao me colocar embaixo de sua asa, ao mostrar tão claramente que eu era o "escolhido", ofendeu profundamente seu dedicado *chef de cuisine.* Naquele momento, ao ver que sua falta de sensibilidade tinha deixado o pobre Jean-Pierre morto de ciúme, ela se comoveu.

Via-se no rosto dela. Pois, se havia um sentimento que ela conhecia era a inveja, a dor intensa de perceber que sempre há no mundo alguém melhor do que nós. Claro que ela não demonstrou, não era do seu feitio, mas dava para ver as fortes emoções. E a pena que sentiu não foi de si mesma, mas do *chef de cuisine*, que sofria como ela há tempos nas sombras da cozinha do Saule Pleureur.

Jean-Pierre teve um ataque, andando de um lado para outro. Tirou o avental e, num gesto teatral, jogou-o no chão.

— Não posso mais trabalhar aqui. Basta! Você é uma mulher insuportável! — berrou.

Naquele ponto, Monsieur Leblanc se aproximou para protegê-la da ira de Jean-Pierre.

— Pare com isso, seu ingrato. Você já passou dos limites.

Mas Mallory também se adiantou e, para nossa surpresa, segurou o punho de Jean-Pierre e levou-o aos lábios, beijando os nós dos dedos dele.

— *Cher* Jean-Pierre, você tem toda a razão. Perdoe-me.

Jean-Pierre parou. Ficou desanimado ou até assustado com aquela estranha Madame Mallory. Ele parecia uma criança diante de uma reação inesperada dos pais a algo que ele tinha feito. Tentou se desculpar, mas a chef pôs um dedo sobre os lábios dele e disse, firme:

— Pare, Jean-Pierre, não precisa. — Segurou as mãos dele e disse, com a habitual autoridade: — Por favor, Jean-Pierre, entenda. Hassan não é como você e eu. É diferente. Lumière e Le Saule Pleureur não vão segurá-lo. Você vai ver. Ele tem muitos caminhos pela frente. Não vai ficar muito tempo conosco.

Fez então Jean-Pierre sentar-se num banquinho e ele abaixou a cabeça, envergonhado. Pediu para Marcel trazer um copo de água, o que o rapaz fez com as duas mãos, pois tremia. Depois que Jean-Pierre bebeu e pareceu mais calmo, a chef o fez olhar para ela de novo.

— Este lugar está no seu sangue e no meu, vamos morrer aqui, na cozinha do Saule Pleureur. Mas Hassan tem as qualidades de um grande chef, é mais talentoso do que você e eu. Ele é como um ser de outro planeta e, de certa forma, temos de ter pena dele, pela distância que ainda vai percorrer, os problemas que ainda vai enfrentar. Acredite. O meu preferido não é ele, é você.

O ambiente estava carregado de eletricidade. A chef apenas olhou para Monsieur Leblanc e disse, calma:

— Henri, anote por favor. Amanhã temos que chamar o advogado. Que fique claro de uma vez por todas que, quando eu me for, Jean-Pierre herda o restaurante.

Mallory tinha razão. Três anos depois de iniciar meu aprendizado, eu estava pronto para ir embora. O convite de um dos melhores restaurantes de Paris na Rive Droite, atrás do palácio do Champs-Elysées, atiçou minha ambição e me atraiu para o norte. Ela disse que o convite para ser *sous-chef* num movimentado restaurante de Paris, com chance de promoção a primeiro *sous-chef*, era exatamente o que eu precisava.

— Ensinei a você tudo o que podia. Agora você tem de amadurecer. Esse emprego vai fazer isso.

Portanto, estava decidido e fiquei num estado agridoce de tristeza e animação. A dualidade daquela fase ficou clara no dia em que Margaret e eu fomos de carro até o desfiladeiro no final do vale de Lumière, no nosso dia de folga, para andar à margem do Oudon, que corria aos pés do escarpado Massif.

Nosso passeio começou na cidade, onde fomos ao mercado local comprar algo para o almoço, um pouco de queijo Cantal e Morbier, mais algumas maçãs. Percorremos os estreitos corredores da loja, passamos pelas avelãs expostas em sacos vermelhos e os azeites de oliva corsos. Ela estava à frente, passando pela seção de chocolates e biscoitos, enquanto rapazes de 20 e poucos anos, do time local de handebol, faziam algazarra pelo outro lado, procurando sanduíches e cerveja para levar ao clube. Lembro que tinham rostos corados e eram bem atléticos, com cabelos molhados de quem acabou de sair do banho.

Ao vê-los, o rosto de Margaret se iluminou. Todos haviam frequentado a mesma escola. Ela virou para trás e me avisou:

— Vá para o caixa, já estou indo.

Então, fui para o corredor seguinte, a caminho do caixa. Mas vi um vidro de geleia de limão importada que eu queria comer com os queijos locais, uma espécie de chutney, coloquei-o no cesto de vime e continuei.

Quando estava do outro lado da gôndola dos chocolates e bolachas, ouvi uma voz masculina perguntar a Margaret como ia seu *"nègre blanc"* e muitas risadas dos outros rapazes. Parei, prestei atenção, mas ela não protestou. Não deu importância para aquela observação, fingiu não ouvir e riu com eles quando continuaram falando no dialeto local, zombando de outro assunto. Confesso que fiquei desapontado, prendi a respiração para ouvir a resposta, pois sabia que Margaret podia ser tudo, menos racista, então paguei as compras e ela veio encontrar-me logo depois.

Guardamos as compras no Renault 5 dela e fomos para o final do vale, onde estacionamos no local permitido pelo departamento estadual de florestas. As folhas amarelas e laranja do outono formavam uma espécie de tapete natural sob nossos pés; calçamos botas para caminhada, pegamos nossas coisas e fechamos a mala do carro. Finalmente, saímos rápido, de mãos dadas, e atravessamos o rio na ponte de pedra do século XVII.

Era um luminoso dia de outono, o verão estava terminando e sentimos uma certa melancolia cada vez que uma folha amarelada caía no chão. Sob a ponte, o rio era claro e cortante como o gim Sapphire, de Bombaim, com a água correndo e gorgolejando entre as pedras. Uma pequena truta de riacho nadava rápido entre as piscinas, engolindo moscas ou mexendo as barbatanas em casos de contracorrentes. Lá longe, depois do rio, via-se um chalé de pedra perfeito para ser fotografado: era a casa do funcionário estadual, o *forestier*, com a mulher e o bebê e, quando atravessamos a ponte, a chaminé soltou fumaça de bétula.

Margaret e eu seguimos a trilha da floresta à direita do rio, tendo a face de pedra lisa do Maciço e a montanha do Jura com o pico coberto de neve subindo majestosamente à nossa esquerda. Lembro que estava frio e úmido, com um curso de água fininho esguichando da montanha de granito.

Aos poucos, de mãos dadas, começamos a falar sobre o convite de Paris; delicados, nenhum dos dois queria discutir a grande dúvida subjacente: o que seria de nós. À nossa esquerda, surgiu de repente um riacho saltando e cascateando, com a espuma de renda branca deixando um carpete musgoso nos veios brilhantes de feldspato. Lembro-me como se fosse ontem da roupa que Margaret usava naquele dia: jeans azul desbotado e casaco azul-claro, o vento fazendo suas bochechas corarem.

— É uma boa proposta, Hassan. Merecida. Você tem que aceitar.

— É, sim. Mas...

Alguma coisa me freava, um nó opressivo dentro do peito e eu não entendia, àquela altura, o que era. O rio, o rápido Oudon à nossa direita, fazia uma curva naquele ponto, formando uma piscina grande e funda, tendo um trecho de floresta plana às margens. Era o lugar perfeito para almoçar; coloquei nossa mochila numa pedra coberta de líquen, sob os antiquíssimos pinheiros, tílias e castanheiras da Índia, o rio gelado surgindo pouco além dos troncos.

Nós nos estiramos numa pedra e comemos, lânguidos, nosso almoço: as maçãs, o queijo e o pão de casca grossa que Margaret tinha feito e que cobrimos com bastante geleia de limão. Não sei bem a que altura ouvimos as vozes, mas vieram da floresta, ao longe, e aumentaram aos poucos à medida que as figuras saíam da floresta, curvadas como caranguejos correndo na praia. Margaret e eu, sonolentos de satisfação, olhamos em silêncio as figuras se aproximando.

Era época de colher cogumelos e aquela parte úmida da floresta estadual era conhecida por abrigar premiadas espécies de *cèpes* e *chanterelles*. Durante anos, a família de Madame Picard manteve o controle da colheita naquele trecho e ela foi a primeira a aparecer. Com seu suéter e saia pretos de sempre, sob uma rodada capa de chuva, a viúva saltava de uma moita a outra como um cabrito montanhês, chutando tocos de bétula podres com as botas de exército, em busca de punhados de *pieds-de-mouton* escondidos sob a madeira apodrecida.

De repente, ouvimos um grito animado: Madame Picard se empertigou segurando na mão suja *trompettes-de-la-mort*, o premiado cogumelo *chanterelle* cor de carvão que parece mesmo uma trombeta da morte, mas é muito saboroso e não venenoso. Ela virou-se para o gordo companheiro que vinha atrás, um homem grande, que pisava duro e carregava cestos que os dois enchiam rápido com seus bolorentos achados.

— Tome cuidado com estes *trompettes*. Coloque-os por cima para não amassarem.

— Sim, dona mandona.

Papai parecia um urso na floresta, na sua *kurta* marrom preferida, mas escondido sob um enorme casaco impermeável que devia ter sido do finado Monsieur Picard. Também usava botas de exército, mas sem amarrar, com a língua da bota caindo para um lado e para o outro, os cadarços molhados e emaranhados, soltos atrás dele fazendo-o parecer um rapper dos subúrbios de Paris.

Margaret ia chamá-los com um gesto, mas, não sei por que, segurei o braço dela e fiz sinal que não.

— Acho que está na hora de descansarmos. E comer, estou com fome.

— Você me deixa louca, Abbas! Estamos começando, precisamos de pelo menos um cesto cheio antes do almoço.

Papai suspirou.

Quando Madame Picard virou-se e se inclinou para cortar com a faquinha mais um cogumelo no chão da floresta, papai viu algo muito interessante. Andando na ponta dos pés, pôs a mão no meio das pernas de Madame Picard e gritou:

— Achei uma trufa!

A viúva também deu um grito e quase caiu de cara no chão. Depois que se equilibrou, os dois morreram de rir. Era evidente que ela havia gostado da brincadeira.

Já eu, apavorei-me. Minha cabeça ficou cheia de imagens de meus pais andando pela praia Juhu, anos atrás. Senti uma dor no coração. Mamãe era tão elegante e discreta, ao contrário daquela mulher tão rude. Mas logo vi papai como ele era, apenas um homem aproveitando um dos pequenos prazeres da vida.

Naquele momento, ele não estava pensando nas responsabilidades do restaurante, nem na família, assuntos que consumiam seus dias. Era apenas um velho, com mais algumas décadas de vida, aproveitando seu curto tempo na Terra. Tive vergonha de mim. Papai, que aguentava tanto de tanta gente, merecia aquela alegria despreocupada sem que eu franzisse o cenho, zangado. E quanto mais via os dois, comportando-se como adolescentes bagunceiros, meio curvados, meio agitados, mais achava que tinham todo o direito.

Entendi, então: não era a minha família que não queria me deixar ir para Paris, era eu que não queria deixá-los. Diria que esse foi o momento em que finalmente cresci, pois foi naquela floresta que consegui dizer *Adeus, papai! Vou partir para o mundo!*

Naqueles últimos dias, o mais difícil não foi me despedir da família, ou de Madame Mallory, mas de Margaret. Aquela talentosa e boa *sous-chef* era apenas cinco anos mais velha que eu, mas o relacionamento que tivemos enquanto trabalhávamos no Saule Pleureur me transformou num homem.

Nosso caso chegou ao esperado final certa manhã em Lumière, quando eu estava no pequeno apartamento dela no Centro, em cima da confeitaria da cidade. Era nossa folga e tomávamos café da manhã mais tarde, na mesinha ao lado da janela alta da cozinha.

A famosa luz de Lumière entrava pelas vidraças antigas e um jarro no peitoril da janela tinha flores campestres secas (primaveras e gencianas amarelas). Estávamos em silêncio, cada um no seu mundo, tomando café com leite e comendo brioches com geleia de marmelo feita pela mãe dela.

Eu estava de cuecas e camiseta, olhando pela janela, quando o magro Monsieur Iten e sua gorda mulher passaram de mãos dadas pela rue Rollin. De repente, pararam e deram beijos apaixonados, antes de se separarem: ele, para entrar no Lancia; ela, para entrar na agência local da Societé Générale.

Margaret, nua por baixo do quimono, lia o jornal ao meu lado e, não sei exatamente por que, estendi a mão sobre a mesa e disse:

— Venha.

Minha voz tremia, esperando que a mulher do outro lado da mesa agarrasse os dedos que buscavam contato.

— Venha comigo para Paris, por favor.

Devagar, ela abaixou o jornal e ainda lembro daquela sensação horrível no fundo do meu estômago. Ela disse que tinha nascido em Lumière, era lá que moravam seus pais e parentes e onde os avós estavam enterrados, na colina. Agradeceu o convite e a mim, mas se desculpou e disse que não podia deixar o Jura.

Então, retirei a mão e fomos cada um para seu lado.

Paris

Capítulo Treze

Para ser honesto, minha ascensão em Paris nas duas décadas seguintes não foi tão difícil, como se poderia imaginar. Parecia que um ser invisível tirava os obstáculos e me ajudava a tomar o caminho que sempre me foi destinado. Pois, conforme o prometido, em apenas dois anos fui promovido a primeiro *sous-chef* do La Gavroche, o restaurante de uma estrela que fica atrás do palácio Elysées.

Mas aí está o grande mistério que, desconfio, jamais desvendarei: será que Madame Mallory estava envolvida na minha ascensão constante nos anos seguintes? Ou foi apenas imaginação minha?

No tempo em que vivi em Paris, costumava trocar cartões de festas com minha ex-chefe, ou conversar pelo telefone uma ou duas vezes por ano. E, claro, visitava-a quando ia ver a família em Lumière. Mas, para todos os efeitos, ela não tinha mais nada a ver com a minha educação ou carreira, pelo menos não oficialmente.

Porém, sempre desconfiei que ela me ajudou dando um telefonema discreto aqui, outro ali, para resolver as coisas em momentos-chave. E, se fez isso, às vezes me perguntava como ela podia ter certeza de que eu não iria saber.

Pierre Berri, por exemplo, foi o generoso chef que me convidou para trabalhar no norte, em seu restaurante La Gavroche. Depois que fui para Paris, soube que ele era casado com uma parente distante de Madame Mallory, prima em segundo grau. Com essa relação, naturalmente, desconfiei que ela tivesse soprado o convite de Paris. Claro que o chef Berri negou com veemência, mas nunca me convenceu.

Naquele primeiro inverno após minha mudança para o norte, quando voltei a Lumière para visitar a família, atravessei a rua coberta de neve para tomar chá com Madame Mallory em seus aposentos no sótão. Os aquecedores a vapor eram barulhentos e davam um calor aconchegante; instalamo-nos nas velhas poltronas, tomando café e beliscando *madeleines* redondas ainda quentes, saídas do forno do Saule Pleureur. Lembro que ela quis saber tudo sobre o restaurante de tapas que o chef Pascal tinha acabado de abrir em Paris, e que estava causando furor na capital, além da nova mania de bistrôs finos, onde a comida acompanhava o vinho e não o contrário. Durante aquela conversa, deixei escapar um agradecimento por orquestrar o convite do chef Berri.

— Não seja bobo, Hassan — disse ela, servindo mais café com o mesmo bule de Limoges que usava na época do meu aprendizado. — Tenho mais o que fazer do que ligar para parentes distantes recomendando você. Além disso, não vejo essa prima há trinta anos, nem gostava dela. Esse lado da família é parisiense e se considerava superior aos que, como nós, permaneceram no vale do Loire. Por que, pelo amor de Deus, eu ia pedir um favor a ela? Seria o fim. Portanto, não quero mais ouvir essa bobagem. Escute, você pode falar com seus fornecedores em Paris e conseguir para mim algumas *Ostrea lurida*? Antes de morrer, quero experimentar essa ostra americana. Não consigo acreditar que alguns *gourmands* franceses a considerem melhor que nossas ostras bretãs.

Voltei para o La Gavroche, trabalhei bastante e, cinco anos depois de chegar a Paris, surgiu outra oportunidade e um grande salto em responsabilidade. O restaurante não ia ter vaga nos próximos anos, então pedi demissão e fui ser *chef de cuisine* do La Belle Cluny, um pequeno e elegante restaurante no VII *arrondissement*, onde fiquei por quatro anos.

Gostei muito de trabalhar ao lado do grisalho Marc Rossier, um velho chef que, para descrevê-lo educadamente, gostava que as coisas fossem do jeito dele. Obrigava todos os funcionários a usarem uniforme totalmente negro (inclusive, os tamancos), em vez do tradicional branco, e costumava rondar à nossa volta com suas largas calças pretas enfiadas dentro das meias como um pirata holandês do século XVII, sempre cantando com voz rouca músicas de sua juventude na Marinha francesa. Mas era exatamente essa excentricidade que tornava o trabalho com o chef Rossier tão prazeroso. Ele gostava de se divertir.

Apesar da idade avançada, ele era incrivelmente aberto a novas ideias, ao contrário da maioria dos patrões. Isso significa que, como braço direito dele, eu tinha muita liberdade para experimentar minhas criações, como um cabrito assado com limões costurados dentro da barriga. Essa liberdade criativa tinha suas recompensas e, dois anos depois que cheguei, o La Belle Cluny passou de uma para duas estrelas no *Michelin*.

O trabalho gratificante aguçou meu apetite e, com 30 anos, voltei a Lumière para ter uma conversa séria com papai. Eu queria muito abrir um restaurante e finalmente ser o dono da casa, mas precisava de dinheiro. Estava atacado por aquela ambição dos Haji. Então, sentei numa cadeira na frente da escrivaninha de papai na velha mansão Dufour e expus a situação. Cinco minutos depois da animada explanação, com minhas projeções financeiras na mesa, ele fez sinal para eu parar.

— Basta! Céus, está me dando dor de cabeça.

Avaliar o retorno do investimento nunca foi o estilo de papai trabalhar. Com ele, era sempre no instinto.

— Claro que vou ajudar! Como não? — perguntou, zangado. Pegou na gaveta uma pilha de comunicados. — Faz tempo que espero por isso — disse, abrindo o arquivo. — Não sou um preguiçoso funcionário indiano que fica de pernas para o ar o dia inteiro. Faz tempo que pedi para advogados e banqueiros começarem a ver isso, está tudo acertado. Cada um de meus filhos ficará com um sétimo dos bens da família. Você vai receber a sua parte agora. Para que esperar eu morrer? Prefiro ver você bem, feliz e me dando orgulho... Mas, por favor, não me venha com esses impressos de computador. Jamais gostei, eu deixava as contas para sua mãe fazer.

Tive que piscar algumas vezes para disfarçar a emoção.

— Obrigado, pai.

Ele fez um gesto com a mão como quem dispensa agradecimentos.

— Agora, veja o que me preocupa: a sua parte é de 800 mil euros. Será que é suficiente?

Não. Não era. Meu contador parisiense e eu tínhamos feitos os cálculos considerando um aluguel de longo prazo de um restaurante bem localizado, mais reformas, incluindo uma cozinha superequipada, e a contratação de uma equipe de primeira. Em resumo, abrir um restaurante elegante para uma clientela sofisticada exigia um capital inicial de 2 milhões de euros.

— Foi o que imaginei. Então, tenho uma proposta para você — disse papai.

— Qual?

— Sua irmã Mehtab. Ela tem me preocupado. Não consigo achar um homem aqui nesta montanhazinha para se casar com ela e cada dia está ficando mais parecida com sua tia. Zangada o tempo todo. Precisa de um lago maior para pescar seu peixe. Concorda? Por isso, acho que você devia considerar tê-la como sócia no seu elegante restaurante parisiense. Ela vai lhe ajudar muito, Hassan, e claro, investir a parte dela. Além de ser um grande alívio para mim saber que você está cuidando dela.

Claro que esse é o estilo indiano de fazer as coisas e assim foi. Mehtab foi para Paris comigo. Mas devo confessar meu único arrependimento na época: a separação do chef Rossier, tão bondoso comigo, foi diferente do que eu esperava. Bem diferente. Quando contei que ia abrir o meu restaurante, o velho chef ficou rubro e jogou longe uma frigideira, dois pratos e um salame com cobertura de pimenta. Mas a vida segue em frente e não para trás, então me esgueirei dos objetos voadores e saí pela porta dos fundos do restaurante pela última vez. Por um bom tempo, porém, fiquei com os palavrões de marinheiro do chef Rossier nos ouvidos.

Em frente. Com nosso caminho inteiramente aberto, Mehtab e eu encaramos a missão de abrir nosso restaurante em Paris. Pouco tempo depois, sentado numa banheira, tomando chá temperado com *garam masala,* transpirando muito e pensando em meu pai, tive uma ideia para o nome do restaurante.

Le Chien Méchant.

Perfeito, não?

Nossa meta principal era encontrar o lugar certo, claro, e passamos meses percorrendo Paris à procura de um bom endereço. Os corretores de imóveis mostravam armazéns cavernosos em ruas escondidas, em redondezas fora de moda como nos *arrondissement* XIII e XVI, ou apertadas lojas de frente para a rua, pouco maiores que uma casa de boneca, nas melhores ruas perto do Sena. Nada que servisse. Mas insistimos, determinados, sabendo que o lugar certo podia ajudar ou acabar com o nosso restaurante.

Depois de mais uma busca cansativa e infrutífera, de volta ao apartamento, Mehtab jogou longe as sandálias e começou a examinar os joanetes, resmungando cada vez que tocava numa parte dolorida.

— Céus, é pior que achar um apartamento em Mumbai.

Ela já ia pedir para eu examinar os pés dela quando fui salvo pelo telefone e corri para atender.

— Quem fala é o chef Haji?

Era a voz de um idoso e ouvi ao fundo, um cão latindo.

— Sim, é Hassan Haji.

— Chef, eu o conheci há anos, quando você era um jovem em começo de carreira, em Lumière. Sou o conde de Nancy Selière.

— Ah, senhor conde, lembro bem do senhor. Ia todos os anos ao Saule Pleureur.

— Soube que está procurando um imóvel para abrir seu restaurante.

— Estou, sim. Como o senhor soube?

— Ah, chef. Você já devia saber que Paris é uma aldeia, as coisas se espalham pelos mercados, principalmente quando se trata da *haute cuisine*. Ou de política.

Eu ri.

— É, o senhor tem razão.

— Você está ocupado? Talvez possa me visitar. Moro no número sete da rue Valette. Talvez eu tenha o que você procura.

O conde possuía uma *maison particulière* completa, com torres, no alto da montagne Sainte-Geneviève, a meio quarteirão da elegante praça do Panteão, em cuja fria cripta estão enterrados franceses notáveis, de Voltaire a Malraux. Mehtab e eu nos impressionamos com a imponência da residência e, humildes, tocamos a campainha esperando ser recebidos por um mordomo sério que nos mandaria entrar pelos fundos. Mas, para nossa surpresa, o próprio conde abriu a porta, de cabelos despenteados, calças de veludo e chinelos de couro.

— Vamos lá, fica a duas portas — disse ele, depois de apertar nossas mãos, cortês.

Sem esperar resposta, o conde desceu a rue Valette ainda de chinelos, com muitas chaves tinindo na mão salpicada de manchas senis.

Jamais esquecerei a primeira vez que vi o número 11 da rue Valette, de muros cobertos de hera. O sol estava se pondo nos telhados da cidade quando olhei colina abaixo, e uma linda nuvem de poluição tinha formado uma espécie de auréola cor-de-rosa em volta da casa de pedra, o que me lembrou da luz de Lumière.

O imóvel tinha a metade do tamanho do imponente lar do conde e parecia menos suntuoso e mais discreto, com venezianas de madeira e o térreo coberto de hera, o que dava um ar informal e tranquilo. Ou seja, mais campestre, sem aquela elegância formal comum em Paris.

O saguão era escuro, revestido de madeira maciça, mas depois da segunda porta descobrimos uma série de salas e antessalas arejadas, não muito grandes, mas numa sequência agradável. Fiquei alguns instantes no salão principal, sob o candelabro de cristal, imaginando tudo o que era possível fazer ali e foi fácil imaginar um salão de jantar elegante. Cortinas de veludo grosso fechavam as janelas compridas que davam para a rua. Abrimos as cortinas e, mesmo naquela luz fraca de um entardecer poeirento, vimos como o piso de madeira era lindo.

Nos fundos, a casa tinha um quarto bem grande e um banheiro, prontos para serem transformados em cozinha, dando para um pequeno pátio de entregas. O andar de cima, bem iluminado, podíamos alugar para escritórios, pois na década de 1970 haviam colocado uma escada interna ligando os dois andares. Os três andares superiores tinham entrada lateral, mas o conde disse que não os alugava, pois guardava lá a mobília antiga e os quadros que herdou da família. Portanto, um restaurante no térreo e no primeiro andar não incomodaria os outros inquilinos. Mehtab e eu subimos e descemos a escada espiral, sem acreditar no que nossos olhos viam, procurando não perder nada.

Meu coração flutuava.

Pela primeira vez em muito tempo, senti-me em casa.

— O que acha?

— Fantástico. Mas podemos pagar? — perguntou Mehtab, baixinho.

Naquele instante, ouvimos o conde, impaciente, balançar as chaves no andar de baixo.

— Venham — gritou. — Não posso esperar o dia inteiro. Tenho trabalho a fazer. Vocês vão ter que ir embora.

Na rua, olhei a vizinhança com novo interesse, enquanto o conde trancava a casa. Descendo a colina, chegamos à place Maubert, onde havia uma feira aos sábados e uma estação de metrô. No alto da colina, o elegante Panteão. Eu levaria no máximo dez minutos para chegar até ali vindo do meu apartamento, ao lado do Instituto Muçulmano.

Do outro lado da rua, ao lado do Collège Sainte-Barbe da Sorbonne, ficava um dos melhores endereços da Rive Gauche: o Monte Carlo, um prédio de apartamentos com o nome em placa de latão, onde morou a amante do falecido presidente francês, um inflamado socialista. Ela era sustentada no mais completo estilo *ancien régime*, num apartamento do terceiro andar. Duas palmeiras em jarros e um porteiro uniformizado faziam sentinela nas portas de madeira entalhada do Monte Carlo.

Não havia dúvida. Era uma localização ótima.

— Então, jovem, interessa?

— *Bien sû-sûr* — gaguejei. — É lindo, mas não sei se posso pagar.

— *Pff* — fez o conde, balançando as mãos. — Isso é um mero detalhe. Vamos resolver. Eu quero um inquilino confiável, além de um restaurante de qualidade, que atenda ao meu gosto e interesse. E acho que você precisa de um bom local para fazer nome. Portanto, temos a mesma intenção. O que é muito importante para uma sociedade, não?

— É verdade.

— Pois então.

Ele estendeu a mão, cujos dedos eram cheios de artrite.

— Obrigado, senhor conde. Obrigado! Prometo que não vai se arrepender.

Apertei a mão dele com bastante força e pela primeira vez o nobre deu um sorriso de pequenos dentes amarelos.

— Tenho certeza — disse ele. — Você é um chef jovem e talentoso. Por isso vou ajudá-lo. Lembre-se disso no futuro. Por enquanto, não se preocupe, meu advogado vai lhe telefonar para tratar dos detalhes.

O conde se tornou não apenas o meu senhorio, mas também o meu melhor cliente. O Chien Méchant era seu *point*, como ele dizia. Mas isso não faz justiça ao papel que teve na minha trajetória, pois o conde foi na verdade um protetor, sempre buscando atender aos meus interesses.

O aluguel que acertamos para os dois primeiros anos foi a metade do valor de mercado e, mesmo depois disso, o valor aumentou aos poucos, geralmente para acompanhar o aumento do seguro ou a inflação. O fato é que nos anos que se seguiram, ele me ajudou de inúmeras maneiras — inclusive, com muito boas condições de crédito no banco dele para os 400 mil euros que eu precisava para completar o cálculo de 2 milhões.

Além do mais, eu gostava do conde. Ele era rabugento, é verdade, mas era também muito correto com todos e também divertido. Uma vez, por exemplo, um dos meus garçons novos cometeu a temeridade de perguntar se ele tinha espaço para sobremesa. O conde olhou-o como se fosse um pateta e respondeu:

— Meu caro, o *gourmand* é um cavalheiro com capacidade de continuar comendo mesmo quando não tem fome.

Mas naquele primeiro dia, assim que o conde soltou o característico "Pff" depois que perguntei o valor do aluguel, eu entendi. Pois essa exclamação, tão arrogante e indiferente, eu conhecia bem. Não havia provas, mas, assim que apareceram o conde e a casa, tive certeza que eram obra da mão invisível de Madame Mallory.

Pois como explicar que o melhor cliente do Saule Pleureur virou repentinamente meu senhorio e melhor cliente em Paris, como se um bastão fosse passado de um restaurante para outro?

— Hassan, você me assusta — disse ela ao telefone, de um jeito meio frio e ríspido, quando comentei sobre o conde. — Começo a achar que você está consumindo drogas por causa dessas fantasias paranoicas que vive dizendo. Sinceramente, já me viu incentivar algum cliente a gastar dinheiro com um concorrente? Que ideia.

* * *

Cheiro de tinta, gritos, telefone tocando, carrinho de compras percorrendo lojas, entrevistas, recibo de pedidos, negociações acaloradas: seguiram-se muitas horas de um trabalho árduo. Mehtab cuidava dos operários, administrando a reforma do número 11 conforme meus desenhos e ideias. Já eu, quando não me pediam para resolver sobre uma cor ou forma, me ocupava sobretudo da importante contratação da equipe do restaurante. Após centenas de horas de entrevistas, acertei com Serge Poutron para *chef de cuisine*, cujo físico lembrava um enorme nabo. Ele veio de Toulouse, tinha bastante energia e conheci-o quando trabalhei no La Gavroche. Era também uma pessoa difícil, às vezes bastante agressiva com os subalternos, mas que mantinha a ordem na cozinha. E eu sabia que criaria pratos muito bem feitos todas as noites. Como maître, Jacques, um veterano do três estrelas L'Ambroisie, muito elegante, de pequena estatura, uma versão aprimorada de Charles Aznavour, sempre disposto a seduzir os clientes.

Pouco depois de inaugurarmos o Chien Mèchant, recebemos elogios no *Le Monde* e confesso que fiquei sensibilizado ao ver meu nome e o do restaurante naquele jornal que centraliza os formadores de opinião na França. A matéria chamou atenção para o restaurante, assim como o crescente boca a boca dos clientes, principalmente da máquina de divulgação que era o conde Selière que, claro, tinha mesa cativa. Foi nessa primeira fase, no dia seguinte ao que recebi minha primeira estrela no *Guia Michelin* e bem antes da segunda, que entrou no restaurante um homem que passaria a ser fundamental na minha vida.

Eu estava na cozinha preparando um peixe caramelado com limão, quando Jacques chegou com dois novos pedidos.

Ao mesmo tempo em que ele prestava atenção para colocar os pedidos no escaninho certo, avisou que estavam chamando-me no salão, na mesa oito. Meu maître parecia muito sério e apressado, o que não era comum; virou-se rápido e saiu pela porta giratória. Concluí então que era alguém importante reclamando da conta.

— Serge, assuma o comando, preciso ir ao salão — avisei, por cima do som metálico das panelas e pesado dos tamancos, com a equipe indo de um lado para outro nas bancadas de aço e no piso azulejado.

Serge resmungou que ouviu e disse:

— Pode ir.

Um ajudante de garçom me ajudou a tirar o avental engordurado e colocar uma versão recém-lavada e passada.

Naquela noite, o salão estava lotado e, depois de passar pela porta da cozinha, cumprimentei com um aceno de cabeça um ou dois clientes assíduos. A mesa oito ficava no meio do salão e era uma das melhores, de modo que eu sabia que lá encontraria algum tipo de celebridade.

O homem meio careca estava sozinho, com um anel de cabelos grisalhos na nuca terminando em fartas suíças brancas que cobriam quase o rosto inteiro, num estilo muito apreciado tempos antes. O sujeito era forte, usava uma corrente de ouro no pescoço e enormes anéis de ouro nas mãos ásperas, joias que estariam perfeitas num mafioso da Córsega. Mas usava também um lindo terno de seda cinza-carvão de muito bom gosto e tinha um ar de calma autoridade. Olhei para o prato dele, o que sempre me diz muito sobre a pessoa, e registrei que degustava uma entrada de enguia defumada com creme fresco de raiz forte.

— Chef Haji, há tempos quero lhe conhecer — disse, estendendo a mão enorme. — Fiquei muito preocupado ao saber pela equipe que esteve duas vezes no meu restaurante e não avisou. Magoou-me.

Era o chef Paul Verdun, um dos maiores talentos do país.

Fiquei um instante pasmo. Conhecia-o bem, de longe, já que ele estava sempre na imprensa francesa. Nos últimos 35 anos, Verdun tinha transformado um modesto açougue no interior do país num restaurante três estrelas, mundialmente famoso. Seu enorme talento atraía *gourmands* de todas as partes a Courgains, uma pequena aldeia normanda onde, numa *maison* de esquina, ficava o Le Coq d'Or, de tijolos dourados.

Verdun era o mestre daquela escola de gastronomia francesa pesada, gordurosa, que na época começava a sair de moda, substituída pela cozinha molecular criada pelo chef Mafitte, em Aix-en-Provence, de ascensão meteórica. Verdun ficou famoso pelo espeto de ave recheado com miúdos, fígado de pato e cebolinhas; pelo coelho ao vinho do Porto cozido na bexiga de bezerro e, talvez seu prato mais famoso, a *poularde Alexandre Dumas*, uma simples galinha acompanhada de um exagero de trufas negras.

Fiquei encantado ao conhecê-lo, sentei-me à mesa dele e conversamos por meia hora até eu, relutante, voltar às minhas obrigações na cozinha. Essa primeira conversa foi o início de nossa amizade. Ele falava muito sobre si mesmo, com exuberância, e não me surpreendi quando perguntou:

— Escute, Hassan, qual o seu prato preferido no Le Coq d'Or?

Quando fui ao restaurante dele, enquanto aguardava o prato principal havia experimentado, num impulso, a entrada de omelete com bochechas de bacalhau e caviar. Era enganosamente simples mas, para mim, representou também o apogeu da gastronomia francesa, tão refinada e, ao mesmo tempo, tão eficaz. Pesquisando mais tarde, descobri que esse prato foi criado no século XVII pelo chef do cardeal Richelieu e servido ao controverso religioso no almoço das sextas-feiras até o fim de sua vida. Essa deliciosa omelete sumiu dos cardápios até que o chef Verdun a reinventou de forma magnífica para os paladares modernos.

— Fácil de responder. A omelete com bochechas de bacalhau.

O chef Verdun estava com o garfo a caminho da boca, mas parou um instante.

— Concordo. Quase todo mundo prefere a *poularde Alexandre Dumas,* mas eu acho um prato exagerado, muito ópera *buffa*. A omelete, tão simples, sempre foi meu prato preferido. Hassan, só nós dois achamos isso.

Nos anos seguintes, o chef Verdun e eu nos encontramos bastante. Mas não quero exagerar a nossa proximidade, pois acho que ninguém, nem mesmo a mulher dele, jamais conseguiu entender a grande energia daquele homem. Ele era um enigma, sempre escapando da nossa garra. Mas Verdun e eu tínhamos um respeito profissional recíproco, profundo e duradouro. Diria até, uma afeição sincera. Essa amizade vem à tona quando penso naquela época, no dia seguinte à segunda estrela aparecer no *Guia Michelin*, quando Verdun apareceu no restaurante de repente.

Era final da tarde e, sem eu saber, ele combinou com o resto da equipe (meio inconveniente, mas Paul era assim) de me sequestrar à tarde, deixando o trabalho da noite por conta do eficiente Serge.

Espumei de raiva, insisti que precisavam de mim no restaurante, mas Paul apenas dizia *"oui, oui"* como se acalmasse uma criança rebelde até me obrigar a entrar no banco do carona de sua Mercedes.

Minha equipe acenou da porta do restaurante e sumiu numa névoa quando Paul pisou no acelerador e partimos numa velocidade assustadora rumo ao aeroporto de Orly. Ele sempre dirigiu como um louco.

Um avião particular nos aguardava na pista. Só depois de embarcarmos, Paul disse que a melhor comemoração pela segunda estrela estava garantida — o que significava, naturalmente, uma rápida ida a Marselha onde jantaríamos bons peixes. Ele tinha convencido um amigo banqueiro em Londres a nos emprestar seu jato Gulfstream.

Naquela noite, Paul e eu jantamos no Chez Pierre, aquele restaurante do Velho Mundo instalado nos rochedos do porto de Marselha. Nossa mesa ficava ao lado da enorme janela arredondada. Chegamos quando o sol parecia um *sorbet* de manga afundando no horizonte; as ondas platinadas do Mediterrâneo batiam acalentadoras nos rochedos abaixo de nós.

Chez Pierre era um restaurante da velha guarda, decorado com simplicidade, com mesas firmes cobertas de toalhas brancas e pesados talheres de prata. O garçom idoso, de brilhantina nos cabelos, trouxe para a nossa mesa um saca-rolha de prata, dentado. Paul e o garçom fizeram graçolas como velhos amigos e Paul pediu uma garrafa de champanhe Krug 1928.

Reverentes, aguardamos a garrafa da safra antiga ser aberta, a espuma dourada correr para a borda da taça e mostrar sua idade avançada. Mas surpresa mesmo foi quando levamos a *flute* aos lábios. O champanhe estava tão fresco e borbulhante como uma noiva ruborizada e não dava sinal de estar perto da aposentadoria. Pelo contrário. O champanhe me deu vontâde de cantar, dançar, me apaixonar. Perigoso, pensei.

Começamos, claro, com uma chávena de sopa de peixes de Marselha antes de passarmos a um delicado prato de mariscos pequenos como unhas de bebê, as translúcidas conchas cultivadas na própria gruta do restaurante, sob o imponente rochedo. Como prato principal, *loup de mer* grelhado em espetos de erva-doce e depois imerso em Pernod morna pelo garçom que, com uma toalha no antebraço, flambou o peixe na nossa mesa usando um fósforo comprido e serviu o prato com os espetos de erva-doce e fatias de limão em volta do peixe ainda assando.

Rimos e conversamos noite adentro até o mar do lado de fora parecer tinta de lula. Barcos pesqueiros de sardinha e cavalinhas, enfeitados de luzes, saíram do porto para a pesca noturna; ao longe, um navio petroleiro parecia um cubo de açúcar iluminado na parte mais escura da água negra.

Naquela noite, soube que o pai de Paul costumava ler para ele *Le maître d'armes* e *O conde de Monte Cristo*, daí o chef ter batizado seu famoso prato com o nome de Alexandre Dumas. Em parte, era também o motivo para estarmos ali. Naquela noite mágica, o castelo de If, a ilha-presídio e a fortaleza onde se passavam as aventuras de *O conde*, estavam do outro lado da nossa janela na baía de Marselha. O rochedo cinza e os muros da fortaleza pareciam encantados sob uma guirlanda de luzes.

O champanhe soltou nossas línguas e, como se sabe, *in vino veritas*: finalmente, vislumbrei alguns fatos pessoais por trás do famoso e extrovertido Paul Verdun. Foi quase no final do jantar, quando degustávamos uma torta leve de amêndoas com goles de conhaque desentupidor do nariz. Paul então perguntou, calmo, se eu já tinha ido à Maison Dada, em Aix-en-Provence, o restaurante minimalista do novo e festejado chef Mafitte. A insegurança em sua voz, mesmo com tanta bebida, ficou evidente.

Na época, Charles Mafitte surgia como o líder artístico do movimento pós-moderno de desconstrução dos pratos. Usava utensílios de óxido nitroso — o que era, no mínimo, incomum no meio da parafernália das cozinhas, para criar sua marca registrada: espuma cristalizada (espuma dura feita com ovos de ouriço, kiwi e erva-doce) ou uma tigela da deliciosa massa feita apenas com queijo gruyère e maçãs *reine des reinettes*. A técnica criada por ele fazia a redução completa dos ingredientes quase a nível molecular, antes de juntar uma estranha mistura de comidas derretidas em criações inteiramente novas.

Confessei então que, alguns anos antes, fiz uma inesquecível refeição na Maison Dada com minha então namorada, a coxuda Marie, que tinha cheiro de cogumelos. Por onde começar a contar? O chef Mafitte pulverizou pastilhas para garganta Fisherman's Friend e usou esse ingrediente bizarro como base para as jujubas de lagosta, um prato incrível, servido com sorvete de trufas. Até as clássicas coxinhas de rã, o arquétipo do prato campestre francês, haviam sido transformadas pela arte do chef Mafitte, ficando irreconhecíveis. Ele desossou e caramelizou as coxinhas em suco de figo e vermute seco e serviu-as com uma bomba de polenta com fatias de *foie gras* e romãs. Nada dos clássicos ingredientes das coxinhas — alho, manteiga ou salsa. Perguntei a Marie o que ela achou do jantar e ela respondeu "*Zinzin*", gíria parisiense que significa "uma loucura". Confesso que minha leiga vendedora de loja conseguiu resumir nossa experiência gastronômica, antes daquele conhecido mulherengo boliná-la por baixo da mesa.

Contei tudo isso para Paul e ele foi ficando triste como se intuísse pela minha conversa animada que aquele chef de rápida ascensão um dia se tornaria seu algoz, julgando ultrapassada a cozinha clássica francesa que Paul amava de todo o coração e defenderia até a morte.

Mas conteve-se.

— Está bem. Estamos aqui para comemorar sua segunda estrela, Hassan. Agora, termine sua taça. Vamos para as discotecas.

Paul engoliu seu conhaque e disse:

— Levante-se, d'Artagnan, está na hora de experimentarmos as putas de Marselha, de justificada fama.

Não sei quanto ele bebeu na nossa comemoração, mas aquela foi uma das mais divertidas e memoráveis noites da minha vida.

Um ano depois, eu estava na Normandia falando com um fornecedor e passei na casa de Paul, em Courgains. A mulher dele, Anna Verdun, me cumprimentou séria à porta — era conhecida por não apreciar muito os amigos de Paul, preferindo gastar sua energia com os clientes mais famosos e os parasitas. Após aquela recepção fria, Madame Verdun mandou uma jovem criada me acompanhar até a toca de Paul, nos fundos da casa.

Segui a criada pelos corredores da casa burguesa do século XIX, com paredes cobertas de fotos e recortes de jornais emoldurados que documentavam a entrada segura de Paul no mundo da alta gastronomia. Vi então um rabisco em lápis de cera com uma letra que me pareceu familiar. A moldura em questão guardava uma dedicatória à mão, escrita na década de 1970, dizendo "A Paul, meu caro amigo, o grande açougueiro de Courgains que um dia vai surpreender o mundo. Lute a boa luta. *Vive la charcuterie française!"*

Assinado, simplesmente, "Gertrude Mallory".

E assim, por fim, chegamos ao período mais importante. Eu tinha 35 anos quando Le Chien Méchant recebeu a segunda estrela e, nos anos seguintes, passei por um impasse criativo. Trabalhava muito, mas não progredia, como se o frescor e o cuidado com que comecei a trabalhar lá tivesse ficado cristalizado devido à repetição constante.

Naquela fase, admito que nosso restaurante recebeu algumas críticas medíocres, mas a velha chama ainda queimava em algum lugar. Quando fiz 40 anos tive uma inquietação perigosa, uma necessidade de fazer algo mais emocionante.

Eu queria uma grande mudança.

Encontraram papai morto no chão, de roupão de banho, rodeado de pratos e tigelas de vidro quebrados. Titia e o médico dele forçaram-no estupidamente, aos 72 anos, a fazer uma dieta rigorosa, e ele não comia nada. Acordou com o estômago roncando e desceu para a cozinha no meio da noite para comer alguma coisa. Abriu a geladeira e enfiou a cabeça dentro; segundo a autópsia, ele engoliu as sobras com tanta sofreguidão que um pedaço de coxa de galinha entalou na garganta.

Assustado com o bloqueio da passagem de ar, ele andou pela cozinha em pânico, até cair. Ataque fulminante do coração. Por sorte, morreu antes de chegar ao chão.

Todos nós achávamos que papai iria viver para sempre e seu enterro em Lumière até hoje é uma imagem desolada e desfocada. A família inteira ficou muito pesarosa e eu fiquei tão triste, com os olhos inchados pelas lágrimas incessantes, que não notei como Madame Mallory estava fraca, apoiada no braço de Monsieur Leblanc, no fundo do cemitério. Só vi que havia centenas de pessoas, muitas vindas de longe, até de Clairvaux-les-Lacs, com chapéus nas mãos e cabeças abaixadas em respeitoso luto.

No final das contas, meu pai os conquistou.

Dois meses depois, descendo do sótão, Madame Mallory tropeçou, caiu da escada, quebrou as pernas e várias costelas. Morreu semanas depois, de pneumonia, confinada no leito do mesmo hospital que, vinte anos antes, tinha tratado as minhas queimaduras.

Fico envergonhado e triste por nunca ter voltado ao Jura para me despedir de forma adequada da minha mestra, mas não podia. Havia coisas demais acontecendo em Paris. A vida sempre tem surpresas e depois de ter tanta sorte parecia que estava novamente na hora de eu dar uma virada à indiana.

O mundo que conhecíamos acabou completamente quando as telas de tevê deram a surpreendente notícia de que as bolsas do mundo estavam despencando.

Os economistas têm explicações sobre o que ocorreu nessa fase negra, mas gosto de pensar que o mundo reagia ao fato de Abbas Haji e Gertrude Mallory não estarem mais aqui, e terem finalmente sido chamados para o abate.

Uma depressão global era a única reação adequada.

Capítulo Catorze

Era sábado, fazia vinte anos que eu estava em Paris. Fui ao mercado de produtores da place Maubert comprar duas lindas mangas importadas embrulhadas em papel roxo e cuidadosamente colocadas numa caixa de madeira como orquídeas raras. Meu celular tocou: era Mehtab avisando que Paul Verdun havia morrido num acidente de carro.

Mehtab ligou exatamente quando eu pagava o caixa sob o toldo da barraca, de modo que não consegui responder à notícia brutal, mas ela continuou falando com a voz agitada.

— Encontraram o corpo no fundo de um precipício, perto de Courgains. Morto, simplesmente. O carro, amassado como um pão *nan*. Hassan, está ouvindo?

A vendedora na barraca me entregou o troco.

— Não posso falar — respondi, e desliguei o celular.

Passei algum tempo em choque, pensando no que ia ser de nós. O mundo parecia estar se acabando e uma frase sem sentido e sem graça, *fim de uma era*, ficou na minha cabeça.

Mas Paris não para e o mercado da place Maubert continuou funcionando com seu comércio animado. Era começo de maio e casais com sacolas cheias de alhos e pernis de carneiro esbarravam em mim. Uma Vespa buzinou irritada com a minha imobilidade de estátua antes de me contornar.

Detalhes estranhos ainda estão na minha cabeça: policiais usando patins e comendo folheados de queijo, migalhas de farinha caindo nos uniformes azuis; frangos dourados girando no forno elétrico com os vidros amarelados de gordura. Até o mercado cheirava a queijo Comté maduro. A calçada em frente tinha um cesto de vime cheio de garrafas de vinho argentino de Mendoza. Nem mesmo os norte-africanos oferecendo uma grande fraqueza minha — vidrinhos de açafrão turco ou iraniano, que pareciam conter cocaína — me tirariam do meio da rua, onde eu estava grudado como musgo na pedra.

Mas era impossível fugir ao fato: junto com o chef Verdun, morreu um importante ramo da cozinha francesa clássica. Ele era um dos seus últimos e autênticos defensores.

Foi aí que uma mulher mal-humorada, com cara de figo, esbarrou em mim de propósito e fiquei furioso. Recuei e ela se afastou berrando:

— Árabe sujo.

O xingamento da mulher me fez voltar à rue des Carmes. Pela primeira vez, prestei atenção na indiferença parisiense que me rodeava no mercado, tão tipicamente sem cerimônia, como se nada importante tivesse acontecido.

Fiquei muito magoado. Paul Verdun era um tesouro nacional e até eu, um estrangeiro, sabia que, na colina, os sinos do Panteão deveriam dobrar, mostrando o grande pesar da nação. Mas sua partida foi lamentada apenas com um dar de ombros gálico. Eu devia ter percebido que aquilo ia acontecer. Semanas antes, o *Gault Millau* tinha rebaixado Paul de 19 para 15 pontos em 20, um brutal lembrete de que os críticos e clientes atuais estavam obcecados com o cubismo culinário do chef Charles Mafitte.

Com a minha ascendência, seria lógico que eu fosse atraído pela "cozinha global" do chef Mafitte, que parecia se divertir combinando os mais estranhos ingredientes dos cantos mais exóticos do mundo. Mas se eu fosse dobrar em alguma direção, seria a do classicismo francês de Paul. O laboratório de criações de Charles Mafitte era muito original e criativo, às vezes até impressionava, mas eu tinha de concluir que suas habilidades culinárias eram, no final, a vitória do estilo sobre o conteúdo. Sem dúvida, foi sua culinária química que tocou os críticos e o público nos últimos anos e, queira ou não, a comida classicamente enfeitada de Paul era passado. Na comparação, parecia completamente anacrônica. Mas Paul fazia uma comida substancial, de sangue, ossos e carne. Eu ia sentir muita falta dele.

Porém estava tudo acabado. E, teimoso como eu era, estando no mercado no sábado de manhã, concluí que não podia fazer outra coisa senão voltar para casa, ligar para a viúva e expressar meus pêsames. Assim, com a caixa de mangas embaixo do braço e cheio de uma abstrata sensação de perda, voltei para o restaurante no alto da rue Valette.

Ao subir a colina, depois dos prédios residenciais de fachada lisa na rue des Carmes marcando a ascensão do socialismo francês de pós-guerra, passei por um varal de calcinhas de criança penduradas entre dois balcões. Foi aí que a moradora do térreo do prédio de classe operária abriu a janela da cozinha e me envolveu numa nuvem de tripas à moda de Caen, vinda da panela de ferro no fogão.

Foi esse telúrico cheiro de tripas e cebolas que tirou das profundezas um feixe de lembranças e, naquele instante, meu amigo Paul — não o chef Verdun de três estrelas — ressuscitou para mim.

Pois lembrei que, anos antes, não querendo viajar sozinho, Paul me convenceu a fazer uma viagem em busca de produtos na Alsácia, fronteira com a Alemanha. Ele dirigiu sua Mercedes prateada pelo campo a toda velocidade. Era incrível como ele nos envolvia nas coisas com seu jeito obsessivo. Até uma tarde, quando tive um ataque depois de inúmeras subidas e descidas por caminhos lamacentos até fazendas remotas, onde tínhamos provado mais umas Gewürztraminer, ou um mel com infusão de timo, ou uma salsicha defumada.

— Chega — berrei. E acrescentei com voz gélida que não aguentava mais nem uma fazenda, a menos que ele parasse para um refeição tranquila e sem pressa.

Chocado com minha rara demonstração de dureza, ele concordou, e entramos numa sonolenta cidadezinha cujo nome esqueci.

Lembro que o bistrô onde jantamos era enfumaçado, com paredes revestidas de madeira escura e um bar com bancada de zinco, onde um casal estava abraçado sobre *ballons* de vinho. Lembro também que o lugar cheirava a madeira podre e *pastis* derramado. Ficamos na mesa dos fundos, sob um espelho manchado. Um rapaz entediado, com um Gitane pendurado na boca, anotou nossos pedidos enquanto uma idosa de vestido sujo arrastava os pés pela cozinha.

Paul e eu pedimos tripas, o prato do dia, que foi servido em tigelas lascadas, jogados de qualquer jeito na nossa frente. Comemos em silêncio, mergulhando cascas de pão no ensopado e engolindo tudo com um Pinot Gris de fabricação local, bebido ruidosamente em copos de vidro que ficavam junto aos nossos cotovelos.

Paul empurrou sua tigela vazia e suspirou de satisfação. Estava com uma gota de molho no queixo como uma pinta culinária e percebi então que a tensão que formava rugas profundas no rosto dele tinha sumido por milagre.

— Nunca, em nenhum restaurante três estrelas da França, você vai comer algo melhor — disse. — Nós trabalhamos duro até ficarmos exaustos. Mas falando francamente, nada que fazemos jamais será tão bom quanto isso, uma simples tigela de tripas. Certo, Hassan?

— Tem razão, Paul.

Só quando lembrei disso, no triste dia de seu acidente de carro, tive finalmente a decência de assumir o drama daquela morte, e realmente sentir a dor da perda naquela tragédia inacreditável.

Paul não existia mais.

E foi assim, no meio da subida da rue Valette, que meu paladar exigiu uma homenagem ao chef Verdun. Senti, no fundo de minha língua, os sabores e texturas do *crayfish* que ele preparava, uma obra de arte com fatias finas como tiras de papel de fígado de ganso grelhado colocadas delicadamente no meio da carne rosa-pudenda de crustáceos de água doce.

Na manhã seguinte, fui acordado por estorninhos conversando perto da janela. Quando coloquei os pés no chão, tive a impressão de levar uma martelada na cabeça. Todos os recentes falecimentos e o fim da antiga ordem econômica que víamos no noticiário diariamente eram como se toda essa morte e destruição tivessem se instalado dentro dos meus ossos. Eu estava muito cansado, arrastando os pés e quando saí do apartamento, tive de parar no La Contrescarpe, na rue Lacépède, para tomar mais uma xícara de café e conseguir chegar ao restaurante.

Marc Bressier, um conhecido que era gerente principal da *brasserie* Arpège, de três estrelas, já estava na nossa mesa de sempre, sob o toldo verde, comendo uma omelete. Cumprimentou-me quando puxei uma cadeira.

Àquela hora da manhã, a place de la Contrescarpe não tinha turistas. Quando o garçom veio, pedi um café duplo e um brioche. Um gari dirigia um carrinho verde que zunia em volta da fonte da praça, limpando as pedras com água pressurizada e empurrando excremento de cachorro e pontas de cigarro para o esgoto. Um mendigo dormia na calçada mais longe, sob uma moita, com a cabeça grisalha apoiada no braço, totalmente indiferente ao esguicho que vinha na direção dele.

O chefe-proprietário do Montparnasse, André Piquot, puxou uma cadeira ao mesmo tempo que as venezianas no bar do outro lado da praça se abriram. O barulho fez um bando de pombos voar sobre as casas.

— *Salut*, Hassan. *Ça va*, Marc?

— *Salut*, André.

Não conseguimos falar em outro assunto senão Paul. André pegou o celular e acessou com os dedos grossos as últimas notícias, que leu para nós. Havia muitas perguntas não respondidas sobre o acidente: a ausência de marcas de pneu na estrada dava a entender que ele não freou antes de cair. O carro tinha acabado de ser revisado, portanto, nenhuma falha técnica explicava a perda de controle do volante numa estrada que Paul conhecia como a palma da mão. Além disso, um fazendeiro na estrada assistiu o acidente e disse que o carro parecia acelerar e não frear, quando foi direto para o precipício e despencou. As investigações prosseguiam.

— Ainda não acredito, ele parecia tão cheio de vida.

— O que acha, Hassan? Você era amigo dele.

Dei de ombros, como fazem os franceses.

— Ele era um mistério para mim, como para você.

Passamos a falar sobre a próxima passeata contra o imposto especial para a indústria de restaurantes, tema então que interessava muito ao nosso mundo.

— Esteja lá, Hassan, por favor. Como diretor do Sindicato do Comércio de Mercearia e Gastronomia, preciso de presenças no protesto. Por favor, leve a sua equipe — pediu Piquot.

— Precisamos nos unir — acrescentou Bressier.

— Sim, prometo ir.

Era hora de partir. Apertei a mão deles, atravessei a praça e notei que mais duas lojas estavam fechadas, uma perfumaria e uma lanchonete. Desci a íngreme rue Descartes, tendo de me esquivar de quadros cobertos com lonas sendo entregues na galeria Rive Gauche e carregados com muita gritaria e teatro. Lembrei de quando Paul e eu passamos uma tarde no Museu d'Orsay, para, como ele disse, "*source d' inspiration*".

Naquele dia, ele estava em boa forma, mais sedutor que nunca. Foi uma tarde muito agradável, apesar de andarmos pelo museu em diferentes tempos: quando eu entrava numa sala, via a cabeça grisalha de Paul já passando para a outra.

À certa altura, sentei sozinho em frente ao quadro *A refeição*, de Gauguin, pintado pouco depois do grande artista chegar ao Taiti. Segundo os especialistas, a obra não é das melhores do autor, mas lembro de sua enorme simplicidade: três nativos, bananas, tigelas sobre uma mesa. Fiquei espantado, pois me fez concluir que só um verdadeiro mestre podia tirar toda a arte e o drama óbvios e deixar no prato os mais simples e puros ingredientes.

Paul acabava sempre voltando para me encontrar e, animado como uma criança, dizia que eu "tinha que ver" o quadro de Fulano, na sala seguinte; e saía de novo assim que eu prometia ver. Em determinado momento, ele sumiu completamente sem deixar sinal. Fui encontrá-lo no terceiro andar do museu.

Estava parado na frente de um quadro no canto esquerdo do grande salão. Não sei há quanto tempo estava ali, mas não se mexeu quando me aproximei. Continuou olhando, pasmo, a imagem que parecia prender sua imaginação.

O quadro não era especialmente bom, pensei na hora, mas volta agora bastante nítido à minha memória. Mostrava um rei barbado em seu trono, com a rainha ao lado. Os dois estavam abalados, pensando no que seria deles. Uma enorme e vazia parede cinza parecia para sempre atrás deles, uma vela de igreja estava apagada e largada no chão na frente do casal distraído. O quadro, de Jean-Paul Laurens, se chamava apenas *Excomunhão de Roberto, o Piedoso*.

Depois de vários minutos, como ele não notou minha presença nem quando me mexi e pigarreei, chamei:

— Paul?

Ele piscou duas vezes e virou-se para mim.

— Pronto? Meu Deus, é como andar como uma senhora idosa, você é tão lento. Que tal tomarmos um drinque em um barzinho que conheço aqui perto?

Entrei, furtivo, pela porta da frente do Chien Méchant e Jacques, meu maître, estava na mesa do saguão, ocupado em empilhar os pêssegos dourados que acabavam de chegar de Sevilha. A mesa iluminada por um spot era a primeira coisa que os clientes viam ao entrar no corredor escuro do restaurante e todos os dias nós arrumávamos com gosto figos, abacaxis, mangas frescos e potes coloridos cheios de morangos. No meio da pilha de frutas viçosas, colocávamos um prato de salsichas defumadas ou delicados e esfarelantes doces do dia sob uma redoma de vidro, de modo que o contraste de cores e texturas desse água na boca. O único objeto permanente era um faisão empalhado com brilhantes olhos de vidro e uma longa cauda que se abria majestosamente sobre a mesa de madeira polida. Havia também dois jarros antigos de cobre, com bordas de prata martelada, colocados de forma estratégica.

De terno azul, Jacques empilhou o último pêssego e virou-se para mim quando entrei.

— Chef! O senhor não vai acreditar. Descobri quem eles são.

De novo, fui invadido por uma enorme sensação de cansaço.

— É um casal jovem, com certeza.

Jacques me fez ir até ao pódio onde ficava sua mesa, com o caderno de couro de pesquisa para ver uma porção de fotos instantâneas.

— Vê? Está tudo aqui, olhe.

Jacques costumava ser um homem muito elegante e discreto, mas perdia as estribeiras quando se tratava de críticos de restaurantes. Ele os odiava. Na verdade, sua maior ambição era desmascarar os inspetores anônimos do *Michelin* que, sem se identificarem, faziam avaliações para as cobiçadas estrelas do guia. Nos últimos anos, a estratégia de Jacques era fotografar, na saída do restaurante, os clientes que ele achava serem críticos do *Michelin*. Depois, levava as perigosas fotos para os restaurantes, *brasseries* e bistrôs baratos que faziam parte do Bib Gourmand e eram os preferidos dos inspetores do *Michelin*, segundo eles mesmos diziam e onde levavam suas famílias nos dias de folga.

Durante anos, Jacques jantava sempre nos despretensiosos restaurantes do Bib Gourmand e comparava suas fotos com os fregueses. Claro que isso era *complètement fou*, igual a procurar agulha em palheiro, e aquela era a primeira vez que descobria alguém.

— Veja só, é o mesmo casal jovem que jantou aqui no dia quatro e, quatro dias depois, estão no Chez Géraud, no XVI *arrondissement*. Tenho certeza que são inspetores do *Michelin*. Ele tem um ar meio zombeteiro. O que acha?

— É, pode ser, mas...

— Bom, tenho certeza.

— São o filho e a nora do chef Dubonet, de Toulouse. Estiveram em Paris fazendo uma pesquisa para abrir um bistrô. Eu mesmo mandei os dois irem ao Chez Géraud.

Jacques ficou desapontado.

Tentei sorrir, solidário, mas foi sem entusiasmo e saí logo, antes que ele falasse mais de sua estranha obsessão.

O arranjo de jasmins no centro perfumava de leve o salão e eram de Chez Antoine, no VI *arrondissement*, colocado entre o mar de mesas com a intenção de dar um toque perfumado e suave. A louça do restaurante foi feita, com desenho meu, por Christian Le Page; os pesados talheres de prata também foram feitos sob encomenda pela fábrica administrada por uma família em Sheffield, na Inglaterra. Os cristais marca Moser eram manufaturados no norte da Boêmia. As toalhas e guardanapos de linho macio não eram feitos à máquina na Normandia, mas em Madagascar, bordados por mulheres de Antananarivo. E tudo com que os clientes tinham contato (das taças de vinho até a caneta Caran d'Ache para assinar a conta) tinha a marca Le Chien Méchant, que era um pequeno buldogue latindo. Mallory me ensinou que os detalhes fazem o restaurante e ninguém podia dizer que não aprendi, pois coloquei até banquinhos de mogno sob as mesas para as mulheres poderem colocar suas preciosas bolsas.

Minha equipe do salão estava abrindo as toalhas e esticando-as nas mesas; as caixas de som escondidas tocavam suavemente "What Am I Here For?" com Duke Ellington. Um aprendiz enxugava cristais no aparador e viu que eu observava o salão do lado escuro do restaurante; cumprimentou-me, respeitoso, quando a taça entalhada que segurava brilhou à luz.

— *Bonjour*, chef — disseram vários garçons quando passei pelo salão.

Acenei e empurrei as portas da cozinha, nos fundos.

Serge, o *chef de cuisine*, estava no fogão segurando pelas alças uma pesada panela de ferro coberta com uma toalha, despejando gordura de ganso quente numa tigela de cerâmica. A cozinha estava com cheiro forte de cebolinhas recém-cortadas e caldo de peixe no fogo lento. O aprendiz Jean-Luc, de 16 anos, que veio de uma fazenda na Normandia, apenas olhava, ao lado de Serge até que este rosnou:

— Ponha uma luva e me ajude!

Assustado com a ordem inesperada, o aprendiz virou-se e Lucas, meu ajudante, surgiu ao lado, entregando a luva.

Assim que o rapaz ansioso enfiou as mãos dentro dela, gritou e sacudiu a mão, fazendo voar pela cozinha a luva que continha tripas de ovelha. Toda a equipe gargalhou, inclusive Serge, com sua cara vermelha, que riu tanto que balançou o corpo todo e teve de se apoiar na bancada. O aprendiz tentou sorrir e fingir que tinha gostado, mas ficou pálido, exceto pelas orelhas salientes, que estavam arroxeadas. Brincadeiras e tapas nas orelhas, foi assim que Serge conquistou a jovem equipe.

Naquele momento, eu não estava com paciência para as esquisitices de Serge. Saí da cozinha e subi a escada espiral que levava ao meu escritório e à contabilidade, no segundo andar.

Maxine, uma das contadoras, que usava os cabelos em um coque, no alto da cabeça, sorriu quando subi a escada. Acho que ia dizer algo delicado e sedutor por trás da tela do computador. Mas Mehtab, sentada à mesa ao fundo da sala, perguntou:

— Maxine, ainda não terminou as contas do mês passado? Meu Deus, anda logo com isso.

Maxine virou-se para minha irmã e disse, ríspida:

— Você me deu há dois dias, Mehtab. Não entregue atrasado para depois cobrar, não é justo. Estou fazendo o mais rápido possível.

Baixei a cabeça e acenei vagamente para as duas; passei rápido pela sala, entrei no meu escritório e fechei a porta.

Finalmente a sós, desmontei na cadeira giratória da minha mesa.

Passei alguns minutos olhando a coleção, que ia do chão ao teto, de livros de culinária antigos e o valioso arquivo que Madame Mallory deixou para mim e que ocupava a metade da sala. Peguei as anotações de Auguste Escoffier, o grande chef cujo rascunho para um jantar no Savoy, em 1893, comprei num leilão da Christie's e estava cuidadosamente emoldurado sobre a mesa. Olhei o interessante agradecimento manuscrito do presidente Sarkozy pendurado ao lado da porta junto do meu diploma da Escola de Hotelaria de Lausanne. Olhei todas aquelas coisas preciosas, que sempre me davam muita alegria e, mesmo assim, não consegui evitar.

Minhas mãos tremiam.

Não estava me sentindo bem

Capítulo Quinze

— Estou furiosa, furiosa.

Madame Verdun, pasma com a própria veemência, voltou a atenção para a mesa de centro e serviu-nos um pouco de chá na louça que havia sido da avó. Ela estava sentada na beirada do sofá de seda branco estranhamente bordado com aves-do-paraíso, e a imagem que me vem agora é de uma mulher zangada, de costas eretas numa nuvem de *chiffon* preto, com os cabelos presos num intrincado casulo de fios muito bem enroscados e translúcidos, como se um chef tivesse pego açúcar e, com ajuda de um maçarico, colocado filamentos adocicados em sua cabeça.

O jardim que aparecia por trás da viúva era um mar de flores coloridas — camélia, artemísia selvagem e mirtilo — e tentei impedir que minha atenção passasse por cima do ombro dela e fosse para aquele cenário encantador lá fora. Confesso que não consegui, já que tentilhões e esquilos iam e voltavam de um bebedouro para passarinhos, e um bando de borboletas flutuavam bêbadas numa confusão púrpura de uma flor-de-mel. Tudo parecia bem mais interessante do que a penumbra da sala particular de Madame Verdun, onde a morte de Paul pesava, o piso de pedra era frio e as luzes tinham sido reduzidas, pois a casa estava de luto.

— Jamais o perdoarei. Quando o Senhor me chamar, farei Paul pagar pelo que fez. Prometo a você que aquele meu marido vai ouvir bastante. Ou coisa pior.

Os dedos brancos e ossudos seguraram o cabo do bule de chá.

— Uma pedra de açúcar ou duas?

— Duas, com leite, por favor.

A viúva me entregou a xícara, serviu-se e ficamos vários minutos num estranho silêncio, o único som era das colheres de prata mexendo o chá.

— Ainda não descobriram o que aconteceu? Ele não deixou bilhete? Não apareceu nada depois?

— Não — respondeu Madame Verdun, amarga. — Existe um testamento, feito há alguns anos, mas nenhum bilhete suicida. Talvez ele tenha se matado. Talvez, não. Provavelmente, jamais saberemos.

Apertei os lábios. Sempre achei que o jeito *démodé* de Madame Verdun falar era para mostrar aos amigos de Paul que ela era superior ao marido autodidata.

— Acho que sei por que ele morreu.

— Ah, é?

— É. Foi morto pelos inspetores do *Gault Millau* e do *Guia Michelin*. Eles têm sangue nas mãos... Se a polícia disser que foi suicídio e eu não receber o seguro de vida, vou processar esses guias por cada centavo. Estou consultando o meu advogado.

— Desculpe, não entendi.

Madame Verdun me deu um olhar vazio e colocou a xícara de chá num descanso ao lado de um livro sobre jardins etruscos. Inclinou-se e passou a mão na mesa de centro como se tivesse acabado de notar uma mancha úmida.

— Bom, chef, parece que o senhor é o único amigo de Paul que não sabia que a próxima edição do Michelin ia rebaixá-lo para duas estrelas. Um dia antes de morrer, um repórter do *Le Figaro* ligou para comentar o fato com ele. Havia boatos, claro, mas o repórter confirmou nossos temores: o diretor-geral do guia, Monsieur Barthot, acatou a decisão dos inspetores. Portanto, foi essa atitude totalmente injustificada e caprichosa de Barthot e sua equipe que matou Paul, direta ou indiretamente. Tenho certeza. Paul não podia enfrentar a opinião deles, claro. Você devia vê-lo nas últimas semanas, desde que o *Gault Millau* reduziu-o a 15 pontos. Estava arrasado. E a frequência do restaurante caiu assim que o guia publicou seu ranking... Quando penso nisso, fico muito irritada. Mas você vai ver só, vou ensinar umas coisinhas para o *Gault Millau* e esse Barthot. Considero-os pessoalmente responsáveis pela morte de Paul.

— Eu não sabia. Lamento muito.

Nosso silêncio encheu de novo a sala.

Mas as sobrancelhas arqueadas, muito bem riscadas a lápis e o olhar triste de Madame Verdun deram a entender que ela esperava que eu dissesse mais alguma coisa. Então acrescentei, nervoso:

— Claro que os críticos se enganaram. Não há dúvidas. Se eu puder ajudar, por favor me diga. Sabe o quanto eu admirava Paul...

— Ah, que gentileza a sua. Sim, deixe-me ver... Sim, estamos recolhendo depoimentos dos colegas dele. Parte do preâmbulo para o processo.

A curvatura dos lábios dela indicou que meu status de duas estrelas não bastavam para uma tarefa tão importante, e que ela pensava em outro encargo.

— Não sei se esse seria o melhor uso para os seus talentos — disse ela, enfim.

Olhei para o relógio de pulso. Se saísse nos próximos dez minutos, ia enfrentar a hora do rush, mas ainda chegaria ao restaurante antes do turno da noite.

— Madame Verdun, a senhora me chamou por um motivo, não? Por favor, pode falar, somos amigos. Sabe que gostaria de ajudar Paul no que for possível.

— Sim, tinha um motivo. Como o senhor é perspicaz.

— Pois diga.

— Vamos fazer uma cerimônia em homenagem ao meu falecido marido.

— Claro.

— Era desejo dele. Deixou instruções no testamento, dizendo que queria um jantar para cem amigos, chegou a depositar uma quantia em banco para essa homenagem. Você sabe que Paul sempre foi um pouco esquisito e devemos interpretar livremente a palavra "amigos". A lista de convidados no testamento é um verdadeiro *Quem é quem* na alta culinária francesa, com os melhores chefs, os melhores clientes e críticos, embora ele não suportasse a maioria deles... Sinceramente, é um pedido esquisito.

A máscara escorregou e Anna Verdun ficou de repente tomada pela tragédia da morte do marido. Precisou se calar por alguns instantes.

— Escute, você convidaria seus inimigos para homenageá-lo após sua morte? Eu não entendo, deve ser uma espécie de exibicionismo no túmulo, não sei. Simplesmente não sei. Na verdade, nunca entendi meu marido direito. Nem na vida nem na morte.

Foi a primeira e única vez em que tive um lampejo do que havia por trás daquela aparência gélida e daquele olhar perplexo; a dor da incompreensão me tocou muito e, instintivamente, estiquei o braço para segurar sua mão.

Ela não gostou nada, tirou a mão, assustada com aquele contato físico e disfarçou o constrangimento procurando um lenço.

— Como foram os últimos desejos de Paul, então vou atender.

Encostou o lenço no canto dos olhos, assoou o nariz e colocou o lenço de novo dentro da manga de *chiffon*.

— Nas instruções detalhadas que deixou, Paul pede, nas palavras dele, "o mais talentoso chef na França para fazer minha despedida".

Ela olhou para mim. Eu olhei para ela.

— E?

— Bem, acho que ele se referia a você. Para ser sincera, não sei por que admirava tanto você, afinal só tem duas estrelas, não é? Uma vez me disse que você e ele eram os dois únicos autênticos da França. Perguntei o que isso significava, respondeu que eram os únicos chefs do país que entendiam realmente de comida e os únicos que podiam salvar a culinária francesa dela mesma.

Claro que era uma observação exagerada e ridícula, tão característica de Paul, mas a viúva deu um sorriso trêmulo e, contra a vontade, esticou o braço sobre a mesa para tocar minha mão.

— Hassan, posso lhe chamar assim? Será que você pode preparar o jantar em homenagem a Paul? Faz isso por mim? Seria um alívio saber que o jantar está em suas mãos competentes. Claro, você não precisa ficar na cozinha, deve estar com todos nós, mas seria *merveilleux* se pudesse criar o cardápio, como Paul queria. É pedir muito?

— Não, fico muito honrado, Anna. Está feito.

— Que gentileza. Fico aliviada. Imagine, jantar para cem *gourmands*. Que peso para uma viúva. Não estou em condições de organizar algo assim.

Nós nos levantamos, nos abraçamos formalmente e dei minhas condolências outra vez antes de sair depressa sem parecer mal-educado, pela porta da frente.

— Aviso a data da homenagem — disse ela, alto.

Fui andando rápido pelo cascalho até o meu surrado Peugeot mas, da porta, ela ainda falava enquanto eu procurava as chaves.

— Paul realmente gostava de você, Hassan. Uma vez me disse que "os dois eram feitos dos mesmos ingredientes". Achei a frase bem inteligente para um chef. Acho que via a si mesmo em você, mais jovem...

Bati a porta do carro, acenei sem jeito um adeus e saí tão rápido que o carro deve ter jogado uns cascalhos em cima dela. No para e anda pelas estradas secundárias da Normandia, pelos subúrbios de Paris, na periferia, depois na fieira de luzes do centro da cidade, só pensei em Paul, conscientemente ou não, matando-se.

— Não sou como você, Paul. Nem um pouco.

Proprietários de restaurantes de toda a França (segundo o cálculo da imprensa, 25 mil pessoas) foram à capital naquele fatídico dia da manifestação que começou no Arco do Triunfo. O ambiente era festivo, mesmo quando jornalistas e policiais sobrevoaram tudo de helicóptero como nuvens de tempestade. Jovens e bonitos profissionais, com seus enormes chapéus de chef e andando sobre pernas de paus, formavam a primeira fila da manifestação. Nós ficamos atrás, em filas ordenadas.

Faixas coloridas mostravam caricaturas de gordos políticos e chefs definhando, em vermelho, 19,6% de acréscimo no imposto, tabuletas dizendo BASTA despontavam aqui e ali no meio da multidão que aumentava rapidamente enquanto os organizadores, de aventais vermelhos e usando megafones, davam ordens para nós, das laterais.

Defendíamos uma boa causa. Por alguma razão política distorcida, os sanduíches do McDonald's eram isentos de imposto, mas restaurantes franceses do nível do Chien Méchant tinham de acrescentar 19,6% à conta do freguês. No final, um jantar no meu restaurante de duas estrelas, sem vinhos, mas degustando a alta culinária pela qual o lugar é conhecido, custava em média 350 euros por pessoa. Como se pode imaginar, o número de pessoas que pode pagar esse preço era pequeno e estava se reduzindo. O imposto foi cancelado por alguns anos, mas voltou. Assim, no auge da recessão, estava acabando com o nosso negócio e vários restaurantes conhecidos já tinham falido como o famoso Mirabelle, no VIII *arrondissement*.

Bastava. Tínhamos de reagir.

Naquele dia, o Chien Méchant estava bem representado entre as 25 mil pessoas. Meus braços direito e esquerdo, Serge e Jacques, ficaram quase na frente, de braços dados, prontos a percorrer a Champs-Elysées como dois navios-tanques corpulentos. Gostei também de ver minha chef de confeitaria Suzanne, dois *sous-chefs* e quatro garçons prontos a fazer sua parte. Mehtab não quis ir, achava que nós todos éramos bolcheviques, mas a contadora Maxine estava de braço com nosso garçom Abdul, olhando para mim, ansiosa. Até o jovem aprendiz Jean-Luc aceitou participar no seu dia de folga e, emocionado por vê-lo, fui agradecer.

— Chef! Que ótimo! — gritou Suzanne, acenando por cima dos manifestantes.

Eu não tinha tanta certeza. Por instinto, imigrantes costumam manter a cabeça baixa, sem reclamar. Minha inquietação naquela manhã aumentou ao encontrar o conde de Nancy. Ele fazia o passeio diário no Jardim das Plantas com seu terrier branco West Highland quando nos encontramos na esquina da rue des Écoles; o cachorro acabava de fazer suas necessidades e, satisfeito, jogava elegantemente uma areia imaginária em cima delas com suas esguias pernas traseiras.

O idoso conde, inclinado sobre o cachorro, disse:

— Muito bem, Alfie! — e tirou o lenço de linho do bolso do paletó para limpar o cachorro.

Claro que o momento era um pouco esquisito para falar com o banqueiro *gourmet*, mas seria pior fingir que não o vi. Então, pigarreei e disse:

— Bom dia, senhor conde.

O nobre se empertigou e olhou em redor.

— Aah, chef, é você... Suponho que vai marchar com o proletariado.

— Por favor, não é bem assim, senhor conde. Queremos impostos menores.

— Bom, você não é culpado — disse o conde, batendo nos bolsos, fingindo procurar um saco plástico. — Talvez todos nós devêssemos fazer isso. Sabe, meu antepassado Jean-Baptiste Colbert, ministro das finanças de Luís XIV, uma vez disse com muita propriedade, aliás, que o imposto era a arte de arrancar as plumas do ganso fazendo o menor barulho possível. Eles se mostraram rudes e gananciosos como açougueiros de província.

O conde ignorou o que o cachorro fez, embora uma placa na nossa frente avisasse que o parisiense deve limpar a sujeira feita por seu cão. Fomos descendo a rua e ele acrescentou, pensativo:

— Cuidado, chef. O governo vai deturpar a manifestação, pode ter certeza. Não tem nenhuma vocação para finezas.

Às 10h30, a massa que assumia diversas formas em volta do Arco do Triunfo parecia se solidificar e endurecer e, sob as ordens dos megafones e o som de alguns tambores e assovios, começamos a passeata de braços dados, cantando. Olhei nosso mar de faixas pela avenida e vi Alain Ducasse e Joel Robuchon perto. Eu estava cercado de restaurantes franceses e havia uma sensação positiva quase palpável.

Então, o aviso do conde me pareceu muito sombrio, dramático e deslocado. O sol brilhava e a polícia parecia entediada; junto aos parisienses que, pasmos, assistiam e acenavam das calçadas da avenida, havia ricas famílias sauditas e kuwaitianas, as mulheres usando burkas, com bandos de crianças.

Em menos de uma hora, a passeata chegou ao outro lado do Sena, em frente à Assembleia Nacional. Lá, como era esperado, um batalhão de policiais de capacete e escudo impediam nossa passagem, com grades de ferro formando um curral improvisado em forma de meia lua, impedindo que subíssemos os degraus da assembleia e perturbássemos o parlamento. Dentro do curral, foi instalado um palanque com microfone onde várias pessoas iriam discursar.

Os que estavam no meio da passeata deveriam ser o centro da ação, mas quando passamos pela place de la Concorde rumo à ponte, grupos de anarquistas surgiram do Jardim das Tulherias, com os rostos cobertos por lenços, e se infiltraram entre nós.

Não sei direito o que houve a seguir, mas pedras, coquetéis molotov e espoletas sibilavam no ar. Os policias, com escudos e cassetetes, avançaram imediatamente e nos empurraram pelo outro lado da ponte.

Seguiram-se bombas de gás lacrimogêneo, gritos, carros sendo incendiados e o horrível som de cassetetes acertando cabeças.

Ficamos encurralados, com a polícia de um lado e os anarquistas de outro.

A luta durou pouco, ninguém da minha equipe se machucou nem ninguém que eu conhecesse. A imprensa disse que, das 25 mil pessoas, noventa manifestantes e oito policiais foram levados para o hospital. Onze carros também foram incendiados.

Mas o terror (as cabeças ensanguentadas, a fumaça que cegava, os gritos) era assustador e atingia até o âmago das pessoas. Revivi meus medos do passado, de multidões com tochas na Napean Sea Road. Ao ver policiais montados entre a multidão, brandindo cassetetes, a bílis de pânico animal subiu dentro de mim. Segurei o braço do aprendiz Jean-Luc, que estava o meu lado, e obriguei-o a ir em direção a place de la Concorde e aos anarquistas.

Os anarquistas nos forçaram para o lado e descemos a escada que dava no Sena onde, por acaso, havia uma barcaça parada sob a ponte. O velho casal hippie na barcaça estava soltando as amarras para partir o mais rápido possível e fugir das sobras que caíam da ponte na água e no convés deles. Viram o nosso pânico e gritaram:

— Aqui, rápido.

Jean-Luc e eu pulamos com mais duas ou três pessoas, caímos no convés com um barulho surdo quando a barcaça estava saindo.

— Droga, droga — foi só o que o rapaz, trêmulo, conseguiu dizer por algum tempo.

A agitação na ponte foi aos poucos diminuindo e se distanciando, lembro do deslizar tranquilo, da viagem, da brisa. O casal tinha cabelos grisalhos e crespos, falava suave e mandava que sentássemos no convés e nos cobríssemos com pesados cobertores de crina de cavalo. Ficamos com o sol no rosto e eles serviram *eau de vie*. Disseram que era para nos recuperarmos do susto.

Lembro também que fomos pelo Sena como sobre seda, passamos pela torre Eiffel, pela sede da Rádio França e a ponte d'Issy até chegarmos à ilha Billancout, nos subúrbios da capital. Lá, finalmente, o casal ancorou a barcaça e nos deixou no cais, onde agradecemos muito e anotamos seus nome. Liguei para Mehtab nos buscar de carro.

Enquanto esperávamos minha irmã, Jean-Luc e eu sentamos na mureta e ficamos com as pernas penduradas sobre um rochedo que percorria um parque arenoso. O estacionamento tinha muitas garrafas de vinho vazias. Um pouco à esquerda, uma família de imigrantes algerianos assava um carneiro numa grelha pública adaptada de um galão de gasolina. Por perto, o pai rezava num tapete à sombra de uma tília, a mulher cozinhava e as crianças jogavam futebol. O vento trouxe até nós o cheiro da carne queimando e do cominho, a gordura borbulhando e a simplicidade de tudo (a carne assada, o chá de menta, a alegre conversa da família) me enlevou.

Então, olhei o Sena prateado e vi uma velha na calçada à margem, lá longe. Usava um xale e acenava, parecendo me chamar.

Era idêntica à Madame Mallory.

Mas devo ter imaginado.

Capítulo Dezesseis

— Chef?

— Sim, Jean-Luc.

O aprendiz lambeu os lábios, nervoso.

— O senhor Serge pediu para avisar que as perdizes-nivais chegaram.

Olhei o relógio na parede, ao lado do quadro da tribo nedebele comprado no Zimbábue que mostrava mulheres assando partes de um búfalo. Faltava uma hora e quarenta minutos para o restaurante abrir para almoço.

Eu estava lendo um dos livros de cozinha preferidos de Madame Mallory: *Margaridou — Diário de uma cozinheira do Auvergne*, com suas receitas simples de um tempo que se foi. Mas, com o chamado de Jean-Luc, fechei o velho livro com calma e levantei para guardá-lo na estante.

Parei ao ver o anúncio do Crédit Suisse, uma "lápide" de acrílico anunciando a oferta de ações do Recipe.com, um site de venda de receitas do qual eu era um dos diretores. Na luz cheia de pó que vinha da janela, subitamente achei o meu escritório ridículo. Todas as paredes estavam cobertas de placas de madeira e latão e prêmios recebidos, sendo o mais estranho deles uma concha dourada concedida pela Sociedade Internacional da Sopa, em Bruxelas. Meus tesouros tão apreciados pareceram um bricabraque inútil.

Após a morte de Paul, era inegável que alguma coisa tinha acontecido comigo. Era como se o mal da alma dele tivesse passado para mim como um parasita comedor de carne de um filme de terror de Hollywood. Eu estava inquieto, irritado, não conseguia dormir direito. Não sabia o que era, uma sensação de morte. E eu a detestava, pois aquela pessoa não era eu, que sempre fui alegre.

Jean-Luc continuava me observando da porta do escritório, sem saber se iam fazer mais alguma brincadeira com ele. Foi a cara do rapaz, de uma dolorosa insegurança, que me fez voltar ao mundo externo.

Levantei-me e disse:

— *Bien*, então vamos trabalhar.

Jean-Luc foi à frente na escada espiral e entramos na barulheira, no raspar, no barulho da água corrente da cozinha se preparando para entrar em ação. Os garçons entravam pelas portas vaivém, polindo as pratas, colocando charutos nas caixas, dobrando em forma de flor os guardanapos de linho, sem os paletós, quando entravam e saíam.

Serge, o *chef de cuisine*, estava no fundo com dois *sous-chefs*, no fogão com os queimadores acesos. Suzanne, minha chef de confeitaria, estava debruçada sobre uma bandeja de tortas. Havia uma animada conversa sobre este ou aquele jogo de futebol, mas Jean-Luc e eu fomos direto até o caixote de madeira, que era colocado na bancada diariamente no período que ia do final de setembro até dezembro, enviado de avião pelos comerciantes de aves de Moscou.

O rapaz abriu o caixote com um pé de cabra e nós dois tiramos os lotes de perdizes-nivais embrulhados em papel-toalha. Mais dois aprendizes trabalhavam duro e, discretamente, observei-os enquanto desembrulhávamos as aves. A moça que estava mais longe, na pia, passava com cuidado um pano úmido em tainhas vermelhas. Eu insisto nesse método, pois o sabor delicado e a cor desse peixe se perdem no ralo, se forem lavados na torneira. O aprendiz-sênior estava com uma faca afiada na bancada de carne e logo receberia seu chapéu de *commis*, agora que tínhamos Jean-Luc. Ele tirava o nervo da espinha do charolês francês, raça de gado que considero melhor que a angus escocesa.

Peguei uma roliça perdiz-nival. A cabeça de penas brancas e os olhos negros dessa ave do ártico caíram inertes para trás, um peso-pluma na minha mão. Com um bom golpe de cutelo, cortei as patas grotescas de tão grandes e joguei-as no caldeirão de caldo que borbulhava no queimador ao meu lado. Fiz sinal para Jean-Luc limpar e depenar o resto.

Quando comecei no Saule Pleureur, eu tinha de depenar quarenta aves de uma vez, mas, para sorte dos aprendizes de hoje, as máquinas depenadoras são ótimas. Interrompi Jean-Luc para colocar minha ave na máquina. As penas brancas foram retiradas, ainda eriçadas e salpicadas de sangue do tiro do caçador, colocadas num jato de ar e jogadas numa sacola ao lado.

Peguei a carcaça e coloquei na chama do forno para queimar a raiz das penas. Abri o papo da ave e tirei com uma colher as amargas ervas e frutas que ainda estavam lá. Lavei na pia as ervas, que são muito parecidas com o timo e coloquei-as numa tigela.

Essa era a minha marca registrada do final de outono: perdiz siberiana assada com ervas tiradas da moela e servida com peras caramelizadas em molho de Armagnac.

— Jean-Luc, não sou muito bom de conversa, falo melhor com as mãos. Então, veja como faço.

O rapaz concordou com a cabeça. Tirei as tripas da ave, lavei-a e sequei bem com papel-toalha. Exceto pela movimentação dos funcionários, a cozinha estava silenciosa, concentrada no trabalho ou observando a minha demonstração. O único barulho vinha dos tabuleiros de cobre raspando no forno e o zumbido das máquinas de lavar, geladeiras e dutos de ventilação nos fundos.

Os fartos peitos da ave soltaram com dois golpes de faca e fritei as postas vermelhas de carne numa frigideira quente.

Minutos depois, desliguei o fogo e olhei o relógio.

Faltava apenas meia hora para abrirmos o restaurante. A equipe me observava, esperando as habituais instruções antes de servir.

Abri a boca, mas não consegui falar as obviedades de sempre.

Não ia falar mais.

Pois minha cabeça foi invadida por imagens fortes da morte de Paul, cercado de travessas de seus pratos enfeitados, cheios de gordura de ganso e *foie gras* e rios de sangue coagulado. Vi lojas fechadas com tábuas nas ruas de Paris, a manifestação e cabeças ensanguentadas, gritos na ponte da Concorde. No meio daquelas imagens inquietantes surgia a cara bronzeada do chef Mafitte, com sua estranhamente antisséptica cozinha-laboratório mostrando com muita eficiência as mais extravagantes e decadentes comidas desconstruídas.

Entreguei-me a essas imagens desconcertantes até não aguentar mais, fiquei oco, sem forças, achei que ia desmaiar e elas se foram tão rápido quanto surgiram. No espaço vazio, restou uma imagem opaca da velha Margaridou, a cozinheira do Auvergne, vista através de uma janela numa casa no campo, anotando no diário suas receitas simples. Ela virou a cabeça para me olhar e percebi que aquela velha era na verdade minha avó Ammi na janela de cima da nossa casa na Napean Sea Road, na antiga Bombaim. Não escrevia, pintava e, quando olhei a tela, reconheci o quadro incrivelmente simples de Gauguin, *A refeição.*

— Vocês, na cozinha e no salão, ouçam todos. Amanhã vamos jogar fora o nosso cardápio, tudo o que fizemos nos últimos nove anos. Nada de molhos pesados, de pratos elaborados, amanhã começamos tudo novo. A partir de agora, só servimos pratos simples, onde os mais lindos e frescos ingredientes falam por si.

"Isso significa nada de astúcia, de fogos de artifício, de modas passageiras. A partir de agora, nossa intenção é fazer uma simples cenoura cozida ou um claro molho de peixe. Reduzir cada ingrediente ao mais simples, à origem; vamos nos inspirar nas receitas antigas, sim, mas renovadas, fazendo-as voltar ao âmago tirando todos os adereços e elaborações que foram acrescentados com o tempo. Por isso, quero que cada um de vocês volte à sua cidade de origem, às suas raízes na França e me traga os melhores e mais simples pratos feitos só com ingredientes locais. Vamos juntar todos os pratos regionais de vocês, experimentá-los e juntos criaremos um cardápio delicioso e refrescantemente simples. Nada de imitar os velhos e pesados pratos das *brasseries*, nada de competir com a cozinha desconstrutiva ou a minimalista, mas com a nossa própria casa, que se baseia nas mais simples verdades francesas. Lembrem-se de hoje, pois a partir de agora faremos carnes, peixes e legumes em suas essências naturais e a fazendo a alta culinária voltar à *cuisine de jus naturel*."

Assim, poucas semanas após aquela mudança radical na minha cozinha, chegou finalmente o dia do jantar em homenagem a Paul Verdun. Lembro bem que, naquela noite de novembro, um sol cor de açafrão se punha, diáfano, sobre o Sena e os membros da gastronomia francesa (arrogantes homens de black-tie e mulheres magras como juncos em trajes esplendorosos) subiram a escada do Museu d'Orsay com os paparazzi atrás das cordas, fotografando.

Tudo muito fino. Toda a alta culinária francesa estava lá, naquela noite fria e clara como cristal, como os jornais noticiaram no dia seguinte. Os nomes nas listas eram conferidos e ticados, os casacos de *mink* e as estolas eram guardados, os convidados passavam, em tafetá e seda macia, para tomar champanhe no primeiro andar do museu, ao lado da *A estação Saint Lazare*, de Monet, e do *Circo*, de Surat. Havia uma agitação de Festival de Cannes, apesar de o evento ser triste e da conversa de coquetel, reverberando nas paredes do museu, chegar às vezes ao bramido de um saguão de chegada em aeroporto. Finalmente, quando estava ficando demais, soou um gongo e um excelente barítono anunciou que o jantar estava servido. Os convidados foram para o grande salão, para o mar de mesas brancas e jarros com íris de cabos longos, os murais barrocos, os espelhos rococó e as janelas altas oferecendo uma visão panorâmica de Paris que, em suas luzes noturnas, parecia usar caros colares de pérolas.

Anna Verdun, de cabelos bufantes e coberta de diamantes, sentou-se regiamente à mesa principal, vestida de seda azul-cobalto.

Muita coisa havia mudado desde que a visitei, pois o grisalho diretor geral do *Guia Michelin*, Monsieur Barthot estava à direita dela, distraindo os convidados com suas histórias engraçadas da vida e peripécias dos grandes da gastronomia.

O conselheiro legal de Paul, que também estava à mesa de Madame Verdun, tinha conseguido convencê-la de que um processo ia raspar os baús dela, causar uma série de preocupações e não dar o resultado esperado. Recomendou então uma negociação direta com o diretor do *Guia* para manter as aparências.

O resultado saiu uma semana antes do jantar em homenagem a Paul, quando o *Guia*, como nós o chamávamos, publicou anúncios de página inteira nos maiores jornais do país, reverenciando o trabalho de vida inteira do "nosso estimado amigo que partiu, chef Verdun". O argumento decisivo, conforme me informou minha mexeriqueira irmã, foi a promessa de Barthot de tirar o chef Mafitte, que não só elogiou Paul Verdun no anúncio do *Guia Michelin*, mas estava no jantar, sentado à esquerda da viúva e tocando na mão dela.

Paul teria ficado furioso.

Anna Verdun tinha me exilado na mesa 17, no fundo do salão. Mas a mesa ficava ao lado de um dos meus quadros preferidos, uma natureza morta de Chardin, chamada *Perdiz cinzenta e pera* e considerei isso um bom presságio. Além do mais, a mesa ficava perto da entrada da cozinha, o que era muito prático, permitia que eu ficasse de olho na entrada e saída dos garçons. E os outros convivas à mesa 17 eram bem mais interessantes do que os das mesas consideradas mais seletas do salão.

Nela estavam, por exemplo, meu velho amigo de Montparnasse, o chef André Piquot, robusto, redondo e inofensivo como uma bola de sorvete. E Madame Elizabet, representante da terceira geração de peixeiros, que sofria, coitada, de uma forma branda da síndrome de Tourette, que às vezes tinha manifestações bem estranhas. No mais, ela era muito gentil, além de proprietária da enorme empresa fornecedora de peixes frescos para muitos dos melhores restaurantes do norte da França. Fiquei encantado por encontrá-la na nossa mesa.

À esquerda de Madame Elizabet estava o conde de Nancy Selière, proprietário da casa que eu ocupava na rue Valette, tão em paz com sua superioridade aristocrática que não se incomodava com classes ou castas sociais. É bom acrescentar que a afiada língua dele faria com que muitas mesas mais seletas no salão recusassem sua presença. Por fim, à minha esquerda, o falante escritor James Harrison Hewitt, crítico de gastronomia da *Vine & Pestle* que, apesar de viver havia décadas em Paris com seu namorado egípcio, não tinha muita credibilidade nos restaurantes devido a seus penetrantes, desconfortáveis e bem informados comentários sobre aquele mundo insular.

Enquanto sentávamos às mesas, era projetada em várias telas uma foto sorridente de Paul Verdun de chapéu de chef. Os garçons saíram em fila da cozinha trazendo *amuse-bouches*: um copinho com um filhote de polvo cozido em sua essência natural, azeite de oliva extravirgem de Puglia e uma única alcaparra num cabo longo. O vinho — escolhido no contexto *partisan* da alta gastronomia francesa e muito comentado nos jornais do dia seguinte — foi considerado um bom aviso do que estava por vir: um raro Château Musar libanês, safra de 1959.

James Hewitt era um contador de casos de primeira e o americano estava, como eu, observando a estranha mistura de presenças na mesa de Madame Verdun.

— Sabe que ela teve de cancelar o processo, pois, se insistisse, viriam à tona muitos detalhes apimentados? — disse ele, com leveza.

— Detalhes apimentados? — perguntei.

— Paul estava sem crédito na praça, coitado. Seu império estava prestes a desabar.

Era uma hipótese ridícula. Paul foi um grande empreendedor. Foi, entre outras coisas, o primeiro chef de três estrelas a ter sua empresa, a Verdun et Cie, com ações na Bolsa de Valores de Paris e a usar os 11 milhões de euros das ações para uma reforma completa em sua hospedaria no campo e para criar uma rede de bistrôs elegantes chamada Les Verdunières. Sabia-se que ele tinha contrato de dez anos com a Nestlé para criar sopas e jantares para a gigante da alimentação suíça no selo Findus. Só esse contrato valia 5 milhões de euros por ano e mostrava o rosto edulcorado e sorridente de Paul em painéis de rua e telas de televisão da Europa. Havia também a pequena fortuna que recebia como consultor da Air France, além dos lucros garantidos pela linha de produtos de algodão, geleias, panelas e utensílios de cozinha, faqueiros, cristais, ervas, vinhos, azeites, vinagres, armários de cozinha, chocolates. Todos aceitaram pagar caro pelo direito de usar o nome dele.

Então, quando Hewitt fez aquela afirmação ridícula de que o império de Paul estava à beira da falência, eu disse:

— Bobagem, Paul era um grande homem de negócios e tinha uma empresa muito lucrativa.

Hewitt deu um sorriso triste por cima de sua taça de Château Musar.

— Desculpe, Hassan, mas isso é lenda. Ele não deixou um tostão. Tenho certeza de que estava endividado até a raiz da careca. Fazia empréstimos há anos, mas fora do balancete, portanto nenhum dos acionistas sabia disso. Ele sofreu com o rebaixamento no *Gault Millau*, que fez cair rápido a frequência no Le Coq d'Or, e a Air France estava prestes a dispensá-lo como consultor. Portanto, quando o império começou a despencar, ele ficou na clássica situação de aperto, lutando para pagar as dívidas. Não há dúvida: perder uma estrela no *Guia Michelin* faria tudo desmoronar de vez. Só de pensar, estremeço.

Fiquei pasmo. Mudo. Súbito, uma fila de garçons saiu da cozinha e tive de prestar atenção quando trouxeram uma simples ostra em caldo transparente, seguida pouco após de uma salada de endívia belga acompanhada de fatias de carneiro defumado norueguês e ovos de codorna.

Pelo canto do olho, vi o chef Mafitte cochichar no ouvido de Anna Verdun, que virou-se para ele rindo, pueril, e pôs a mão nos cabelos duros de laquê.

Pensei na época em que minha ex-namorada e eu visitamos a Maison Dada, na Provence. Quase no final da refeição, o bonito chef Mafitte veio à mesa nos cumprimentar. Todo de branco, ele era o retrato bronzeado e atraente de uma celebridade da gastronomia, totalmente sedutor. Na mesma hora, virei um nada. Talvez fosse aquela minha subserviência de menino que o encorajou, pois, enquanto ele e eu falávamos de trabalho, o chef estava com a mão no colo de Marie por baixo da mesa e ela lutava heroicamente para rechaçar a inconveniente investida.

Mafitte saiu finalmente da nossa mesa e Marie disse, no seu brusco jeito parisiense, que o grande chef não passava de um *chaud lapin*, termo que parece bastante afetuoso, mas significa perigoso maníaco sexual. Depois eu soube que o apetite voraz dele abrangia carnes de todos os tipos e idades.

De repente, senti desprezo por Anna Verdun. Era covarde e antiético dividir a mesa com o rival artístico de Paul, sobretudo naquela noite. Onde estava a fidelidade? Hewitt deve ter lido meu pensamento, pois se inclinou novamente e disse:

— Coitada dessa mulher, precisa resolver a confusão financeira que Paul deixou. Soube que Mafitte pensa em comprar tudo do Le Coq d'Or, instalação, estoque, adega, como parte de sua expansão pelo norte da França. Isso certamente salvaria o que sobrou.

Um garçom levou meu prato de salada e aproveitei para transmitir um recado em voz baixa para Serge: o serviço estava muito rápido, podia desacelerar. Voltei minha atenção para a mesa e Hewitt se dirigia a outro comensal, brindando com uma taça de Testuz Dezaley l'Arbalete e perguntando:

— Eric, não é verdade que o chef Verdun estava em dificuldades? Hassan não acredita.

Os americanos têm grande capacidade de passar por cima do sistema de castas de outros países e o conde Selière, que não tinha muita paciência com idiotas, apenas levantou sua taça e disse, seco:

— Ao nosso querido e finado chef Verdun. Um naufrágio que, infelizmente, estava prestes a ocorrer.

O peixe *halibut* cozido em molho de champanhe foi escoltado por um Montrachet Grand Cru, safra de 1976, Domaine Romanée-Conti. André Piquot e eu comentamos nossos problemas pessoais, ele estava com dificuldade de encontrar um *sous-chef* de pratos frios que fosse confiável, enquanto eu enfrentava um garçom que parecia remanchar no serviço para ganhar hora extra. Era a cara destruição dos donos de restaurante desde que a França instituiu a semana de 35 horas de trabalho.

Hewitt então encantou a mesa toda contando sobre um jantar de vinte pratos a que ele e o conde de Nancy tinham ido no La Page, um "templo gastronômico" de Genebra. O famoso restaurante com vista para o lago Genebra era sério como uma "igreja calvinista num domingo", com garçons cheios de pose e casais idosos que não conversavam.

— A única mesa que ria, era a nossa, não, Eric? — perguntou Hewitt.

O conde concordou num grunhido.

À certa altura, entre o sexto e o sétimo pratos no La Page, Hewitt quis tomar um Calvados, o conhaque de maçã da Normandia que era o seu limpador de palato preferido, mas o garçom informou com arrogância que, infelizmente, não seria possível. O americano teria de esperar uma ou duas horas quando, após os queijos, conviria tomar um conhaque doce. Então, ele traria um licor, com prazer.

— Traga o Calvados já ou dou-lhe um tapa na cara — ameaçou o conde. O garçom, pasmo, buscou o conhaque correndo.

Todos riram muito do caso, menos o conde que, ao lembrar o fato, pareceu zangar de novo e resmungou:

— Que incrível impertinência.

Achei graça, mas, no fundo, estava preocupado com o que Hewitt havia dito sobre as finanças de Paul Verdun e a terrível situação em que se encontrava ao cair do precipício. Era inquietante pensar que até um dos melhores comerciantes na área de gastronomia não podia ter sucesso financeiro com seu restaurante três estrelas.

— Está se sentindo bem, chef? — perguntou a sensível Madame Elizabet, antes de chamar a atenção de todos com um "puta que pariu".

Arrumei a colher e o garfo de sobremesa na mesa, acima do meu prato.

— Estava pensando em Paul. Não consigo acreditar na confusão em que se meteu. E, se aconteceu com ele, pode acontecer com qualquer um de nós.

— Chef, não desanime — disse o conde. — Verdun perdeu o rumo. É o que se pode aprender com isso. Parou de crescer. Acabou. Há seis meses, fui ao Le Coq d'Or e a comida era medíocre. O cardápio era o mesmo de dez anos antes, não mudou nada. Na ganância de construir um império, Verdun descuidou da cozinha, que era a origem de sua riqueza. E ficou tão encantado com a agitação do circo que não olhou o básico do negócio. Sim, ele cuidava tanto do lado criativo quanto do administrativo, mas, na verdade, superficialmente. Com uma vaga atenção. Fazia e não parava de fazer, mas sem foco. Qualquer homem de negócios sabe que essa é a receita do fracasso. Ele pagou o preço.

— Acho que você tem razão.

— Meus amigos, quando se atinge um certo nível, o mais difícil é manter o frescor todos os dias. O mundo muda rápido, não? Por mais difícil que seja, o segredo é acompanhar essa mudança e mudar junto com o tempo — disse o chef Piquot.

— Isso não passa de blá-blá-blá, um clichê — disse o conde, ríspido.

O pobre André Piquot pareceu ter levado um soco. Para piorar, Madame Elizabet acrescentou, o que não ajudou nada:

— Idiota!

Hewitt percebeu como o chef se magoou com esse duplo ataque e ajuntou:

— Tem razão, André, mas acho que precisa mudar com o tempo de forma a *renovar* a sua essência, não a largá-la. Mudar por mudar, sem uma meta, é modismo. Só vai perder ainda mais o rumo.

— Exatamente — concordou o conde.

Em geral, eu era um estranho em mesas só de franceses e costumava guardar minhas opiniões para mim, mas naquela noite, talvez devido ao esforço pela apresentação ou pelo meu recente conflito, eu disse:

— Cansei de tanta ideologia. Essa escola e aquela, essa teoria e aquela, chega. No meu restaurante, agora só cozinhamos produtos locais nos próprios sucos, bem simples, com um critério: a comida é boa? Fresca? Agrada? O resto é bobagem.

Hewitt olhou estranho, como se me visse pela primeira vez, mas meu ataque pareceu liberar Madame Elizabet com aquela voz suave que não combinava com as chuvas de palavrões.

— Tem toda razão, Hassan. Sempre penso por que entrei nisso. — Ela apontou as duas mãos abertas para o salão. — Veja como é fácil se entusiasmar com toda essa agitação. Paul foi seduzido pela bolsa de valores e por todos aqueles recortes de jornais chamando-o de "visionário da gastronomia". No final das contas, foi o que ele ensinou a todos nós. Nunca perca de vista...

Nesse instante, as luzes diminuíram e houve um silêncio de expectativa no salão. Então, dos fundos, surgiu uma simples procissão à luz de velas, seguida de uma dúzia de jovens garçons carregando travessas de prata com perdizes assadas. Houve um murmúrio surdo e algumas pessoas aplaudiram.

Chamei o prato de *Perdiz enlutada de Paul* e foi a apoteose da noite, como noticiaram os jornais no dia seguinte. Até aí, confesso que disfarcei o medo de me apresentar para uma plateia tão exigente, mas os comentários generosos que ouvi à mesa mostraram que a ousadia do cardápio tinha valido a pena. Fiquei especialmente alegre de ver o conde — que sempre dizia o que achava, não conseguia deixar de ser franco — partir um pãozinho com grande deleite e passá-lo no prato para aproveitar as últimas gotas de molho.

— A perdiz está deliciosa. Quero que entre no cardápio do Chien Méchant — falou, segurando o pão.

— Certo, senhor conde.

O prato que, trinta anos antes, colocou o chef Verdun no mapa da gastronomia era o *poularde Alexandre Dumas*, no qual Paul recheava o frango de alho-poró e cenoura cortados à Juliana, com fatias de trufa delicadamente inseridas na pele da ave. Quando assava no forno, a trufa e a gordura do frango desmanchavam e se misturavam à carne, dando um sabor telúreo. Era a assinatura de Paul, sempre presente no cardápio do Le Coq d'Or pela régia quantia de 170 euros.

No jantar, tive a intenção de homenagear Paul e usei a técnica básica do *poularde* na perdiz, que todos sabiam ser a ave preferida dele. O resultado foi um frango picante, quase selvagem. Recheei a perdiz com damascos caramelados em vez dos legumes à Juliana e escureci a ave com fatias finas de trufa negra enfiadas na pele, como se estivesse vestida para um funeral vitoriano — daí o nome *Perdiz enlutada de Paul*. Claro que meu *sommelier* teve a inspirada ideia de casar o prato com Côtes du Rhône Cuvée Romaine, safra de 1996, um robusto tinto que evocava o arfar dos cães, a certo ponto a exuberância de uma caçada de verão.

No final da noite, vários críticos e *restaurateurs* respeitados (inclusive o chef Rouet, um dos meus ídolos) vieram à nossa mesa me cumprimentar pelo cardápio e, sobretudo, pela minha interpretação do prato-assinatura de Paul. Até Monsieur Barthot, diretor-geral do *Guia Michelin*, desceu do Olimpo na mesa principal para me dizer, um pouco soberbo, "Excelente, chef", antes de sair para falar com alguém mais importante. Naquele instante, finalmente entendi por que Paul tinha inventado aquele jantar póstumo.

Virei em direção à mesa principal para fazer um agradecimento visual a Anna Verdun, mas a viúva passava um olhar vazio pelo salão acompanhado de uma espécie de sorriso gelado enquanto, à esquerda, o chef Mafitte se inclinava para ela, uma mão sob a mesa.

Resolvi que não ia falar com ela. Anna Verdun já estava com o prato cheio.

Além do mais, bastava eu saber por que Paul tinha planejado aquele jantar.

O jantar-homenagem não era para Paul, mas para mim. Com aquela refeição, meu amigo tinha mostrado à elite gastronômica francesa que um novo *gardien* da cozinha clássica tinha entrado em cena. Eu era o herdeiro ungido por ele. Assim, posso dizer com segurança que até aquela noite eu era uma figura sem rosto entre os chefs competentes e talentosos da Franca.

Depois daquele evento, no entanto, passei para os altos escalões, com meu bom amigo garantindo até debaixo da terra que a elite gastronômica do país abria espaço para um chef de 42 anos, estrangeiro, que Verdun tinha escolhido pessoalmente para proteger os princípios clássicos da *cuisine de campagne* pelos quais ele e Madame Mallory tinham lutado tanto para defender.

Capítulo Dezessete

O inverno nos encostou na parede. A recessão continuou até os meses mais frios e restaurantes lendários como o Maxim's e o Tour d'Argent finalmente entraram em crise. Era um choque andar pela rue Royale e ver as janelas do Maxim's fechadas com tábuas. Depois da guerra, ninguém na França tinha visto algo assim. O governo anulou novamente o imposto de 19,6 por cento, mas era tarde demais. Todos nós fomos afetados pelo novo clima financeiro e os meus problemas na área chegaram com força no final de fevereiro.

Meu maior problema era relativo à equipe, e não parecia ter solução. O garçom Claude era asseado, de boa aparência, e veio de Lyon com ótimas referências. Ele aprendia rápido, era cheio de energia, tão educado e atento com os clientes que Jacques, meu maître, escreveu na avaliação inicial que o jovem tinha "o mais alto profissionalismo".

Mas é preciso conhecer a lei trabalhista francesa: no período de experiência, podíamos demitir Claude sem muito problemas mas, depois de seis meses de registro, ele era considerado empregado em tempo integral com vários e férreos direitos legais. Livrar-se dele foi muito difícil e caro.

Nossa lua de mel com Claude durou exatamente até o dia seguinte à fase "experimental" de seis meses. O que antes ele levava meia hora para fazer — como, por exemplo, polir os candelabros de prata —, de repente passou a levar uma hora e meia. Ou mais. Jacques, defensor da boa conduta, sugeriu friamente que Claude se apressasse, mas ele deu de ombros e disse que estava fazendo o mais rápido que podia. Quando Claude apresentou pela primeira vez os papéis de horas extra, Jacques, que costumava ser elegante e composto, jogou tudo na cara do garçom e chamou-o de *connard*. Mas o rapaz tinha nervos de aço. Não se alterou. Pegou os papéis no chão e colocou-os na mesa de Jacques, sabendo muito bem que a lei o protegia de nós, os ditos exploradores capitalistas.

Claude tinha não só calculado o tempo extra até os minutos como incluído uma exigência de seis dias e seis horas de pagamento de férias pelo fato de estarmos violando seu direito legal de trabalhar apenas 35 horas semanais. Claro que o trabalho em restaurante é longo, faz parte da profissão, e os outros empregados, que trabalhavam duro, começaram a reclamar que Claude não estava fazendo sua parte e com isso obrigava os outros, mais conscienciosos, a compensar o relaxamento dele.

Aquela situação insustentável chegou ao ápice quando Mehtab me entregou o que Claude tinha recebido de salário em um ano de trabalho: o restaurante tinha pago 70 mil euros de salário, mais o triplo dessa quantia em seguros sociais e impostos. E ainda devia dez semanas de férias.

Claude não era um garçom, mas um artista da fraude.

Liguei para os restaurantes de Lyon e falei com os proprietários, que finalmente confessaram que Claude tinha feito o mesmo com eles e que o elogiaram só para se livrarem dele. Assim, mandei Jacques demiti-lo.

Mas o rapaz voltou. Com seu representante sindical.

— É muito simples, chef Haji. A demissão do jovem é ilegal.

Mehtab usou todos os floreios poéticas do urdu para xingar a família inteira do representante sindical. Jacques se manifestou em francês.

Mas levantei a mão e fiz todos se calarem.

— Explique-se, senhor LeClerc. Este homem é um fiasco, um crápula, como isso não pode ser usado como motivo para demissão?

Claude parecia inteiramente calmo como sempre; sensato, não disse nada, deixou o sindicalista falar por ele.

— Suas afirmações são injustas, injustificadas e, mais exatamente, sem qualquer prova — disse LeClerc, gentil, juntando as mãos em concha e apertando os lábios.

— Não é verdade — interrompeu Jacques. — Documentei cuidadosamente como Claude desrespeita o combinado e como até nas tarefas mais simples, como arrumar uma mesa, leva quatro vezes mais tempo que os outros.

— Admitimos que Claude não é o funcionário mais rápido, mas isso não é motivo para demiti-lo, principalmente porque as anotações que o senhor mesmo fez o consideram um empregado do "mais alto profissionalismo". Não, senhor Jacques. O senhor agiu errado. Ele demorava a cumprir suas ordens devido exatamente a esse profissionalismo que o senhor elogiou. Escute, alguma vez ficou insatisfeito com o trabalho dele? O trabalho era desleixado? Não encontrei nenhuma reclamação nas fichas, pois o tempo que levava para terminar...

— Certo, certo, é verdade...

— Então, poderíamos argumentar no tribunal que foi exatamente *por fazer um trabalho bem feito* que ele demorava mais que os outros...

— Isso é um absurdo — disse Jacques, o rosto vermelho como beterraba. — Todos nós sabemos muito bem o que

Claude está fazendo e do que se trata. Ele está nos fazendo reféns. Exagerou nas cartas de recomendação. Senhor LeClerc, o senhor está conivente com um farsante. Não acredito que esteja do lado dele.

O corpulento LeClerc deu um soco na mesa.

— Retire o que disse, senhor Jacques! Demitiu Claude de forma ilegal e agora ataca a minha integridade para disfarçar. Bom, não vai conseguir. A lei é bem clara e o senhor vai recontratar Claude imediatamente. Ou, se quiser liberá-lo, vai acertar o pagamento de uma quantia adequada por rompimento de contrato de acordo com a lei, não a mísera quantia que lhe pagou ontem.

Olhei para Mehtab que, furiosa, fazia contas num bloco de papel.

— E se recusarmos? — perguntou ela.

— O sindicato levará o caso ao Conselho de Pendências Profissionais por demissão ilegal e garanto que vai ser ainda pior. A imprensa estará no tribunal e seu restaurante ficará conhecido como explorador de empregados.

— Isso é chantagem.

— Chame como quiser. Estamos apenas garantindo que o nosso sindicato não está tirando vantagem do empregador e que o senhor paga aos empregados o que a lei lhes garante.

Levantei-me.

— Chega. Mehtab, pague o que eles querem.

— Hassan! São dois anos de salário mais férias. Pagaremos 190 mil euros para nos livrarmos deste porco!

— Não importa. Chega. Claude é a maçã podre na nossa equipe e, se eu ficar com ele, a longo prazo vai nos custar muito mais. Pague, ele se armou por todos os lados da situação.

Claude sorria, doce, e estava prestes a me agradecer pelo generoso acordo quando eu disse, calmo, ao senhor LeClerc.

— Agora tire este merda do meu restaurante.

Paul Verdun foi o primeiro dos grandes chefs franceses a compreender que as finanças do nosso negócio tinham mudado completamente. Os grandes restaurantes do país estavam como doentes de câncer, vivendo um tempo emprestado. Com toda a sua sabedoria, o governo finalmente impossibilitou a nossa sobrevivência. A semana de 35 horas de trabalho, as obrigações previdenciárias, a dúzia de impostos sociais; os incompreensíveis formulários burocráticos que exigiam meia dúzia de contadores e advogados para preencher, as leis, restrições e acréscimos de custos. Tudo isso nos deixou à beira do precipício naquele inverno.

Claro que Paul enxergou todos esses problemas financeiros no horizonte antes de nós e reagiu antes deles chegarem ao ponto de catástrofe. Até estudou as Maisons de alta-costura francesa, que tinham passado por um abalo parecido meio século antes, e aprendeu bem a lição. Percebeu, por exemplo, que a alta-costura trabalha muito, está no alto da pirâmide da moda e criou renome mundial com seu design inovador, mas poucas mulheres modernas podiam comprar suas dispendiosas criações. Resultado: todas as Maisons tiveram prejuízo.

Foram as franquias de *prêt-à-porter* e perfumes, produtos que estavam na linha inferior da pirâmide, que deram dinheiro às Maisons. Os espertos empresários — como Bernard Arnault, da LVMH — usaram tais produtos para lucrar com a fama da alta-costura, que não dava dinheiro, no alto de seus impérios.

Paul percebeu que o Coq d'Or era o similar gastronômico da alta-costura de Christian Dior e mudou sua pirâmide de forma a ganhar dinheiro. Criou franquias para tudo, de toalhas e guardanapos a azeites. Mostrou que aquilo podia ser feito e inspirou uma geração de profissionais que tentava montar seu próprio negócio nessa época difícil.

Assim, entende-se por que fiquei tão chocado e acabei compreendendo que o sucesso de Paul não existiu. Ele estava não só falido como morto. Era quase como se alguém dissesse que a França não tinha mais espaço para a alta gastronomia, embora ninguém admitisse.

E se eu tinha ilusões sobre o meu restaurante, a alta quantia que pagamos a Claude acabou por me trazer à realidade. O lucro líquido do restaurante no ano anterior foi de 87 euros num volume de negócios de 4 milhões e 200 mil euros. E no anterior a esse, o restaurante perdeu 2 mil e 200 euros. Então, obrigados a pagar 190 mil euros a Claude, quantia que não tinha sido prevista no orçamento, teríamos um prejuízo enorme no final do ano. Eis o resultado: o ponto de equilíbrio do restaurante tinha aumentado para uma média de ocupação de 93 por cento, quando costumava ser de 82 por cento ao ano.

Entendi então como Paul entrou no escorregadio caminho de emprestar dinheiro para compensar as perdas de fim de ano: um pequeno empréstimo aqui, outro ali, pois no ano seguinte tudo seria melhor. E se eu não entendesse para onde ia o Chien Méchant, tinha minha irmã para me lembrar no restaurante, onde cuidava das contas, e em casa, onde morava no quarto dos fundos.

Naquela noite, após o trabalho, voltei para o apartamento atrás da mesquita do Instituto Muçulmano. Joguei as chaves e o celular na mesa de entrada e fui para a cozinha fazer meu sanduíche da noite: uma colher de *maingan bhar-ta*, outra de *dum aloo*, berinjela amassada e batatas com iogurte que me aguardavam na bancada. Mehtab não estava no quarto dela, como de costume àquela hora tardia, mas de camisola, na bancada, ao lado de um bule de chá, sonolenta e com olheiras.

Ao me ver, levantou-se, serviu um copo de água gelada e me deu um guardanapo.

— A situação é bem grave. Desse jeito, daqui a pouco venderemos *bhelpuri* à beira da estrada.

— Por favor, Mehtab, estou muito cansado. Não me irrite antes de dormir.

Ela mordeu, pensativa, o lábio inferior e tive certeza de que estava lutando consigo mesma. Perguntou então:

— E que fim levou aquela Isabelle? Por que não aparece mais?

— Nós terminamos.

— Sei. Você terminou com ela. Parece um adolescente, Hassan.

— Vou dormir, Mehtab. Boa noite.

Claro, minha irmã conseguiu me irritar ao dizer que dali a pouco venderíamos *bhelpuri* à margem da estrada. Virei de costas e fiquei olhando a noite. No meio da escuridão, pensei na viagem que fiz exatamente um mês antes, aos arredores de Paris. Um dos meus fornecedores de aves tinha inaugurado um novo abatedouro, estava muito orgulhoso das modernas instalações e convidou-me para conhecer. O lugar era do tamanho de um hangar de aeroporto, tinha cheiro de penas quentes e excremento, e dentro do cavernoso espaço fui recebido por galinhas escorregando numa rampa até um pequeno cercado onde estavam norte-africanos com redes na cabeça, jalecos brancos e botas de borracha.

Os homens eram corpulentos mas estranhamente graciosos e pegavam as aves cacarejantes pelas pernas escameadas e, ritmadamente, penduravam cada uma de cabeça para baixo em ganchos sobre esteiras rolantes, uma espécie de tapete mágico que levava a uma tira de borracha preta, solta na parede.

As aves seguiam balançando de cabeça para baixo, os corações batendo, as barbelas tremendo até uma abertura na parede de onde caíam num espaço escuro, quente e fechado, com o percurso automatizado suavemente iluminado por uma lâmpada fluorescente. Elas se acalmavam na hora, o bater de asas e os guinchos frenéticos reduziam-se a um eventual cacarejo. A esteira seguia lenta e inexoravelmente até outra tira de borracha e, depois de uma curva, as silenciosas cabeças dependuradas tocavam num arame que parecia nada: era um choque elétrico que paralisava as aves. Depois, mais um choque, ao passarem pela última tira.

Assim, elas não viam se aproximar a lâmina girando como um abridor de latas elétrico para cortar-lhes o pescoço, nem ouviam o sangue esguichar e bater nas paredes de aço. Também não viam o açougueiro se inclinar com a mão enluvada, a faca pronta para a ação, cortar mais os pescoços que não estivessem bem abertos, fazendo as bandejas de restos se encherem de sangue. Mas eu vi. E vi as aves mortas continuarem sua jornada automatizada até uma comprida caixa de metal onde eram imersas em água quente para serem depenadas e terem a pele retirada por cilindros laminados; depois, surgiam rosadas e lisas, preparadas para as fileiras de homens e mulheres sentados em seus postos de trinchar, empacotar e enviar.

Foi o que vi, no inquieto espaço entre dormir e acordar, e senti um alívio. Pois lembrar das galinhas enfrentando o abate me fez concluir que há coisas na vida que não podemos ver mas que nos esperam na primeira esquina. É exatamente nessa hora, quando nosso caminho está indefinido, que devemos ficar corajosamente calmos, colocando um pé na frente do outro ao marcharmos cegamente para a escuridão.

Pouco antes de adormecer, lembrei de uma das frases preferidas do tio Mayur, que sempre repetia quando andava de mãos dadas comigo, menino, pelas favelas de Mumbai.

— Hassan, Alá dá e tira e só mostra o que vai fazer na hora certa — dizia, com um balançar de cabeça.

E assim, finalmente, chego ao último fato importante daqueles estranhos dias. Após a demissão de Claude, Jacques e eu procuramos um substituto para o salão. Entrevistamos inúmeros candidatos: uma galesa com um anel no nariz; um agitado turco que parecia promissor, mas falava pouco francês; um francês de Toulouse que parecia fantástico até descobrirmos, ao checarmos as informações, que havia sido preso três vezes por incendiar carros em manifestações estudantis. Acabamos contratando o meio-irmão de Abdul, um dos nossos melhores garçons, que prometeu se responsabilizar pelo parente.

Foi no final dessa cansativa sequência que, num entardecer, Jacques enfiou a cabeça na porta do meu escritório para avisar que uma chef estava no andar de baixo, querendo falar comigo.

Levantei os olhos da pilha de papéis que estava lendo.

— Como? Você sabe muito bem que não precisamos de outro chef.

— Ela disse que trabalhou com você.

— Onde?

— No Saule Pleureur.

Fazia tempo que eu não ouvia aquele nome, mas dito por Jacques foi como ser atingido por um raio. Meu coração bateu forte.

— Mande-a subir.

Não me importo de confessar que, no estado mental em que eu estava, fiquei estranhamente assustado, esperando que Madame Mallory entrasse.

Mas claro que não era ela.

— Margaret! Que ótima surpresa.

Ela ficou indecisa na porta, tímida e discreta como sempre esperou o convite para entrar. Saí de trás da escrivaninha, nos abraçamos e beijamos, e delicadamente levei minha antiga colega de gastronomia e ex-namorada para o meio da sala.

— Desculpe procurar você assim, Hassan. Devia ter ligado antes.

— Bobagem, somos velhos amigos. Sente-se aqui... O que faz em Paris?

Margaret Bonnier, de vestido estampado de flor-de-lis, casaco, bolsa Grace Kelly de couro de bezerro pendurada no ombro, segurou, nervosa, o crucifixo que tinha no pescoço, levou-o à boca como fazia anos antes, quando Madame Mallory nos apavorava. Ela estava mais matrona, claro, os cabelos agora eram pintados. Mas, com a idade, ela conseguiu conservar um jeito suave e, mesmo com as marcas do tempo, dava para ver minha velha amiga de tempos atrás.

— Estou procurando emprego.

— Em Paris?

— Eu me casei com o mecânico Ernest Bouchard, lembra dele?

— Lembro. Meu irmão Umar adorava carros e costumava consertá-los com Ernest. Não sei como.

Ela sorriu.

— Ernest agora é revendedor da Mercedes e da Fiat e temos um casal de filhos. A menina, Chantal, tem 8 anos; Alain, 6.

— Que beleza. Parabéns.

— Ernest e eu nos divorciamos há dois meses.

— Ah, sinto muito.

— Mudei com as crianças para cá. Tenho uma irmã aqui. Nós precisávamos de uma mudança.

— Sei.

Ela me olhou firme.

— Talvez eu devesse ter feito isso faz tempo. Vir para Paris.

Calei-me.

— Claro, a cidade é bem cara.

— É, sim.

Margaret olhou pela janela um instante, se recompondo, antes de olhar de novo para mim.

— Desculpe ser tão ousada — disse ela, com voz insegura, só um sussurro. — Mas você precisa de uma *sous-chef*? Aceito qualquer área: pratos quentes, pratos frios, sobremesas.

— Receio que não. Não posso contratar mais uma pessoa.

— Ah — exclamou.

Margaret olhou para o escritório assustada, tentando imaginar o que fazer a seguir. Percebi que estava com os ombros tensos e encolhidos e subitamente desmontou, derrotada. Levantou-se para se despedir segurando com força a bolsa Grace Kelly, tentando se equilibrar. Sorriu, mas os lábios tremeram de leve.

— Desculpe incomodar, Hassan. Espero que não vá usar isso contra mim. Mas você é o único dono de restaurante que conheço na cidade, não sabia a quem...

— Sente-se.

Ela me olhou como uma menina assustada, o crucifixo balançando na boca.

Mostrei a cadeira.

— Sim?

Margaret sentou-se de novo.

Peguei o telefone e liguei para o chef Piquot.

— *Bonjour*, André... Hassan *ici*, escute, você preencheu aquela vaga de pratos frios?... Não deu certo... Sei, sei. Horrível como estão as coisas hoje em dia. Umas prima-donas... Mas, por um lado, é ótimo que o sujeito não tenha dado certo, pois tenho a pessoa perfeita para você... Sim, sim. Não se preocupe. Trabalhei com ela no Saule Pleureur, é uma *sous-chef* de primeira. Trabalha muito bem. Tem experiência. Garanto, meu amigo, você vai me agradecer... Não, acho que não. Ela acaba de mudar para cá... Vou mandá-la já.

Desliguei o telefone e descobri, para meu horror, que Margaret não estava feliz por eu arrumar um lugar para ela em Montparnasse. Ela estava chorando, com um lenço no rosto, sem conseguir falar. Fiquei sem saber o que fazer, para onde olhar. Seus soluços ecoavam no escritório. Então, ainda tremendo de emoção, cabeça abaixada, estendeu a mão esquerda sobre a escrivaninha, com os dedos procurando contato

Entendi que ela havia passado por uma situação bem difícil.

E aquele gesto era o melhor que ela podia fazer, por enquanto.

Por isso, estendi a mão direita e, em silêncio, nossas mãos se encontraram.

Capítulo Dezoito

O sol fraco de março entrou por trás dos telhados da cidade. Era a hora do dia em que o restaurante ficava desanimado, naquele estranho lusco-fusco entre a sessão matinê e a chamada para os atores entrarem em cena à noite. A equipe voltava cansada e sonolenta após o descanso de duas horas, sem saber se conseguiria enfrentar a última sessão. E o salão, que poucas horas antes estava tão animado sob as luzes fortes da sessão da tarde, parecia sem graça na confusão pós-almoço. Era difícil não desanimar. O final de inverno tiritava nas dobras da cortina de veludo; embaixo de uma cadeira, um pãozinho francês parecia um besouro morto.

Eu estava, como sempre, na cozinha, refogando cebola e alho numa panela, entrando naquele transe que fico ao cozinhar. Mas, não sei por que, naquela escura tarde de março não entrei totalmente em transe. Fiquei pairando, como se soubesse que algo importante estava prestes a acontecer.

Sacudi a panela e ouvi através das portas vaivém os garçons no corredor, de volta ao serviço. Ouvi também o zumbido da lavadora Hoover e a máquina de espresso de onde um aprendiz retirava os grãos de café. Aos poucos, o barulho e as obrigações entraram naquele lugar frio que tinha sido o restaurante minutos antes: facas eram afiadas, toalhas e guardanapos novos eram batidos e ouvimos a impressora do contador funcionando no andar de cima. Dali a pouco, o desânimo sumiu.

O vespertino *France Soir* foi enfiado pelo buraco da porta e caiu em cima do capacho. Era uma velha mania que, teimoso, Jacques não ia largar, nem na era digital: pegou o jornal e levou para a mesa dos fundos onde sua equipe fazia um jantar rápido de *andouillettes* fritas antes de começar o serviço da noite.

Com o jornal embaixo do braço, Jacques sentou-se entre os outros funcionários. Serviu-se de tripas com arroz e salada de tomate, lendo enquanto comia. Mas, de repente, sua garganta emitiu um som estranho e ele deixou cair o garfo. Antes que os outros conseguissem saber o que era, ele se levantou, passou pela porta e entrou no salão. Os funcionários que gostavam de uma boa briga, levantaram e correram atrás dele, esperando assistir ao que parecia ser uma tremenda confusão.

Foi assim que chegaram na cozinha: ofegantes, muito agitados, batendo as portas giratórias. Na cozinha, nós, inocentemente, descascávamos ervilhas, cortávamos cebolas e aquecíamos gordura, mas paramos para olhar Jacques balançar o jornal no ar e chamar.

Pensei: ah, droga, espero que não repitam a cena, pois na noite anterior Jacques e Serge quase saíram aos socos, um acusando o outro por uma ordem mal cumprida. Pelo canto do olho, vi Serge pegar um joelho de carneiro como se fosse um taco, pronto para atingir Jacques, ou qualquer outro da equipe que fosse idiota a ponto de provocá-lo. Eu estava, não me importo de confessar, completamente exausto, no final das minhas forças e não aguentaria mais uma discussão acalorada na equipe.

— *Maître, maître*!

Jacques apontava o jornal enrolado para mim.

— Terceira estrela! O Michelin acaba de lhe conceder a terceira estrela!

Os primeiros gritos de alegria diminuíram e a equipe formou três fileiras em volta da bancada de carne, atenta a cada sílaba que eu lia no texto de cinco parágrafos que informava quem subiu e quem desceu no ranking da gastronomia. Aí, uma frase informou a *tout Paris* que só dois restaurantes na França mereceram as três estrelas, um deles, o Chien Méchant.

Fiquei pasmo, bobo, enquanto uma comemoração parecida com o Dia da Bastilha acontecia ao meu redor.

A equipe batia panelas, gritava e dava pulos em volta dos fogões. Jacques e Serge se abraçaram quase como dois amantes apaixonados e houve lágrimas, tapinhas nas costas e gritos de alegria, além de mais cumprimentos afetuosos.

E o que pensei?

Não sei dizer direito.

Fiquei muito emocionado. Confuso. Agridoce, digamos.

Animada, a equipe fez fila: os garçons de uniformes pretos do salão e os de aventais brancos da cozinha, como peças de xadrez, todos querendo me cumprimentar. Mas não fui caloroso nem efusivo ao agradecer. Podia até parecer que não me importava ao observar toda aquela alegria de longe.

Eu pensava: apenas 28 restaurantes na França tinham três estrelas e minha caminhada havia sido tão longa e difícil que não conseguia acreditar que finalmente tinha conseguido. Ou, pelo menos, não acreditava numa frase num vespertino de circulação de massa. Suzanne, quase no final da fila, pareceu ler meu pensamento, pois, de repente, perguntou:

— E se o repórter estiver enganado?

— *Merde* — gritou Serge da cozinha, apontando para ela com uma colher de pau, irritado. — O que há com você, Suzanne? Sempre tem algo desagradável para dizer.

— Não é verdade!

Felizmente, nossa atenção passou para Maxine descendo do escritório no andar de cima, torcendo as mãos e dizendo que o diretor-geral do *Guia Michelin*, Monsieur Barthot, queria falar comigo com urgência no telefone. Meu coração bateu forte quando subi a escada espiral dois degraus de cada vez, com a equipe desejando boa sorte enquanto eu sumia na torre.

Respirei fundo e peguei o fone. Depois dos falsos cumprimentos educados de sempre, Barthot perguntou:

— Leu o jornal?

Respondi que sim e perguntei se era verdade que íamos receber a terceira estrela.

— Malditos jornais, sim, é verdade. Merece parabéns — disse ele, por fim.

Só então assimilei a grandeza daquela notícia.

Finalmente, o destino tinha me presenteado.

Monsieur Barthot passou a tratar dos procedimentos e me esforcei para prestar atenção na conversa cheia de floreios. Eu devia comparecer ao jantar de premiação, em Cannes.

— Sabe, chef, você é o primeiro imigrante a receber a terceira estrela na França. É uma grande honra.

— Sim, sim, concordo, grande honra — falei.

— Tive de defender você, nem todos os meus colegas acham que chefs de origens, como dizer?, exóticas conhecem a cozinha francesa clássica. Isso para nós é novo. Mas é a vida. O mundo muda, o *Guia* precisa mudar também.

Claro que ele estava mentindo e fiquei sem saber o que dizer. Barthot não me defendeu, ele seria o último a votar em mim. Foram os relatos independentes dos inspetores, feitos após visitas secretas ao restaurante e discutidas num comitê duas vezes por ano, que sem dúvida venceram. Eles tinham um compromisso com a verdade.

— Monsieur Barthot — eu disse, por fim —, mais uma vez, agradeço ao senhor e ao comitê de inspetores. Mas desculpe, tenho de ir, o restaurante abre daqui a duas horas, o senhor compreende.

Capítulo Dezenove

Naquela mágica noite do final de março em que recebi minha terceira estrela, quando o serviço do jantar estava terminando, foi uma grande mudança no paladar para tudo o que fosse leve, doce e desmanchando de bom, para *madeleines* de pistache e *clafoutis* de anis-estrelado e meu famoso *sorbet* de cereja azeda. Só um ou dois suflês no forno, só a confeiteira chef Suzanne trabalhando duro na retaguarda. Fui onde ela estava e, lado a lado, despejamos uma *compote* de Beaujolais na crosta das tortas recém-tiradas do forno e colocamos um pouco de queijo mascarpone, que era o toque final da minha torta ao vinho. Dava para sentir o calor da cozinha naquela hora da noite em que os fogões iam silenciando, um a um.

Lá fora, os convidados colocavam os guardanapos de linho ao lado dos pratos, içando a bandeira branca da rendição. Do meu pórtico envidraçado, vi as pernas estiradas em ângulos estranhos por baixo das mesas, os corpos murchos sobre as mesas como suflês de carne.

Jacques e a equipe ainda estavam agitados, mas não tanto. Era hora das infinitas subtrações, de tirar os pratos manchados de molho e os cristais com marcas de vinho, as cascas e migalhas de pão de cima das mesas. Revitalizadores cafés e docinhos chegaram, digestivos em cristais lapidados e um bom charuto, retirado com cuidado da lateral do banquinho de descansar os pés.

— Jean-Pierre, traga meu avental limpo — mandei, tirando o jaleco.

Um casal australiano sentado na parte do restaurante que nós chamávamos de Sibéria me viu saindo da cozinha pelas portas vaivém mas ficou indeciso. Quando entrei no salão seguinte, houve um murmúrio e Jacques, tirando os olhos dos cadernos, veio ao meu encontro.

O conde de Nancy estava na mesa de sempre, nos fundos do salão à direita, com dois sócios mais antigos do Lazard Frères como convidados e levantou a mão cheia de manchas senis para me cumprimentar. O velho fez um esforço para levantar-se. Num instante, o prefeito de Paris e seus convidados também se levantaram, assim como o estilista Christian Lacroix e o grande ator de Hollywood Johnny D., escondido, tímido, numa mesa com a filha. A emoção da sala principal atraiu Serge e o resto da equipe da cozinha, eles vieram e ficaram no fundo do salão aplaudindo com os demais. E os aplausos da equipe e dos clientes foram ensurdecedores, me felicitando por ascender aos escalões superiores da alta gastronomia francesa.

Que coisa impressionante.

Aquele momento foi o apogeu da minha vida, aquelas pessoas famosas e distintas de pé, meus *camarades de cuisine*, todos demonstrando tanto respeito por mim. Lembro que pensei: hummm, assim é melhor. Posso me acostumar com isso facilmente.

Então, fiquei no centro do meu restaurante, assimilando, cumprimentando com a cabeça, agradecendo a todos. Quando olhei para toda aquela gente de rostos corados, recheada com a minha comida, senti a presença enorme de meu pai ao meu lado, sorrindo de orgulho.

Imaginei que ele dizia: *Hassan, você acabou com eles. Muito bem.*

Maxine saiu do escritório e desceu a escada para desejar boa-noite.

— Incrível, chef — disse ela, corada de animação. — Tivemos setecentas reservas esta noite, os e-mails estão chegando sem parar e o telefone ainda toca. Agora, ligam dos Estados Unidos, depois que a notícia se espalhou pela internet. Já temos reservas até abril do ano que vem. Nesse ritmo, teremos uma fila de espera de dois anos no final do mês. E o senhor tem recados urgentes da Lufthansa, Tyson Foods e Unilever. Deve ser para negócios, não? O que foi, chef? Por que está tão triste?

Perca uma estrela do *Michelin* e o movimento cai 30 por centro, ganhe uma estrela e o movimento aumenta 40 por cento. Uma seguradora de Lyon vendendo cobertura para perdas e danos tinha provado isso numa pesquisa.

— Aah, Maxine, estou pensando em Paul Verdun. Meu amigo não conseguiu se salvar, mas me salvou.

A jovem pôs os braços no meu pescoço e cochichou:

— Apareça mais tarde para o café. Eu espero.

— Obrigado pelo convite. Muito atraente. Mas esta noite, não.

Despedi-me de dois garçons e de Serge. Naquela noite, ele foi o último a ir embora e só foi depois que demos um beijo, cumprimentamo-nos de novo e ele me deu vários socos de brincadeira nas costas. Finalmente, fechei a porta e fiquei sozinho mais uma vez.

Foi assim.

Minha noite especial terminou para sempre, virou história.

Com o derradeiro clique da porta dos fundos, comecei a me desintoxicar da inebriante altitude do desempenho do jantar. Os espíritos deprimidos entraram, aquela conhecida depressão que só um tenor saindo, triunfal, do palco do La Scala seria capaz de compreender. Mas foi assim na cozinha.

"*Tant pis*", como Serge sempre diz. Dane-se.

É preciso levar o ruim junto com o bom.

Conferi se as janelas estavam trancadas e a despensa, fechada. No andar de cima, na torre, verifiquei se todos os computadores e as luzes do escritório estavam desligados. Peguei meu celular e a chave na mesa lateral e desci. Apaguei as luzes do salão. Uma última olhada no restaurante com globos fracamente iluminados balançando no escuro, as toalhas de mesa brancas de Madagascar em seus últimos resquícios de luz. Alarme ligado. Então, fechei a porta.

A hera ao redor da tabuleta com um buldogue latindo estava úmida da neblina da noite mas não congelou. Pela primeira vez naquele ano senti a fragrância da primavera que se aproximava na noite. Era só um indício, mas estava lá. Olhei a rue Valette colina acima, como fazia todas as noites. Era minha vista preferida de Paris, com o domo do Panteão e o brilho amarelo das luzes como um ovo mal cozido na noite. Tranquei a porta da frente.

Era madrugada, mas, como se sabe, a noite em Paris é inebriante. Sempre em movimento: um amoroso casal de meia-idade, de braços dados, descia a rue Valette, enquanto um estudante de medicina da Sorbonne subia a colina em direção contrária numa Kawasaki vermelha. Acho que eles também notaram a primavera chegando.

Satisfeito, percorri o caminho a pé pelas galerias que ligam ruas do Quartier Latin até o meu apartamento atrás da mesquita do Instituto Muçulmano. Não era longe, depois da place de la Contrescarpe e dos restaurantes norte-africanos baratos na estreita rue Mouffetard, algumas janelas que abriam para a rua estavam sombriamente iluminadas por uma gordurosa sobra de *souvlaki* sob uma luz vermelha.

No meio da íngreme rue Mouffettard, parei. Fiquei indeciso, sem confiar nos meus sentidos. Aspirei de novo a noite úmida. Será? Mas lá estava o inconfundível cheiro da minha juventude, alegremente saindo de uma passagem lateral de tijolos para me saudar, o cheiro de *machli ka salan*, o peixe com curry de minha terra, de tempos antes.

Fiquei indefeso, atraído pela escura galeria entre duas ruas, pelo odor fantasmagórico do curry, para uma loja estreita no final, onde descobri o Madras, apertado entre dois insípidos restaurantes algerianos, recém-inaugurado, mas fechado devido ao horário.

Um poste aceso chiava. Apertei os olhos para evitar a luz que vinha do poste e olhei pela vitrine do restaurante. O salão de jantar tinha uma dúzia de mesas de madeira cobertas com toalhas de papel e preparadas para o dia seguinte. Fotos em preto e branco da Índia (aguadeiros, tecelões e trens lotados numa estação), com moldura simples, estavam penduradas em paredes pintadas de amarelo forte. As luzes da frente estavam apagadas, mas a lâmpada fluorescente da cozinha, nos fundos, estava acesa e vi o que acontecia pelo longo corredor que ia até lá.

Uma travessa de peixe assado borbulhava no forno — era o prato especial do dia seguinte. Na frente do fogão, um solitário chef de camiseta e avental, sentado numa banqueta de três pés na passagem estreita, cabeça baixa de cansaço sobre uma tigela de apimentado curry de peixe.

Minha mão se levantou por conta própria, quente e plana como um *chapatis* apertado na vitrine. Senti uma dor quase dilacerante. Um sentimento de perda e saudade, de mamãe e da Índia. Do adorável e barulhento papai. De Madame Mallory, minha mestra, e da família que nunca tive, sacrificada no altar da minha ambição. Do meu falecido amigo Paul Verdun. Da minha amada avó Ammi e seus deliciosos peixes *karimeen*, dos quais senti falta nesse dia mais que em todos os outros.

Então, não sei por que, de pé na frente daquele pequeno restaurante indiano, numa enorme nostalgia, lembrei-me de algo que Mallory me disse numa manhã de primavera, muitos anos antes. Foi nos últimos dias que passei no restaurante.

Nós estávamos nos cômodos particulares dela, em cima do restaurante. Ela usava um xale nos ombros e tomava chá em sua poltrona preferida, olhando os pombos arrularem no salgueiro do lado de fora. Sentei na frente dela, absorto na leitura do *De Re Coquinaria*, tomando notas no meu caderno de lombada de couro que até hoje me acompanha aonde eu for. Mallory colocou a xícara no pires com um raspar proposital e olhei.

— Quando você sair daqui, é provável que esqueça quase tudo o que ensinei —disse, ácida. — Não tem jeito. Mas se você se lembrar de alguma coisa, espero que seja esse pequeno conselho que meu pai me deu quando eu era menina, depois que um famoso e complicado escritor acabou de sair do hotel da nossa família. "Gertrude", ele disse, "lembre sempre que um esnobe é uma pessoa que não tem bom paladar". Eu tinha me esquecido desse conselho, mas acho que você não vai ser tão bobo.

A chef deu mais um gole no chá e olhou para mim com aqueles olhos que, embora ela fosse uma idosa, eram inquietantemente azuis, penetrantes e brilhantes.

— Não sei falar muito bem, mas gostaria de dizer que à certa altura da vida perdi o rumo e acho que me enviaram você. Talvez tenha sido meu querido pai, para me recuperar para o mundo. Agradeço por isso. Você me fez entender que bom paladar não é direito de nascença dos esnobes, mas um dom divino que às vezes se acha nos lugares e nas pessoas mais inesperados.

Assim, enquanto eu olhava o cansado proprietário do Madras segurar uma tigela do simples mas delicioso peixe assado no final de um longo dia, entendi o que deveria dizer para aquele homem difícil, na próxima vez em que ele me dissesse quão honrado eu devia me sentir por ser o único estrangeiro a fazer parte da elite da gastronomia francesa. Ia citar o comentário de Mallory sobre os esnobes parisienses, talvez deixando a observação no ar um instante antes de me inclinar para a frente e perguntar, com um leve perdigoto voando: "Não é? O que acha?"

O sino de uma igreja próxima marcou 1h e os deveres do dia seguinte surgiram na minha cabeça. Dei um último e demorado olhar para o Madras, virei as costas e continuei pela rue Mouffetard, deixando para trás os cheiros inebriantes de *machli ka salan*, aroma que mostrava quem eu era, sumindo rápido na noite parisiense.

Capítulo Vinte

— Hassan? É você?

Da cozinha de cima, vinha o som dos pratos sendo lavados na pia.

— Sim.

— Sensacional! Três estrelas!

Mehtab entrou no corredor: tinha ido ao cabeleireiro e estava de olhos pintados com kohl como fazia nossa mãe, em seu melhor *salwar kameex* de seda, sorrindo, de braços abertos.

— Nada mal, hein? — perguntei, escorregando no dialeto da nossa infância.

— Ah, que orgulho. Ah, gostaria que papai e mamãe estivessem aqui. Acho que vou chorar.

Mas não parecia.

Na verdade, me deu um beliscão forte.

— Ai — gritei.

As pulseiras de ouro se chocaram quando ela balançou o dedo na minha frente.

— Seu nojento, por que não me telefonou para contar? Por que me faz passar vergonha na frente dos vizinhos? Eu tinha que saber por estranhos?

— Ah, Mehtab, queria contar, mas estive tão ocupado. Soube pouco antes de abrir o restaurante. O telefone não parava de tocar e os clientes estavam chegando. Toda vez que tentava ligar, aparecia uma coisa para resolver.

— Ah, meras desculpas.

— E quem contou para você?

O rosto dela suavizou.

Colocou o indicador sobre os lábios e fez sinal para eu segui-la.

Margaret estava na sala, sentada no nosso sofá de couro branco, dormindo, a cabeça caía de leve para trás e voltava para a frente. Uma mão estava sobre o casal de filhos, que também dormia profundamente, com as cabeças no colo dela, as pernas dobradas sob os lençóis que percebi terem saído do baú de Mehtab. O rosto das crianças demonstrava apenas a mais profunda e linda inocência.

— Não são umas graças? E tão comportados, comeram tudo no jantar — cochichou Mehtab.

O rosto de minha irmã estava muito feliz por, finalmente, ter crianças na casa, destino que ela achava ser o seu, mas que nunca se confirmou.

Depois ela fez uma careta igual às de titia, com aquele olhar de limão azedo.

— Ela foi a única dos seus amigos que se preocupou em me contar.

Levei outro beliscão, dessa vez, menos forte.

— Trouxe o *France Soir* para mim. É uma moça ótima. E falou no marido, que bruto. Sofreram muito, ela e os pequenos... Por que você não me contou que ela se mudou para cá?

Por sorte, naquele instante, fui salvo de mais um ataque mortal de Mehtab, pois Margaret acordou. Quando nos viu na porta, sorriu e o rosto se iluminou gentilmente.

Levantou o dedo, fazendo sinal para esperarmos, e delicadamente, desvencilhou-se dos filhos, que continuaram dormindo profundamente.

No corredor, nos abraçamos e beijamos com carinho.

— Nem acreditei, Hassan, essa notícia é tão boa.

— Tive um choque, a notícia saiu do nada.

Segurei as mãos dela e apertei-as, olhando-a bem.

— Obrigada, Margaret, por vir aqui. E por contar para minha irmã.

— Viemos assim que soubemos. Tão maravilhoso. Tínhamos de ver você e dar os parabéns. Imediatamente. Que conquista... Madame Mallory tinha razão!

— Tenho certeza de que agora, no céu, ela está dizendo exatamente isso para papai.

Rimos.

Mehtab, no seu estilo titia, fez sinal para irmos conversar no outro lado do apartamento, na bancada da cozinha. Puxamos os banquinhos da bancada de mármore e Margaret contou como iam as coisas em Montparnasse, como o chef Piquot era legal, não gritava nem tiranizava como tantos chefs faziam.

— Jamais esquecerei, Hassan. Devemos tudo a você.

— Não fiz nada. Só dei um telefonema.

Peguei na geladeira SieMatic uma garrafa de Moët et Chandon gelada, abri sobre a pia e servi em taças antigas, cor de âmbar. Renovada pelo cochilo, Margaret estava falante.

— Foi ótimo rever sua irmã depois de tantos anos. Ela foi muito gentil conosco, que aparecemos sem avisar. Tão delicada com as crianças. E, puxa, como ela cozinha! Ulalá. Tão bem quanto você. Fez um jantar delicioso. Um assado bem temperado, grosso e macio, perfeito para uma noite fria. Bem diferente do nosso *boeuf bourguignon*.

Mehtab, depois de ter seus dons culinários tão elogiados, parecia contente, satisfeita, embora fingisse não ouvir a nossa conversa. Estava arrumando a mesa para meu lanche de fim de noite.

— Venha, Margaret, você precisa provar minha cenoura *halwa* — disse ela, colocando um prato de doces na bancada. Temos também que conversar sobre a festa para o Hassan, o cardápio e quem vamos convidar.

Minha irmã virou-se para mim e, parecendo latir, mandou:

— Vá tomar seu banho.

Quando entrei debaixo do chuveiro, o telefone tocou. Em seguida, ouvi passos de chinelos e a voz de Mehtab pela porta do banheiro.

— É Zainab. Atenda.

A ligação tinha estalidos, estava longe, parecia que falávamos dentro do mar.

— Oh, Hassan, eles ficariam tão orgulhosos. Papai, mamãe e Ammi. Imagine, três estrelas no *Michelin*!

Tentei mudar de assunto, mas ela não aceitou. Eu tinha que dar todos os detalhes.

— Uday quer dar uma palavrinha.

A voz de barítono de Uday estrondou na linha.

— Que ótima notícia, Hassan. Estamos muito orgulhosos de você. Parabéns.

Era o marido de Zainab, Uday Joshi.

Não, não era o dono de restaurante em Bombaim que meu pai odiava.

Era o filho dele.

Uday e Zainab eram conhecidos em Mumbai. Tinham transformado o velho restaurante Hyderabad num hotel butique e numa rede de restaurantes. Muito chique. No fim das contas, de todos os filhos, Zainab era a mais parecida com papai. Uma construtora de impérios. Sempre cheia de planos, só que mais competente.

Lembrei-me de quando os dois se casaram em Mumbai, pouco antes de papai morrer. Foi bem estranho quando papai e Uday pai finalmente se conheceram no casamento. Papai falou demais, exibindo toda a sua tagarelice enquanto o velho Joshi parecia entediado, curvado sobre uma bengala. Os dois posaram para fotos na popular *Hello Bombay!* parecendo dois pavões paternais na reportagem sobre o casamento que teve cinco páginas. Depois disso, os velhos amaciaram e conversaram até altas horas.

Mais tarde, quando estive com papai, ele comentou:

— Aquele galo velho. Estou muito melhor do que ele, não? Você não acha? Ele está velho demais.

Lembro que fiquei com ele até tarde, quando a festa chegou ao auge e um elefante enfeitado trouxe os recém-casados pelo gramado enquanto os garçons de blazers brancos carregavam bandejas de prata com taças de champanhe, se esgueirando com agilidade profissional entre os 1.200 elegantes convidados. Na tenda principal, a mesa tinha uma travessa de prata com caviar beluga e os políticos se acotovelavam para servirem caviar, dois mil dólares a concha.

Papai e eu só observávamos, de lado, no escuro da noite, sob uma guirlanda de luzes, comendo *kulfi,* o sorvete indiano, oferecidos nos simples pratos de barro, os *kulfi-wallah.* Recordo-me do sabor do creme de amêndoas enquanto nos impressionávamos com os brincos de esmeralda das mulheres. Grandes como ameixas, repetia papai. Como ameixas.

— Precisamos conversar sobre negócios — disse meu cunhado ao telefone. — Zainab e eu temos um convite que você vai gostar. Está na hora de abrir restaurantes franceses de alto nível na Índia. Há muito dinheiro circulando. Já temos financiamento.

— Certo, vamos marcar um dia para conversar. Mas não agora. Na semana que vem.

— Ele faz um jantar bem leve, um lanche, quando chega do trabalho — explicava Mehtab para Margaret quando voltei à cozinha. — Ajuda a relaxar. E costuma tomar um chá de hortelã com uma colher de *garam masala* ou, às vezes, alguns legumes. E água mineral.

— Ah, conheço esse doce.

— Não são da confeitaria, claro. Eu mesma faço, com uma receita da velha mestra dele. Uma pasta de pistache e, para dar brilho, um pouco de essência de baunilha. Experimente.

— Melhor do que o de Madame Mallory e, sem dúvida, melhor que o meu.

Minha irmã ficou tão satisfeita com esse elogio que virou-se para a pia, disfarçando a timidez. Eu tive de achar graça.

— Mehtab, alguém mais ligou?

— Umar. Ele vai levar a família inteira de carro até a festa das Três Estrelas.

Umar continuava morando em Lumière, onde era o orgulhoso proprietário das garagens Total. Tinha também quatro meninos lindos, o segundo vinha no próximo ano para Paris ficar comigo na cozinha do restaurante. Os outros Haji estavam espalhados pelo mundo. Meus irmãos menores, patifes sempre agitados, correram o mundo por anos.

Muktar era designer de celulares em Helsinque, na Finlândia, e Arash, professor de direito na Universidade Columbia, em Nova York.

— Hassan, você precisa ligar para seus irmãos amanhã.

— Claro, eles têm que receber essa ótima notícia por você — concordou Margaret, tocando de leve no meu cotovelo.

Umar, prosseguiu contando minha irmã, ia ver se tio Mayur queria ir, mas a casa de repouso não devia deixá-lo viajar até Paris. Estava muito fraco das pernas. Aos 83 anos, tio Mayur era a última pessoa que achávamos que chegaria a essa idade. Mas quando eu pensava no passado, lembrava que ele nunca se preocupou com nada, estava sempre tranquilo, talvez porque a tia reclamava pelos dois.

Mehtab alisou os cabelos e perguntou:

— Margaret, que outros amigos de Hassan devemos convidar? E aquele estranho açougueiro com várias lojas, aquele que é dono do castelo em Saint Etienne?

— Ah, céus, o Hessman. Um porco.

— Concordo. Nunca entendi o que Hassan via naquele homem.

— Ponha-o na lista, ele é meu amigo e vai — falei.

As duas apenas olharam para mim. Piscaram.

— E o que acha da contadora? Maxine, aquela nervosa. Sabe, acho que ela tem uma queda por Hassan.

Deixei-as fazendo planos e maquinações para a minha festa enquanto eu passava de um cômodo a outro do apartamento como se tivesse um trabalho por terminar e não conseguisse lembrar o que era.

Abri a porta do escritório.

Mahtab tinha colocado um exemplar do *France Soir* na minha mesa.

Lembrei então o que era. Com cuidado, peguei uma tesoura sobre a mesa e cortei a matéria da página três. Coloquei o recorte numa moldura de madeira e pendurei na parede a notícia da minha terceira estrela.

Naquele lugar vazio.

Há gerações.

Agradecimentos

Todos os escritores, principalmente aqueles com prática em jornalismo, pensam que sabem mais do que sabem. Tenho tendência a criar uma aura de sabedoria por, esperto, pegar o conhecimento e a experiência de gente melhor que eu e apresentar como meus. Assim, há inúmeras pessoas e fontes a quem devo este livro e às quais dou crédito, gente demais para citar e agradecer aqui. Espero que consiga agradecer a algumas pessoas e fontes que contribuíram para *A viagem de cem passos.*

Este livro é uma homenagem ao falecido Ismail Merchant, talentoso e correto produtor de cinema da Merchant Ivory Productions que morreu subitamente em 2005. Ele e eu adorávamos comer bem e pilotar fogões. Um dia, quando jantávamos na Bombay Brasserie, em Londres, pedi para Ismail encontrar um livro que juntasse o amor dele pela comida e pelo cinema. Prometi ajudá-lo na empreitada. Infelizmente, Ismail morreu antes que eu terminasse este livro, mas espero sinceramente que um dia *A viagem de cem passos* se transforme em filme, uma homenagem adequada para o meu finado amigo.

Minha escrivaninha é cheia de referências gastronômicas e confiei muito nelas para mostrar com a maior exatidão possível os mistérios técnicos da cozinha. Eis algumas fontes: *Life is a Menu*, de Michel Roux; *Indian Cuisine*, de Ismail Merchant; *French Chefs Cooking*, de Michael Buller; *Flavours of Delhi*, de Charmaine O'Brien; *The Cook's Quotation Book*, editado por Maria Polushkin Robbins; *Cuisine Actuelle*, no qual Patricia Wells apresenta a cozinha de Joel Robuchon; *The Decadent Cookbook*, de Medlar Lucan e Durian Gray; *The Oxford Companion to Wine*, de Jancis Robinson; *The Sugar Club Cookbook*, de Peter Gordon; ensaios gastronômicos do incomparável *New Yorker* e, por fim, o clássico de Scriber, *Joy of Cooking*, por Irma S. Rombauer, Marion R. Becker e Ethan Becker. Claro que tive inúmeras outras fontes que me inspiraram ao escrever este livro. Agradeço especialmente à revista *Forbes* pela carreira jornalística que me permitiu conhecer países e aprender sobre o mundo.

Na Índia, Adi e Parmesh Godrej merecem meus agradecimentos. Eles gentilmente me apresentaram a Sudheer Bahl que me convidou a passar meio dia na cozinha de seu restaurante de primeira linha Khyber, fundamental na pesquisa que me permitiu entender a farta cozinha indiana. Em Nova York, minha amiga Mariana Field Hoppin usou de seu charme e conhecimentos para me levar à cozinha do valorizado restaurante de peixes Le Bernardin. Em Londres, através de nossa amiga Mary Spencer, passei um bom tempo na cozinha do restaurante The Sugar Club, quando Peter Gordon era o chef-estrela. Mas foram Suraja Roychowdhury, Soyo Graham Stuart e Laure de Gramont que leram meu livro e me mostraram os erros culturais, além de corrigir muitas misturas de francês com inglês e indi com urdu.

Obrigado também a meus amigos Anna Kythreotis, Tony Korner, Lizanne Merrill e Samy Brahimy pelo inesgotável bom humor, amizade e apoio. V. S. Naiopaul, que não conheço bem, foi muito gentil e generoso numa fase importante, assim como a mulher dele, Nadira, que me contou interessantes histórias de sua infância, algumas das quais usei.

Acima de tudo, preciso agradecer a meu amigo Kazuo Isiguro e à mulher dele, Lorna. Não sei quantas vezes, quando estava desesperado ou atormentado por um problema técnico no texto, Ish me pegou de carro, acalmou-me e me deixou de novo com uma palavra gentil e alguma conclusão estimulante. Ninguém poderia ter um amigo melhor e um modelo como Ish foi para mim.

Tom Ryder, apreciador de comida e editor famoso, foi um promotor generoso do meu livro. O aval dele abriu muitos caminhos e devo-lhe um bom jantar, além de um ou dois martínis. Agradeço também a Esther Margolis por representar meu livro em sua primeira encarnação.

Mas foi Richard Pine, da InkWell Management, que lançou muito do meu sucesso editorial. Ele tem genes maravilhosos: filho de Artie, que foi meu agente quando comecei. Richard é inegavelmente único — ele me apresentou à sensível e talentosa editora Whiney Frick, da famosa editora americana Scribner. Whit é a profissional perfeita: em um momento, escovava meu ego com carinho; no outro, obrigava-me a melhorar o texto. Sou muito grato ao editor de produção Katie Rizzo e a toda a equipe da Simon & Schuster/Scribner pelo profissionalismo e trabalho na edição do livro. O crescente número de contratos internacionais é quase que unicamente devido a um incansável e valoroso defensor: Alexis Hurley, guru dos direitos internacionais na InkWell Managemente.

Por fim, preciso fazer uma profunda reverência a minha mulher, Susan, e minha filha, Katy, as quais ficaram encantadas com o meu sucesso, sofreram com meus tropeços e, mesmo assim, ficaram ao meu lado por todas as alegrias e tristezas que fazem parte da vida de um escritor. E a meus pais, Jane e Vasco, que me encorajaram, meus irmãos mais velhos (John, Jim e Vasco) que me deram instinto de sobrevivência. Os mais jovens devem aprender rápido como ser esperto e comer rápido, caso queiram realmente comer.

E a você, caro leitor ou leitora, por comprar e degustar este livro, o mais sincero obrigado. Que você, em momentos difíceis, encontre sempre um momento para uma refeição restauradora na companhia de amigos de verdade e uma família afetuosa.

Richard C. Morais
Filadélfia, EUA

Este livro foi composto na tipologia Warnock Pro,
em corpo 11/14,8, e impresso em papel off-white 80g/m^2,
no Sistema Cameron da Divisão Gráfica
da Distribuidora Record.